AMY RUTTAN

Entre tes mains

Traduction française de

F. JEAN

BLANCHE

HARLEQUIN

Collection : Blanche

Titre original :
SAFE IN HIS HANDS

Ce roman a déjà été publié en 2018

HARPERCOLLINS FRANCE
83-85, boulevard Vincent-Auriol, 75646 PARIS CEDEX 13
Service Lectrices — Tél. : 01 45 82 47 47 - www.harlequin.fr
ISBN 978-2-2804-9332-1 — ISSN 0223-5056

Composé et édité par HarperCollins France.
Imprimé en juin 2023 par CPI Black Print (Barcelone)
en utilisant 100% d'électricité renouvelable.
Dépôt légal : juillet 2023.

FSC www.fsc.org MIXTE Papier issu de sources responsables FSC® C159065

Pour limiter l'empreinte environnementale de ses livres, HarperCollins France s'engage à n'utiliser que du papier fabriqué à partir de bois provenant de forêts gérées durablement et de manière responsable.

1.

Indifférente aux gens qui allaient et venaient autour d'elle, le Dr Charlotte James fixait avec nervosité le tableau des arrivées de l'aéroport d'Iqaluit.

Quelle idée elle avait eue d'avoir recours à Quinn Devlyn…

« Tout vient à point à qui sait attendre », disait le proverbe, mais elle ne parvenait pas à refréner son impatience. Dans son travail, jamais elle ne restait inactive de cette façon. C'était insupportable. Elle aurait pu faire tant de choses pendant ce temps ! Mettre de l'ordre dans son bureau, par exemple. Une tonne de dossiers s'étaient accumulés, et Rosie la harcelait depuis une semaine pour qu'elle s'y attaque.

Et au lieu de cela, elle attendait l'arrivée de l'avion de ce… De cet individu.

— Les passagers du vol 207 en provenance d'Ottawa, porte n° 5.

La tranche de son passé incluant le Dr Quinn Devlyn se trouvait à des années-lumière de ses pensées habituelles. Elle avait poursuivi sa route, et Quinn avait probablement fait la même chose. Il avait atteint le sommet dans la spécialité qu'il avait choisie, et elle-même se trouvait exactement à l'endroit où elle avait toujours voulu vivre.

Alors, cette fois, elle ne se laisserait pas éblouir par Quinn Devlyn, pour se retrouver de nouveau entraînée dans une histoire d'amour passionnée mais destructrice. Ça, sûrement pas. Sa vie à elle était belle. Pas parfaite, non, mais qui menait une vie idéale ? En tout cas, elle était heureuse.

Alors, courage !

Elle se retourna et aperçut l'avion-taxi sur la petite piste d'atterrissage : c'était à peine s4il se détachait sur l'austère paysage blanc de l'Arctique canadien, où seules quelques maisons mettaient çà et là une touche de couleur.

Elle sentit son pouls lui marteler les tempes à un rythme déraisonnable.

Quinn était là !

Un pincement lui taraudait l'estomac — une sensation désagréable qu'elle n'avait plus éprouvée depuis son examen d'entrée à la faculté de médecine.

N'était-ce pas une pure folie d'amener son ex-fiancé à Cape Recluse ? Ce n'était pas le genre d'endroit où elle pourrait l'éviter facilement. Comment gérer sa présence quasi permanente ? Quand leur relation avait pris fin, elle comptait bien ne jamais le revoir…

Mais elle devait bien ce sacrifice à son amie Mentlana.

Se ressaisissant, elle reporta son attention sur le tarmac, derrière les vitres teintées.

Les passagers se dirigeaient vers le bâtiment jaune vif dans lequel régnait une douce chaleur. Et parmi eux, elle repéra immédiatement Quinn, grand et large d'épaules, voûté pour affronter le froid.

Elle sentit ses joues s'empourprer.

Cela faisait cinq ans qu'elle ne l'avait plus revu — depuis qu'il l'avait quittée —, et voilà qu'elle se comportait de nouveau comme une adolescente écervelée…

Allons, elle n'allait pas se laisser impressionner ! Elle avait continué sa vie après lui, et la plaie qu'il lui avait laissée au cœur avait fini par guérir.

Les portes coulissantes s'ouvrirent. Quinn entra le premier. S'écartant pour ne pas gêner l'entrée d'autres passagers frigorifiés, il posa sa valise et défit son écharpe.

Zut ! Il était toujours aussi beau. Un rythme de vie ultrarapide et une carrière à mener, cela aurait dû le faire vieillir, mais il demeurait aussi sexy et charmant qu'avant.

Quand il s'avança dans sa direction, elle distingua tout de même quelques fils argentés à ses tempes, mais cela lui allait bien et renforçait même sa séduction. Une barbe de quelques jours ombrait son menton, sans toutefois dissimuler la fine cicatrice oblique sur ses lèvres…

Au souvenir de ces lèvres-là effleurant les siennes, elle frissonna, puis une bouffée de chaleur la traversa.

En quittant ses lèvres, Quinn avait l'habitude de tracer tout un itinéraire de baisers vers le bas, en la caressant de ses mains solides et expertes.

Qu'est-ce qu'il lui prenait ? Elle n'était plus une étudiante en médecine follement amoureuse, mais un médecin exerçant dans un cabinet médical en pleine activité. Pas question qu'elle succombe de nouveau ! Et comment oublier de quelle manière il avait évacué la question de la fausse couche, quand elle avait perdu l'enfant qu'elle portait — *leur* enfant ?

C'était mieux ainsi, avait-il estimé, le moment était idéal pour partir poursuivre leurs carrières à New York.

Mais New York, ce n'était pas son objectif à elle. Le Nord lui convenait parfaitement. Elle avait donc décidé de ne pas suivre Quinn et de poursuivre ses propres rêves. Et si elle l'avait appelé à la rescousse, c'était uniquement pour tirer d'affaire Mentlana, sa meilleure amie, qui était enceinte.

Mentlana Tikivik et sa famille l'avaient accueillie à bras ouverts quand elle était revenue à Cape Recluse? après le départ de Quinn et la fausse couche. Elle-même n'avait jamais connu sa propre mère, morte quand elle avait deux ans, et son père était décédé huit ans plus tard. Maintenant, c'était Mentlana — « Lana » — qui avait besoin d'aide, et pour sa meilleure amie, elle ferait n'importe quoi. Le superbe Dr Devlyn était un éminent spécialiste en médecine périnatale. Il était peut-être dangereux pour elle, mais il sauverait le bébé.

Faisant appel à tout son courage, elle se dirigea vers lui

d'un pas décidé, malgré son cœur qui battait follement et ses genoux qui flageolaient.

Quand Quinn l'aperçut, ses yeux brun chocolat pétillèrent, et elle s'arrêta à bonne distance.

C'était plus sûr. Ce serait si facile de se perdre dans ce regard fascinant. Il ne fallait pas qu'elle oublie qu'il l'avait quittée. Qu'elle n'avait plus rien à faire avec ce type si elle ne voulait pas souffrir encore une fois. Face à Quinn Devlyn, elle ne devait plus jamais baisser la garde, surtout maintenant qu'elle s'était reconstruite.

— Tiens, tiens, voilà la grande praticienne des terres sauvages ! dit-il d'un ton badin.

Tout en parlant, il la détaillait de la tête aux pieds, et un sourire arrogant creusa dans sa joue cette fossette qu'elle connaissait si bien.

Agacée par son ton moqueur, elle le toisa.

— Docteur Devlyn, je vous suis reconnaissante d'être venu aussi rapidement.

Il ouvrit des yeux ronds.

— C'est « docteur Devlyn », maintenant ? Depuis quand sommes-nous si cérémonieux l'un avec l'autre, Charlotte ? Je sais que nous ne nous sommes pas séparés en bons termes, mais laissons tomber les manières, tu veux bien ?

Elle s'obligea à sourire, tandis qu'un parfum épicé d'eau de toilette venait lui taquiner les narines.

— Entendu. Prénoms et tutoiement, mais rien de plus. Tu es ici en tant que médecin, et rien d'autre.

— D'accord… Charlotte, répondit Quinn.

Sa manière de prononcer « Charlotte » fit affluer des souvenirs précis, et elle sentit qu'elle rougissait.

Eux deux ensemble, pour la première fois dans cette petite chambre d'hôtel des chutes du Niagara. La manière dont il lui avait murmuré son prénom à l'oreille : « Charlotte, j'ai besoin de toi »…

« J'ai besoin de toi », jamais « je t'aime » ! Elle aurait

dû y voir un signe dès la première fois, mais elle était complètement aveuglée par l'amour…

Il fallait de toute urgence dire quelque chose.

— Tu as fait bon voyage ?

Quinn tira sur la poignée de sa valise, qui produisit un claquement sec.

— Aussi bon que possible. Un vol banal, rétorqua-t-il d'un ton un peu arrogant.

C'était justement à cause de cette attitude qu'elle ne l'avait pas amené à Cape Recluse, même après leurs fiançailles. Il avait un penchant pour le luxe, c'était un citadin. De plus, il n'avait pas le goût de la famille. Avec la naïveté de la jeunesse, elle avait cru qu'elle pourrait le faire changer d'avis. Quelle erreur…

Oublier ça. Ce que pensait Quinn Devlyn, ce n'était plus son problème.

— Nous ferions mieux de ne pas traîner ici. Cape Recluse se trouve à deux heures de vol, et il paraît qu'une tempête arrive du Labrador. Je voudrais arriver là-bas avant la nuit.

— Il n'est que 14 heures, objecta Quinn, visiblement déconcerté.

— Ici, le soleil se couche tôt.

— Je croyais que c'était le pays du soleil de minuit ?

— Oui, en été. Nous sommes en hiver. Les nuits sont très longues.

— Waouh. Alors, comment allons-nous faire ?

Elle tourna le dos à Quinn pour se diriger vers l'autre partie de l'aéroport.

— Je pilote, rétorqua-t-elle.

— Tu pilotes ? Un avion ?

— Evidemment — un avion.

— Mais quand as-tu appris à piloter ?

— Il y a quatre ans, un homme est mort dans mes bras d'un infarctus du myocarde plutôt bénin. On aurait pu le sauver s'il y avait eu des vols réguliers pour Iqaluit. Quand l'ambulance aérienne a atterri à Cape Recluse, M. Tikivik, le patient, venait de mourir. C'est ce qui m'a décidée à prendre des cours de pilotage, pour transférer mes malades à Iqaluit en cas de besoin.

— Médecin et ambulancière en même temps ? fit Quinn.

Encore ce ton moqueur ! Et il était toujours aussi pointilleux sur la question des titres.

— On ne peut quand même pas demander aux malades de planifier leurs urgences en fonction des horaires de travail des pilotes !

— Ne te vexe pas, Charlotte. Simplement, je trouve que c'est beaucoup d'exigences par rapport au salaire.

Elle se retourna et le regarda droit dans les yeux.

— Pour moi, l'argent n'est pas la première motivation, figure-toi ! Les vies sauvées passent avant…

Quinn ne répondit pas, mais elle se sentit coupable devant son air déconcerté. Elle n'avait aucune envie de se disputer avec lui, alors qu'il venait de faire un long voyage à ses propres frais.

— Excuse-moi, dit-elle.

— Pour quoi ?

— Je me suis montrée désagréable.

— Tu n'as pas d'excuses à me faire. J'examinerai volontiers la future maman et son bébé. Mais quand même, je ne comprends pas très bien pourquoi tu ne me les as pas emmenés à Toronto en avion.

— Mentlana a fait une embolie pulmonaire.

Quinn émit un sifflement silencieux.

— Et pour le diagnostic fœtal, est-ce qu'elle sait ?

— Oui. Je le lui ai dit. Et je lui ai dit aussi que je faisais venir un spécialiste pour évaluer la gravité du CCAM. Elle est consciente de ce qu'il faudra peut-être faire, mais elle l'accepte. Elle fera tout ce qu'il faut pour sauver son bébé.

Comme elle-même l'aurait fait pour sauver le sien.

Une boule se forma dans sa gorge au souvenir du jour

horrible où elle avait repéré la grosseur suspecte sur les poumons du bébé. Une malformation adénomatoïde kystique du poumon congénitale, ou MAKP, avait provoqué cette lésion évolutive — un CCAM —, qu'elle n'était pas en mesure de soigner en tant que simple généraliste.

— Bien sûr… Est-ce que tu lui as expliqué la procédure ?

— Oui. Etape par étape.

— Et est-ce qu'elle a compris ?

— A la fin, oui.

— A la fin ?

Charlotte ne put s'empêcher de pouffer.

— Oui. Lana comprend, mais elle est très curieuse. Elle va te poser une foule de questions, je te préviens.

— J'ai sûrement connu pire. A force de voir des patients, j'ai appris à expliquer les procédures complexes, et ils me comprennent très bien.

— Toujours aussi modeste !

Quinn sourit.

— J'ai un excellent contact avec les malades. Je sais amener les gens à s'ouvrir à moi. C'est lié à ma personnalité attirante.

— Ah bon ?

Quinn s'esclaffa.

— OK. Ecoute, je voulais simplement dire que je saurai lui expliquer les choses de façon à gagner sa confiance. J'ai déjà effectué ce genre d'intervention.

Charlotte hocha la tête, pensive.

La confiance, c'était important dans la culture inuit. Et la confiance, cela comptait pour elle aussi. Elle avait fait confiance à Quinn. Jamais elle n'oublierait l'amour qu'elle lui avait porté. Il avait eu son cœur, son corps et son âme, il avait pris son innocence, et ensuite, il avait anéanti tous ses rêves et ses espoirs en la quittant après cette fausse couche. Elle entendait encore ses mots :

« C'est mieux ainsi. Nous n'étions pas prêts. Nous avons nos carrières à mener ».

Ce jour-là, il avait perdu sa confiance. Plus jamais elle ne le laisserait entrer dans sa vie.

Il lui agita sa main devant le visage.

— Eh, ça va ?

— Si tu es sûr de pouvoir convaincre Mentlana, je t'en laisse le soin.

— Ton amie sera informée en détail pendant toute la procédure.

— Dans une communauté restreinte et isolée, les gens n'accordent pas facilement leur confiance.

La fossette se creusa de nouveau.

— Eh bien, fais-moi confiance, toi ! Ce sera déjà ça.

— Je l'ai déjà fait une fois, murmura-t-elle malgré elle.

— Que dis-tu ?

Il ne l'avait pas entendue. D'ailleurs, il ne l'avait jamais entendue. Quand ils étaient ensemble, tout tournait autour de lui. Elle s'était contentée de suivre, éperdument amoureuse qu'elle était. Il lui avait fallu du temps pour comprendre que son désir de fonder une famille l'avait aveuglée : en fait, son fiancé était déjà marié — à son travail.

Aurait-il seulement pu s'adapter à Cape Recluse ? Un homme comme lui ne se fondait jamais dans la masse.

— Cela m'a étonnée d'apprendre que tu vivais à Toronto et non à New York, dit-elle, préférant changer de sujet.

— Il y a deux ans, la santé de mon père s'est dégradée. Il m'a offert un poste à l'hôpital. Il souhaitait me former pour que je dirige la chirurgie.

Tout s'expliquait : il était rentré chez lui pour aider son père.

— Est-ce qu'il a pris sa retraite ?

— Non, répondit sèchement Quinn. Il est mort.

— Je regrette. Vraiment. Je ne savais pas.

Il eut un haussement d'épaules.

— C'était sa faute. Il ne mettait pas en pratique ce qu'il prônait. Fumeur et buveur invétéré. Le cancer l'a rattrapé.

— C'est quand même triste…

Tout en parlant, ils étaient entrés dans le hangar chauffé où attendait son petit Citation.

Quinn émit un sifflement admiratif.

— Où as-tu trouvé ça ? demanda-t-il.

— Je l'ai acheté dans une vente aux enchères. Il a trente ans, et l'intérieur était en mauvais état, mais ça ne m'a pas dérangée. Je l'ai équipé pour transporter les malades.

— Un vrai bijou !

Flattée, elle sourit. Elle était fière de son avion.

— Nous ferions mieux de ne pas traîner. Je reviens dans une minute. J'ai juste un détail à régler avec le responsable du hangar.

Quinn serra les dents alors qu'une nouvelle turbulence secouait la carlingue.

Bon sang, qu'est-ce qu'il lui avait pris de venir là ?

Mais la réponse, il la connaissait : c'était à cause de Charlotte.

Quand elle avait refusé de le suivre à Manhattan, après sa fausse couche, il avait compris que tout était fini entre eux. Rejeté par la femme qu'il aimait, il s'était alors jeté à corps perdu dans son travail. Mais, étrangement, il avait toujours éprouvé le besoin et même le désir de la revoir. Il avait constaté qu'elle allait bien…

Mais à quoi s'attendait-il ? A trouver une femme brisée et triste dans un travail sans avenir au milieu de nulle part ?

Eh bien oui. En fait, c'était ce qu'il avait imaginé. Quand ils s'étaient quittés, Charlotte était si malade, si fragile !

Et il la retrouvait guérie, comme si la fausse couche n'avait jamais existé. Elle était pleine de confiance, se réalisait dans son travail. Elle avait même appris à piloter ! Ce n'était plus la même. On aurait dit que leur séparation l'avait rendue plus forte… Alors que pour lui, c'était tout le contraire.

Il regarda sa main et la ferma, ce qui fit craquer le cuir de son gant. A l'intérieur, sa main était raide.

Il fit de nouveau jouer ses jointures.

Un an plus tôt, sur l'autoroute, il avait eu un accident dû au brouillard. Sa main avait été fracturée. Grâce à d'innombrables opérations, il pouvait encore s'en servir. Avec le temps, elle s'était rétablie. Peut-être le cœur de Charlotte avait-il guéri lui aussi, après cinq ans ?

On pouvait quand même en douter. Elle l'avait accueilli d'une manière si impersonnelle, avec cette politesse forcée…

— Ouf ! Ça secoue, fit-il observer après une nouvelle série de turbulences.

Il n'avait jamais connu de telles conditions de voyage, dans un cockpit exigu à côté du pilote, même si celui-là était particulièrement séduisant.

Dans l'espace restreint, leurs épaules se frôlaient presque, et cette simple proximité lui faisait battre le cœur. La présence de Charlotte l'excitait. Elle était un puissant aphrodisiaque. Puissant, et doux — il l'avait goûtée…

Au diable tout ça ! Un peu de raison, quoi, il n'était plus un étudiant obsédé de sexe ! Il allait diriger le département de chirurgie à son retour à Toronto.

Mais comment rester insensible ?

Physiquement, Charlotte n'avait pas changé depuis l'instant de leur rencontre. Une silhouette mince, des boucles d'un roux flamboyant et un visage à peine maquillé, toujours aussi frais et innocent, comme si le temps n'avait aucune prise sur elle.

C'était peut-être le froid qui conservait les gens d'ici ?

Il esquissa une moue désapprobatrice.

Ce désir de vivre près du pôle était incompréhensible. Il détestait les hivers, même doux, et cet air froid qui descendait dans la gorge pour vous glacer les poumons.

— Ça ne va pas ? demanda Charlotte sans le regarder.

— Pourquoi cette question ?

L'appareil tangua, et elle actionna les commandes.

— Tu marmonnes. Tu n'as pas l'habitude des petits avions, c'est ça ? Habitué à la première classe ?

— En première classe, au moins, je peux boire un verre. Et en plus, je n'ai pas l'habitude de turbulences pareilles. On se croirait sur le dos d'un taureau au rodéo de Calgary !

Charlotte eut ce petit rire qu'il avait toujours aimé.

— Le pire est à venir.

— Bon sang. Tu en es sûre ?

— Certaine. La tempête nous cherche, mais elle ne nous aura pas.

Il sentit un frisson le traverser.

La neige. La glace. Quelle horreur.

— Je ne sais pas comment tu fais pour vivre ici.

— J'aime ces espaces rudes et sauvages.

— Je croyais que tu avais peur des ours. C'est leur pays ici, non ?

Le rire de Charlotte fit pétiller ses yeux verts.

— Exact.

— Tu ne m'as jamais dit pourquoi tu avais peur des ours.

— C'est tellement bête !

— Allez, fais-moi plaisir. Ça me distraira, il n'y a même pas de film à bord.

Charlotte effectua quelques réglages sur le tableau de bord.

— Non, je ne te le dirai pas, fit-elle, l'air amusé.

Solennel, il leva la main.

— Je ne le répéterai à personne. Promis juré !

Cette mimique lui valut un regard incrédule.

— Pas question. Et arrête de faire ça !

— Quoi ? Ça ?

Il haussa exagérément les sourcils, se souvenant soudain qu'autrefois, cela la rendait folle. Il adorait la taquiner, alors.

— On dirait Groucho Marx déchaîné.

— Je te harcèlerai jusqu'à ce que tu répondes. Tu sais que c'est un petit penchant naturel chez moi.

Charlotte ne put retenir un sourire.

— « Petit » ?... Bon, voilà : j'ai peur d'être dévorée vivante.

Ses joues claires avaient rosi, et il sentit une vague de chaleur l'envahir alors que les souvenirs affluaient.

Charlotte nue. Le goût de ses baisers. Ses cheveux soyeux, sa peau si douce sous ses doigts. Leurs corps qui s'épousaient avec exactitude. Cela avait été merveilleux... Evidemment, ce n'était pas le genre de fille que ses parents voulaient pour lui. Ils n'avaient jamais approuvé leur relation. Mais lui, il s'en moquait. Au début, il l'avait choisie parce qu'elle était belle et intelligente, et parce que son choix allait les exaspérer : Charlotte James n'avait rien des filles ennuyeuses qu'ils s'acharnaient à placer sur son chemin. Et puis, très vite, il était tombé amoureux d'elle.

Seulement, ils ne désiraient pas la même chose. Charlotte voulait fonder une famille, lui non. Après une enfance sans amour, il ne se sentait pas fait pour la paternité. Après leur séparation, sa mère, qui adorait remuer le couteau dans la plaie, lui avait souvent rappelé qu'elle n'avait jamais été une femme pour lui.

Ses parents avaient vu juste. Charlotte n'était pas une femme pour lui. Remuer tout cela ne ferait que lui apporter des problèmes. Il était là en tant que professionnel. Chirurgien. Point.

Une forte secousse projeta Charlotte contre le tableau de bord, le tirant de ses pensées.

Il défit en hâte sa ceinture pour la saisir. Un parfum de shampoing à la noix de coco lui parvint, lui rappelant l'été qu'ils avaient passé à Yellowknife, dans une cabane au bord du Great Slave Lake.

Des nuits de passion brûlante sous le soleil de minuit...

A présent, ils se trouvaient tout près l'un de l'autre, et il voyait le pouls de Charlotte palpiter à la base de son joli cou.

— Ça va ? demanda-t-il.

— Ça va. Ça va bien.

Elle s'éclaircit la gorge et redressa les épaules, sur lesquelles il laissa ses mains, heureux de retrouver ce contact.

— Tu en es sûre ?

Elle ne fit rien pour se dégager. De nouveau, ses joues rosirent. Elle soutint son regard, respira plus vite, et ses lèvres s'entrouvrirent.

Il résista à grand-peine à l'impulsion de lui voler un baiser. « Arrête. Elle ne veut pas de toi ».

2.

— Charlotte ? demanda Quinn d'une voix enrouée. Ça va ?

Charlotte s'écarta et détourna le regard.

— Très bien. Tu… Tu ferais mieux de reboucler ta ceinture.

— Tout de suite.

N'empêche, il avait baissé sa garde. Quel imbécile ! Il s'était bien promis de rester détaché émotionnellement, mais après deux heures en présence de Charlotte, il se trouvait de nouveau captivé, comme s'ils ne s'étaient jamais séparés. Cette femme était comme une drogue à effet rapide. Ce que la vie sans elle avait été triste ! Quelle solitude !

Il reboucla sa ceinture et regarda par la vitre.

Les nuages se dissipaient. Au loin, des constructions aux vives couleurs apparurent dans le paysage blanc. Elles semblaient avoir été construites sur pilotis au-dessus de la neige, et de la fumée sortait des cheminées.

Alors, c'était ça, Cape Recluse.

Un cap battu par les vents, entouré sur trois côtés par le Passage du Nord-Ouest. La ville elle-même était nichée contre un panorama de montagnes majestueuses. En regardant avec attention, il distingua ce qui ressemblait à une minuscule piste d'atterrissage sur une langue de glace.

La localité faisait penser aux villes de l'ancienne frontière de l'Ouest américain, à une différence près : la neige. On se trouvait là à la limite du monde civilisé.

Et c'était cet endroit que Charlotte préférait à New York ?

— Prête pour l'atterrissage, déclara-t-elle dans le micro.

— Roger, répondit une voix qui grésillait.

Il fut étonné par la maîtrise avec laquelle elle effectua un atterrissage en douceur.

Ensuite, l'avion vira pour se diriger vers un petit hangar, et il vit un groupe de villageois qui agitaient les bras.

— Un vrai retour au pays, commenta-t-il.

— L'hiver, on manque un peu de distractions, par ici.

— Tu m'étonnes.

A peine avait-il prononcé ces mots qu'il les regretta, mais Charlotte ne parut guère y prêter d'attention, tout à sa manœuvre pour garer l'avion dans le hangar.

— Bien. Nous allons t'installer, dit-elle simplement.

— Volontiers, répondit-il.

Il rêvait d'une douche brûlante et prolongée, mais à voir la taille de la localité, il n'y avait sûrement pas d'hôtel dans le secteur…

Bref, plus vite il traiterait le problème de Mentlana Tikivik, plus vite il pourrait rentrer à Toronto et retrouver son équilibre psychologique.

Charlotte ôta son casque le cœur battant, espérant que Quinn n'avait pas remarqué son trouble.

C'était stupide ! Quand il l'avait prise entre ses bras dans le cockpit, elle avait failli abandonner les commandes pour se jeter à son cou ! Un seul petit contact physique avec lui pendant des turbulences, et toutes sortes d'hormones lui avaient explosé dans le corps. Apparemment, elle était prête à tomber dans ses filets.

Pourtant, elle n'était pas en manque. Elle était sortie avec des hommes beaux et séduisants, et aucun d'eux ne lui avait fait perdre la tête…

C'était bien là le problème : cet homme lui faisait perdre la tête. Il était séduisant, sexy, beau, et dans ses bras elle avait connu un plaisir qu'elle n'avait plus éprouvé avec personne depuis qu'il l'avait quittée pour New York.

Le séjour de Quinn Devlyn à Cape Recluse s'annonçait plus éprouvant que prévu. Pour ne rien arranger, comme il n'y avait pas d'hôtel en ville, elle devrait l'héberger. Tous les jours, elle allait devoir affronter l'homme qui lui avait brisé le cœur. Pour Mentlana. Cela représentait un risque pour son cœur, même si elle n'avait guère pensé à lui depuis deux ans.

Menteuse ! Si, bien sûr qu'elle avait pensé à lui — moins souvent qu'avant, sauf un jour particulier : chaque année, à l'anniversaire du jour où elle avait perdu son bébé, elle avait pensé à lui et à ce qui aurait pu exister s'il n'était pas parti.

Une famille…

Seulement, voilà, ce n'était qu'un rêve : Quinn n'aurait jamais voulu s'installer avec elle.

Elle inspira profondément pour se calmer et sortit du cockpit.

— Doc Charley !

George, son ambulancier, se hâta de la rejoindre, et elle donna une accolade à l'homme qu'elle considérait comme un frère.

— Content de vous revoir, doc. Le vol s'est bien passé ?

Elle le savait, en réalité, George ne s'inquiétait pas vraiment pour le vol. Pilote lui aussi, il considérait le Citation comme son bébé.

Il se tourna vers le flanc de l'appareil, qu'il caressa.

— Pas de problème ?

— Aucun. Ton enfant volant va bien, et tout s'est bien passé, répondit-elle, regardant Quinn qui s'extrayait maladroitement du cockpit.

De la main, elle lui fit signe de les rejoindre.

Il s'approcha, le regard fixé sur George.

— Quinn, voici George Atavik, mon ambulancier et copilote. George, je te présente le Dr Devlyn, de Toronto.

L'Inuit eut un large sourire qui dévoila ses dents très

blanches, et ses yeux noirs brillèrent d'une lueur sincèrement cordiale.

— Content de faire votre connaissance, docteur Devlyn. Merci d'être venu si loin dans le Nord pour apporter votre aide.

— Tout le plaisir est pour moi. Appelez-moi Quinn.

Les deux hommes échangèrent une poignée de main, et Quinn coula en direction de Charlotte un regard plein de sous-entendus.

Elle s'éclaircit la voix.

— George est le frère de Mentlana Tikivik, expliqua-t-elle.

Pourquoi préciser cela ? Pour l'informer qu'il n'y avait rien entre George et elle ?

Pour toute réaction, Quinn se contenta d'un hochement de tête poli.

— Je vais m'occuper de l'avion, doc Charley. La météo a signalé une tempête descendue du Labrador, alors j'avais peur que ça ne vous retarde.

— Il y a eu un moment difficile, admit-elle distraitement.

Visiblement, George n'avait pas perçu la tension qui régnait entre eux deux.

— Je vais prendre mon sac, lança Quinn, se dirigeant vers l'avion.

Dans le hangar, face aux gens qui déchargeaient son sac de voyage et les fournitures qu'ils avaient transportées, il affichait un air distant.

C'était tout lui, ça, pensa-t-elle en le rejoignant.

— Le voyage a dû te fatiguer, non ? demanda-t-elle.

— Un peu. Il faut que George et toi vous occupiez de l'avion, j'imagine.

— George peut se débrouiller. S'il a besoin d'aide, il m'appellera.

— Il a l'air gentil. J'espère qu'il te rend heureuse.

— Il est comme un frère pour moi, murmura-t-elle. Et en plus, il est un peu spécial avec ses westerns. S'il le pouvait, ajouta-t-elle — tout haut cette fois —, il troquerait sa trousse d'urgence contre une selle et un six-coups.

— C'est ça, c'est ça, moque-toi. Clint Eastwood, c'est un homme, un vrai ! répliqua l'ambulancier.

Une lueur d'approbation passa dans le regard de Quinn.

— Les petites disputes, ça renforce les bonnes relations entre le médecin et son assistant, observa-t-il.

Soudain, une voix de femme résonna derrière eux, vibrant d'angoisse.

— Doc Charley !

Lorna, la sage-femme du village, entra en courant dans le hangar.

Charlotte n'eut pas besoin de poser la moindre question. Mue par son instinct, elle saisit sa trousse médicale posée sur la pile de caisses et de cartons de fournitures.

— Qu'est-ce qu'il se passe ? C'est Mentlana ?

— Oui. Elle saigne. Je ne sais pas si c'est le fœtus, le placenta ou autre chose.

Charlotte se souvint avec horreur de l'hémorragie qui avait failli lui coûter la vie quand elle avait perdu son bébé.

Oh mon Dieu, non !

Debout près d'elle, Quinn, concentré et pâle, lui adressa un hochement de tête. Il attendait ses consignes.

— Où est-elle ?

— A la clinique.

— Merci, Lorna. On y va.

Pourvu qu'il ne soit pas trop tard, se répéta-t-elle tout en se précipitant vers le parking.

— Alors ? Qu'est-ce que tu en penses, Charley ? demanda Mentlana d'une voix tremblante.

Charlotte ôta ses gants de caoutchouc et les déposa dans la poubelle destinée à cet effet.

— Rien de grave. Le col est irrité, c'est tout.

En arrivant, elle avait constaté avec soulagement que l'hémorragie était réduite, bien que suffisante pour inquiéter Lorna. Etant donné les problèmes de Mentlana et sa grossesse à haut risque, la sage-femme avait réagi de manière rapide et adéquate.

— Je vais demander au Dr Devlyn, le spécialiste de Toronto, de faire une échographie de contrôle pour m'assurer qu'il n'y a aucun problème avec le placenta ou le bébé. Mais le cœur va bien, et le placenta est en place. Un décollement aurait provoqué une hémorragie beaucoup plus importante.

Et mortelle. Mais elle garda pour elle cette information trop angoissante.

Mentlana se détendit visiblement. Elle ôta ses pieds des étriers et resserra le drap autour de la partie inférieure de son corps pendant que Charlotte se brossait consciencieusement les mains.

— Veux-tu que j'aille chercher Genen, Mentlana ? Il doit être mort d'inquiétude.

— Il peut attendre encore un instant. Je voudrais te parler.

Perplexe, Charlotte tira son tabouret roulant près de la table d'examen.

Appuyée sur un coude, son amie fixait avec cet air grave qui en imposait même à George et à Genen. Elle connaissait trop bien cet air-là.

— Quelle est ta question ?

— Ce médecin de Toronto, c'est lui, n'est-ce pas ?

— Qu'est-ce que tu veux dire ?

— Ne me mens pas. C'est lui, le type qui t'a brisé le cœur et qui t'a abandonnée après ta fausse couche, non ? Si je n'étais pas enceinte et si je n'avais pas besoin de lui, je lui décocherais un bon coup de genou entre les jambes.

Agacée, Charlotte se leva.

— Oui, c'est bien le Dr Devlyn.

Mentlana lui prit la main.

— Charley, je sais à quel point c'est difficile pour toi

de lui faire confiance et de l'amener ici, et je sais que tu le fais pour moi et le bébé. Merci.

Emue, Charlotte afficha un sourire tremblant et écarta la mèche noir de jais qui retombait sur le front de son amie.

— Je ferais n'importe quoi pour toi. J'affronterais le Diable en personne — ou Quinn Devlyn, dans le cas présent.

La jeune Inuit pouffa.

— Je meurs d'envie de faire sa connaissance !

— La plupart du temps, il se comporte au chevet des patients comme un éléphant dans un magasin de porcelaine. Prépare-toi. Je te l'amène dans une minute.

— J'attends ça avec impatience !

Charlotte passa dans le bureau voisin et referma la porte derrière elle.

Comme elle s'y attendait, toute la famille s'entassait à l'accueil. Genen faisait les cent pas, il se précipita dans sa direction.

Elle leva les mains.

— Ce n'est rien, dit-elle. Seulement une inflammation du col. La mère et l'enfant se portent bien, mais je vais demander au spécialiste de pratiquer une échographie pour en être absolument sûre.

— Je peux la voir, Charley ?

Le clan Atavik et Tikivik tout entier se leva.

— Seulement Genen, précisa-t-elle. George, où est le Dr Devlyn ?

— Dans ton bureau. Je me suis dit qu'il y serait mieux installé.

Elle se sentit pâlir.

— Dans mon bureau ?

Mon Dieu. Elle n'avait pas eu le temps de ranger ses affaires personnelles, dont ce vieux cliché pâli qu'elle aimait tant : l'échographie à laquelle Quinn n'avait même pas pris la peine d'assister. Le cliché qu'il avait repoussé quand elle le lui avait montré.

— Tu ne veux pas la voir ? C'est impressionnant !

— On dirait que tu n'as jamais vu une écho.

— Mais Quinn, c'est *notre* bébé !

— Il faut que je m'en aille. Je suis déjà en retard pour mes visites, avait-il conclu sèchement.

Alors, même si c'était enfantin de sa part, cinq ans plus tard, elle ne voulait plus partager cette image avec lui. Il ne le méritait pas. Son chagrin, elle le garderait pour elle toute seule.

3.

Luttant contre la panique, Charlotte se dirigea vers son bureau. Devant la porte, elle leva la main pour taper puis se ravisa.

C'était son bureau à elle, Quinn n'était qu'un visiteur !

Debout devant la fenêtre, il regardait la neige qui tourbillonnait sur la baie. Quand elle entra, il se retourna.

— Comment va Mme Tikivik ?

— C'était une irritation du col, mais j'aimerais que tu fasses une écho pour contrôler toi-même l'état du fœtus.

— Entendu.

Du regard, il désigna le paysage.

— Je n'ai jamais vu autant de maisons reliées à des câbles et montées sur des pilotis métalliques. On dirait un hameau de cabines de plage ou quelque chose dans ce genre.

Elle ne put s'empêcher de sourire.

— Les maisons sont surélevées. Il n'y a pas de fondations à cause du permafrost, et les montagnes ne nous protègent pas beaucoup des vents violents, alors il faut tout arrimer.

— C'est très intéressant, ce paysage.

Cette fois, ce fut à elle d'être étonnée. Quinn ne s'était jamais beaucoup intéressé à autre chose qu'à sa prochaine intervention chirurgicale. Sauf à elle — jusqu'à ce qu'elle tombe enceinte.

— C'est insolite, en effet, admit-elle.

— Les habitants forment une véritable communauté. Chacun semble se préoccuper des autres, comme dans une famille.

— Cette sollicitude est sincère ! C'est une petite localité, et tout le monde se connaît. Il n'y a pas de secrets, ici.

Il la fixa d'un air interrogateur.

— Pas de secrets ? Vraiment ?

— Non. Aucun, assura-t-elle, soudain un peu mal à l'aise.

Peut-être était-ce dû au fait qu'ils se trouvaient seuls dans une pièce fermée ?

Quinn s'avança dans sa direction, avec dans le regard de la douceur, mais aussi une lueur de malice toujours présente. Il tendit la main et écarta une boucle vagabonde qui lui retombait sur le visage.

Elle sentit un frisson délicieux lui descendre le long du dos.

Un simple contact de lui, et son corps réagissait comme s'il avait été en sommeil pendant cinq ans !

Peut-être était-ce le cas ? Aucun autre homme n'avait su l'exciter ainsi d'un simple contact… C'était agaçant de penser que Quinn était le seul à posséder ce don.

— Ne fais pas ça, murmura-t-elle d'une voix étouffée.

— Quoi donc ?

— Me toucher de cette façon. Pas de familiarités.

La main de Quinn retomba.

— Excuse-moi. C'est la force de l'habitude, même après tout ce temps.

— Tu ne devrais pas faire attendre les Tikivik.

— As-tu une tenue pour moi ?

— Bien sûr. Vois Rosie à l'accueil, elle te procurera ça.

Une fois Quinn sorti de la pièce, Charlotte ne put s'empêcher de saisir le cadre-photo sur son bureau et de contempler le cliché, songeant à son bébé perdu.

Il ou elle aurait eu cinq ans, maintenant. Aurait-il eu les cheveux bruns et les yeux sombres de Quinn ? Ou aurait-il tenu d'elle, avec des boucles rousses et des yeux émeraude ? Ou aurait-il formé un mélange des deux ?

Fermant les yeux, elle imagina un garçon turbulent, joues

roses, cheveux bruns et yeux verts — c'était toujours ainsi qu'elle se représentait son enfant perdu.

Des larmes montèrent, qu'elle se hâta de refouler.

Pourquoi s'abandonnait-elle encore une fois à ces sentiments-là ? Et pourquoi laissait-elle Quinn Devlyn s'immiscer de nouveau dans sa vie ?

Parce qu'elle ne renoncerait jamais à lui.

Avec un soupir, elle ouvrit son meuble-classeur et poussa le cliché au fond du tiroir, avant de le verrouiller et de glisser la clé dans sa poche.

Pourquoi s'obstiner ? Ils n'avaient eu aucun bébé ensemble, et ils n'en auraient jamais.

Quinn ôta les vêtements qu'il portait depuis de longues heures. Sa main tremblait légèrement, il la massa de l'autre main.

De la fatigue, rien de plus.

Il se sentait épuisé et complètement gelé, mais pour le dieu de la chirurgie qu'il était, le moment était venu de briller. De toute façon, il n'avait pas grand-chose à faire. Une échographie et une consultation. Si ce tremblement continuait, il se désisterait. La vie de la patiente et de son bébé était plus importante que de prouver à tout le monde qu'il était un chirurgien capable…

Allons, ça allait bien se passer.

Il enfila la tunique et le pantalon de chirurgien, puis il s'aspergea le visage d'eau, songeant au cliché qu'il avait aperçu sur le bureau de Charlotte.

Leur bébé. Celui qu'ils avaient perdu.

Il avait connu alors la plus grande peur de sa vie. Même l'accident qui lui avait abîmé la main n'avait pas été aussi terrifiant que le jour où ils avaient perdu leur bébé. Charlotte avait fait une mauvaise hémorragie après la fausse couche, il l'avait trouvée évanouie sur le parquet de l'appartement.

— Tiens bon, ma chérie. Tiens bon, avait-il murmuré, caressant son joli visage tout pâle.

Il frissonna et écarta ce cauchemar de ses pensées.

Ce cliché d'échographie posé dans un cadre sur le bureau, lui rappelait aussi le chagrin de leur séparation.

A cette époque-là, l'idée d'un bébé dans leur vie ne le tentait pas. Comment aurait-il pu faire un père bon et aimant, lui, l'enfant d'un père froid et détaché ? Un enfant ne faisait pas partie de ses projets. Mais pourtant, quand Charlotte avait perdu le bébé, il avait souffert de la voir désespérée, conscient qu'il ne pouvait rien y faire — un sentiment qui lui déplaisait profondément.

Parfois, dans le service de néonatalogie, quand il s'occupait de bébés prématurés, il songeait malgré lui à ce qui aurait pu exister. S'ils avaient vécu dans une ville, leur bébé aurait peut-être pu être sauvé. Et si le bébé avait survécu, il aurait lui-même suivi une autre route professionnelle... Mais voilà, c'était ainsi. Il avait fait tout son possible pour devenir un des meilleurs chirurgiens de sa spécialité, se plongeant dans le travail pour noyer sa tristesse. Maintenant, il était au sommet. Et seul à en crever.

Une raison de plus pour détester ces coins perdus du Nord.

Il n'éprouvait pas la fascination de Charlotte pour la vie dans ces contrées. Elle avait survécu, mais le Nord la lui avait prise : refus de partir vivre à New York avec lui, refus de lui parler : son dernier message stipulait qu'elle ne voulait rien garder de lui. Elle lui avait rendu sa bague, ainsi que ses autres cadeaux.

Alors, pourquoi avait-elle gardé ce cliché ?

Evidemment, il n'avait pas le droit de se montrer indiscret dans son bureau. Et de toute façon, le bébé n'avait jamais vu le jour, alors... Pas le temps de laisser ses sentiments personnels interférer, une patiente l'attendait et comptait sur lui.

Tout en fourrant dans son sac de voyage les vêtements

qu'il avait ôtés, il enfouit dans un recoin de sa mémoire ces émotions indésirables.

Quand il sortit de la salle de bains, tirant derrière lui son sac sur roulettes, il sentit que toute la zone d'attente le regardait. Se retournant, il sourit et agita gauchement la main, mais personne ne lui rendit son salut.

Il s'avança vers l'infirmière de Charlotte, qui lui tendit une tenue de chirurgien.

Une tenue… *mauve* !

Il faudrait qu'il vérifie s'il n'y en avait pas une bleue ou verte en stock. Peut-être était-ce un peu machiste, mais il ne se sentait pas très viril en mauve.

— Excusez-moi, j'ai oublié votre prénom, dit-il.

— Ce n'est pas grave. Je m'appelle Rosie. Je peux prendre vos bagages, docteur.

— Oui, merci. La patiente ?

— Dans la salle de soins 1.

— Merci.

Il aurait parié que tous les regards le suivaient pendant qu'il se dirigeait vers la salle. Il régnait une tension à couper au couteau. Peut-être les gens étaient-ils choqués de voir un homme en mauve…

Quand il frappa à la porte, Charlotte lui dit d'entrer, puis elle le regarda des pieds à la tête et eut un sourire satisfait.

— Cette couleur te va à ravir, dit-elle, taquine.

— Tu parles.

Se retenant visiblement de pouffer, Charlotte s'écarta.

— Entre.

Dans la salle d'examen, un couple d'Inuits attendait dans un coin. La femme était très jolie avec ses cheveux et ses yeux noirs, et une fossette apparut dans sa joue quand elle adressa un sourire à son mari.

— Mentlana, Genen, voici le Dr Devlyn. C'est le spécialiste dont je vous ai parlé.

Genen s'avança, lui saisit sa mauvaise main et la secoua avec effusion.

Quinn retint de justesse une grimace de douleur.

Il se tourna vers Mentlana et fut surpris par son regard déterminé : cette femme le détaillait sans retenue.

— Content de faire votre connaissance, madame Tikivik.

— Moi aussi, docteur Devlyn. Charley avait raison, vous êtes vraiment mignon.

Stupéfait, il faillit s'étrangler. Comme Charlotte s'éclaircissait la voix derrière lui, il se retourna pour lui lancer un regard aigu.

Elle fixait le plafond, et ses pommettes trop roses trahissaient son embarras.

Comme ce rose était charmant sur ses joues claires…

Concentration. Il avait un travail à effectuer. Ce n'était pas le moment pour les frivolités ou les sentiments personnels.

— Eh bien, merci pour le compliment. Maintenant, j'aimerais faire une échographie, vous voulez bien ? Avez-vous la vessie pleine ?

— Elle l'est en permanence. Dépêchons-nous avant que je n'explose.

Charlotte alla chercher l'échographe, puis elle diminua l'intensité des lampes, évitant soigneusement de croiser son regard.

Ainsi, il lui faisait toujours de l'effet…

Cette pensée le réjouit secrètement, mais se concentrant sur son travail, il dénuda le ventre de Mentlana.

— C'est un peu froid, dit-il d'un ton d'excuse.

— Froid ? Non, docteur. Dehors, oui, il fait froid.

Il sourit mais s'abstint de plaisanter. Il plaça la sonde contre l'abdomen et effectua quelques réglages pour obtenir une image plus claire.

— Eh bien, d'après ce que je peux voir, votre placenta, bien que praevia — situé trop bas —, n'est pas décollé et ne saigne pas.

Genen déposa un baiser sur la main de sa femme, puis il se pencha pour mieux voir l'écran.

— Et le bébé ?

— L'hémorragie n'est pas causée par le bébé. Je dois effectuer quelques tests pour déterminer la gravité du CCAM, mais à part cela, le bébé bouge, son cœur bat, et ses autres organes présentent un aspect normal pour vingt et une semaines.

— C'est bien. Merci, docteur, dit Mentlana.

— Je veux quand même que vous vous reposiez au lit. Je suis sûr que le Dr James confirmera ma prescription.

— Oui, dit Charlotte. Nous en avons déjà parlé.

— Pendant combien de temps ? demanda la future mère, visiblement contrariée.

— Jusqu'à la fin de ta grossesse. Avec ton embolie pulmonaire et ton placenta praevia, cela vaudra mieux.

— Bon, d'accord.

Quinn essuya le gel sur le ventre de la jeune femme.

— Nous vous appellerons quand j'aurai vu vos résultats d'analyses. En attendant, pas d'imprudences.

— Entendu, docteur.

Il sauvegarda divers clichés du cœur du bébé et d'autres organes pour déterminer s'il devrait ou non opérer *in utero*. Une intervention à terme sur le bébé né par césarienne serait quand même préférable — il avait pratiqué plusieurs fois ce type d'intervention depuis son accident à la main. Dans ce dernier cas, il trouverait un moyen de transférer Mentlana à Mount Hope, où son équipe chirurgicale pourrait l'assister. Même Iqaluit serait un meilleur endroit que celui-là. Charlotte était peut-être un médecin compétent, mais elle n'était pas chirurgienne. Enfin, techniquement. Elle n'avait pas le diplôme mais avait suivi le cursus.

Elle aurait pu se former davantage si elle était venue à New York avec lui…

Il se leva, imité par Charlotte, et sortit pour rejoindre le bureau sous le regard collectif du clan entassé dans la salle d'attente. Une fois la porte refermée, il se dirigea vers la fenêtre et grimaça en voyant au-dehors la tempête de neige qui les avait rattrapés.

Au moins, cela ferait une belle photo, pensa-t-il, content à l'idée d'avoir apporté son appareil.

A présent, il s'adonnait à sa passion pour la photo — une activité que son père avait toujours considérée comme une perte de temps. Il avait même projeté de faire un voyage en Inde pour photographier les paysages. Et au lieu de cela, il se trouvait dans l'Arctique, et pas payé pour son séjour.

Mais pour lui, l'argent n'avait plus d'importance.

Son père venait juste de mourir quand Charlotte avait appelé. Il devait se retourner dans sa tombe s'il savait tout cela, et sa mère n'avait pas caché ce qu'elle pensait de ce séjour.

— Tu n'as pas le temps pour un soin gratuit, Quinn. Tu dois te préparer pour prendre la place de ton père !

Bon sang, il détestait l'hiver. Cela venait sûrement des heures interminables de hockey imposées par son père, alors qu'il aurait préféré suivre un cours de photo. Pas assez viril pour son père. Le hockey, ça, c'était le sport des champions !

— Il n'y a pas d'hiver, à Toronto ? demanda Charlotte, brisant le silence.

Il dirigea un bref regard dans sa direction.

— Pardon ?

— Cet air sévère que tu as quand tu regardes la neige…

Il eut un haussement d'épaules évasif.

— Je déteste cette saison, tu le sais bien. Et je ne suis pas le seul Canadien dans ce cas. Pense à tous les oiseaux qui partent chaque hiver pour des climats plus doux.

— Je te verrais bien en retraité roulant en camping-car, répondit Charlotte, malicieuse.

— Très drôle.

— J'oubliais : je suis vraiment confuse pour ta tenue, poursuivit-elle sur le même ton.

— Je n'en crois pas un mot. Ça t'a beaucoup plu que je m'affiche ainsi attifé devant les gens du cru.

Charlotte rit de bon cœur, et il ne put s'empêcher de s'esclaffer lui aussi.

— Je vais voir si George aurait une tenue à te prêter.

— J'apprécierais.

Il ne fut pas mécontent quand elle changea de sujet.

— Que penses-tu de l'état de Mentlana ?

— Tu as bien évalué le problème, mais je ne connais pas encore la gravité du MAKP.

— Combien de temps te faudra-t-il pour le déterminer ?

— Quelques jours. Je veux être complètement sûr. J'ai transmis les scans à ton ordinateur et je les enverrai ensuite à mon ordinateur portable. J'ai apporté une clé internet, parce que j'ai supposé qu'il n'y avait pas de Wi-fi dans la région.

— Bien vu.

Il s'éloigna de la fenêtre et s'assit dans un fauteuil, de l'autre côté du bureau.

Le petit cadre avec le cliché d'échographie avait disparu. Apparemment, Charlotte l'avait caché. C'était comme si le bébé et leur histoire n'avaient jamais existé.

Cela l'attrista, et il écarta cette pensée.

Charlotte s'assit de l'autre côté du bureau, le dos trop droit et les doigts croisés devant elle sur le bois.

— Je suis soulagée qu'il ne s'agisse que d'une inflammation du col.

— Il n'y a aucun épanchement sanguin visible sur les scans, et malgré le MAKP, le fœtus se développe bien. J'espère que nous pourrons amener Mentlana à vint-cinq semaines avant que j'envisage une opération *in utero* pour réparer les poumons. De cette façon, si nous sommes obligés de le sortir par césarienne, le bébé aura de meilleures chances de s'en tirer.

Le leur, lui, était né à seize semaines seulement.

— L'opération *in utero* est indispensable ?

— Pas forcément. Le monitorage nous permettra de le savoir. Il se peut qu'elle aille à terme et que les poumons du bébé puissent être réparés après l'accouchement. Mais en cas d'accumulation supplémentaire de liquide *in utero*, il y a un risque d'anasarque. Si un œdème se produit, nous devrons poser un drain dans les poumons du fœtus afin que le liquide s'écoule dans le liquide amniotique et ôte toute pression aux poumons. Ensuite, quand le bébé sera à terme, nous pourrons enlever la lésion. Ça, c'est l'hypothèse idéale.

Il massa sa main, qui le tracassait de nouveau. Il fallait qu'il effectue ses exercices de renforcement.

— Nous devrons prévoir un moyen d'aller à Iqaluit. Ici, il n'y a pas les moyens techniques pour une césarienne, encore moins pour opérer un fœtus *in utero*.

— Avec le risque d'embolie pulmonaire, je ne peux pas transporter Mentlana en avion.

— Même à basse altitude ?

— J'y ai pensé, mais avec les tempêtes imprévues et les montagnes, c'est risqué. Et cela doublerait le temps de vol.

— C'est risqué aussi de la laisser ici ! Le moment venu, il faudra l'emmener à Iqaluit. Si elle tient jusqu'à vingt-quatre semaines, nous envisagerons de l'emmener là-bas en avion.

Charlotte se passa la main sur le visage.

— Tu as raison, je le sais bien. Entendu. Le moment venu, nous l'emmènerons à basse altitude jusqu'à Iqaluit. Mais si elle perd les eaux ou si une tempête s'en mêle, nous serons obligés d'opérer ici. J'ai constitué des stocks de fournitures.

— Cela ne suffira pas, Charlotte. Il faudra une véritable équipe médicale. Sans vouloir te vexer, toi seule pour m'assister, tu ne me seras pas d'un grand secours.

— Je suis tout à fait capable de vous assister, docteur Devlyn !

— Tu as déjà opéré ici ?

— Oui. Mais je n'ai jamais effectué ce genre d'intervention, et c'est pour cette raison que j'ai besoin de toi.

Par-dessus le bureau, Charlotte lui prit la main. L'air grave, elle s'éclaircit la gorge.

— Accepterez-vous que je vous assiste, docteur Devlyn, ou faut-il que j'engage des aides ?

Il sentit une vague de chaleur l'envahir et rêva de la serrer contre lui.

Comme elle lui avait manqué…

Oublier ça. Elle ne voulait pas de lui. C'était trop tard. On ne pouvait pas revenir en arrière.

Il repoussa la main délicate.

— S'il faut opérer ici, oui, tu m'assisteras.

Sinon, ce serait trop lourd à financer pour elle.

4.

Charlotte demeura pensive.

Quinn semblait lui faire confiance, il avait accepté son aide pour sauver le bébé de Mentlana. Mais maintenant, le doute la taraudait sur ses propres capacités en chirurgie.

Elle se souvenait parfaitement de ce que Quinn pensait des médecins et des chirurgiens pendant ses études. Pour lui, l'étude d'une spécialité pendant quatre ans signifiait discipline, énergie et concentration, et il avait développé une sorte d'obsession pour ce credo, toujours prêt pour n'importe quelle intervention ou prouesse chirurgicale. Voilà pourquoi, à son âge, il était déjà le meilleur dans sa spécialité.

Et s'il avait changé ?

Elle en doutait sérieusement. Comme son père le disait autrefois : « Chassez le naturel, il revient au galop ».

Mais pourquoi se préoccuper de cela ? Quinn n'était plus son problème. Elle se moquait bien de ce qu'il pensait de ses choix professionnels à elle. Il acceptait qu'elle l'assiste dans une intervention exceptionnelle, alors tant pis s'il acceptait son aide parce qu'il n'avait pas d'autre choix !

— Je crois que je vais prendre une douche et quitter cette charmante tenue, dit-il en se levant. Où est-ce que je loge ? Il faut que j'appelle un taxi ?

Elle éprouva un sentiment de culpabilité.

Il était épuisé, et à peine avait-il atterri qu'elle le poussait dans une salle de soins ! Elle n'avait pas de cœur.

— Il n'y a ni taxi ni hôtel.

— Pas d'hôtel ? Et où suis-je censé dormir ? Là-dessus ? Je me sens un peu vieux pour ça.

Il désignait le vieux canapé marron qui avait équipé autrefois leur appartement d'étudiants.

— J'ai une chambre d'amis chez moi, répondit-elle.

Elle sentit une vague de chaleur lui remonter le long du cou et pria avec ferveur pour qu'elle n'atteigne pas ses joues.

Quinn écarquilla les yeux et croisa les bras, tendant le tissu de la tunique sur ses larges épaules.

— Tu me demandes de dormir *chez toi* ?

Il pensait que le mauve le rendait moins viril, mais c'était faux. Il était archi-sexy, comme ça. Maintenant, si elle pouvait lui ôter cette tenue pour accéder à ce qu'elle cachait… Du calme ! D'où sortait-elle cette idée bizarre ?

De fait, cela faisait longtemps qu'elle n'avait plus été avec un homme. La dernière fois, c'était avec Quinn…

Et si c'était la solution ? Passer une dernière nuit avec lui, avant de l'exclure de sa vie ?

Cette idée folle fit naître en elle un picotement brûlant.

Allons, partager son lit avec Quinn Devlyn, c'était la dernière chose dont elle avait besoin.

Quinn la fixait toujours, l'air taquin.

— Tu m'invites à passer la nuit chez toi ? insista-t-il.

Il ne la lâcherait pas. C'était agaçant, cette manie.

Comme il se rapprochait, elle leva les paumes.

— Pas dans mon lit, évidemment ! Tu dormiras dans le lit de la chambre d'amis. Un même toit, des lits séparés.

— Tu utilises beaucoup le mot « lit », je trouve. C'est révélateur, non ?

— Si tu veux chercher un autre hébergement, fais-le, mais tu vas devoir camper chez des inconnus ou construire un igloo. Crois-moi, la cohabitation ne me tente pas plus que toi.

— Un igloo ? Tu plaisantes.

— Pas du tout. Et les ours ne sont pas commodes, cette année.

— Les ours ? Polaires ?

— Evidemment. Ici, c'est le Nord, mon ami, rétorqua-t-elle, moqueuse, en quittant la pièce.

Le cabinet médical allait fermer, mais elle logeait juste à côté. Une porte au fond du local menait à son appartement, tout simple mais confortable.

Elle se dirigea vers l'accueil pour demander à Rosie le sac de voyage de Quinn.

Celle-ci souleva le sac pour le lui remettre.

— Il n'a pas pris grand-chose avec lui.

— Il a toujours été comme ça.

— Je trouve bizarre qu'il n'ait pas pris ses propres tenues de chirurgien, observa la secrétaire tout en rassemblant ses propres affaires.

— Penses-tu que nous pourrions lui en trouver une autre, bleue ou verte ?

Rosie fronça les sourcils au-dessus de ses lunettes ornées de faux diamants.

— Il nous prend pour le bazar du coin ?

— S'il te plaît, essaie, fais-le pour moi. Il a accepté de venir gratuitement. Il a l'habitude de New York. Là-bas, les médecins n'ont qu'à claquer des doigts, et tout arrive sur un plateau.

La secrétaire remonta le zip de sa parka.

— Je vais voir ce que je peux faire. A demain, doc Charley.

— Bonne nuit, Rosie…

C'est alors que George entra en courant, avec un brancard sur lequel était allongé un garçon de dix ans dont la cuisse saignait abondamment. George la lui comprimait avec la paume.

Charlotte reconnut le petit Wavell Agluclark qui apprenait la chasse traditionnelle. Le visage du garçon était pâle à cause de l'hémorragie, de la douleur et de la peur.

Elle détestait voir un enfant souffrir.

Alors qu'elle se précipitait, Rosie ôta sa parka.

— La salle 1 est prête, doc Charley, lança-t-elle.

— Portez-le en salle 1, ordonna Charlotte. Qu'est-ce que nous avons, George ?

— Plaie profonde à la cuisse, lésion probable de l'artère fémorale.

Pendant que George et Sam, le père de Wavell, soulevaient ce dernier pour l'installer sur le lit d'examen, elle se lava rapidement les mains puis enfila une paire de gants en caoutchouc, car l'enfant était allergique au latex.

— Alors, qu'est-ce qu'il t'arrive, cette fois ?

— Je nettoyais du poisson après la pêche, et le couteau a glissé, répondit-il, les dents serrées.

Ce n'était pas le premier accident de Wavell. Un élan de sympathie la traversa.

— Bon, regardons ça.

George ôta la gaze qu'il avait utilisée pour comprimer la plaie.

Celle-ci était profonde, mais le sang ne giclait pas : l'artère fémorale était probablement indemne.

— Il me faut 10 CC de lidocaïne, Rosie, ordonna-t-elle, soulagée.

— Tout de suite.

La secrétaire alla déverrouiller l'armoire à médicaments et prépara l'anesthésique local.

— J'aime pas les aiguilles, grommela Wavell.

— Je sais, mon garçon. Mais cette aiguille-là va endormir ta blessure, et je pourrai la refermer sans douleur.

— D'accord.

Wavell pinça les lèvres d'un air résolu.

Charlotte ébouriffa les cheveux du garçon après l'injection.

— Tu es très courageux.

— Ça va aller ? demanda Sam Agluclark, inquiet.

— Oui. L'artère n'a rien. Une fois la plaie recousue, il faudra quarante-huit heures de repos.

— Je sens plus rien, signala Wavell.

— Tant mieux, répondit Sam, soulagé.

Rosie apportait déjà le plateau avec le nécessaire pour poser des points.

Charlotte irrigua la plaie et la nettoya avec de la solution saline et de la Bétadine, parce qu'un couteau à vider le poisson est forcément souillé. Après avoir examiné la plaie, elle entreprit de suturer.

Wavell demeura parfaitement calme pendant qu'elle lavait de nouveau la plaie avec de la Bétadine et la recouvrait de gaze. L'effet de la lidocaïne ne s'était pas encore entièrement dissipé.

— Il est très fatigué. Il vaudrait mieux que vous le laissiez se reposer ici un moment. Je vous donnerai des antalgiques pour plus tard. Il doit garder la jambe surélevée et revenir dans cinq jours pour que j'enlève les points. Plus de chasse pendant quelque temps. Il a eu de la chance, cela aurait pu être plus grave.

— Merci, doc Charley, dit Sam.

Elle répondit d'un hochement de tête et jeta seringues et gants dans la poubelle destinée à cet usage, tandis que Rosie et George s'occupaient du matériel à stériliser.

— Je t'aide à ramener Wavell chez vous d'ici deux heures, Sam, annonça George. Pourquoi n'allez-vous pas vous reposer vous aussi, doc Charley ? Vous avez l'air épuisé.

En effet, la journée avait été longue et riche en émotions.

— Je crois que je vais y aller. Merci, George.

Elle se lava les mains puis regagna le bureau.

Elle frappa doucement à la porte mais n'obtint aucune réponse. Jetant un coup d'œil à l'intérieur du bureau plongé dans la pénombre, elle avisa Quinn endormi sur le vieux canapé usé, l'air innocent, lui si souvent caustique.

Elle sourit malgré elle en le contemplant.

Ils n'avaient pas fait que dormir sur ce canapé quand ils étaient étudiants… Il avait été un étudiant dissipé, alors qu'elle était calme et studieuse, concentrée sur ses études et ses petits boulots. A l'opposé l'un de l'autre.

Alors qu'est-ce qui l'avait attirée en lui ?

La réponse coulait de source : il était sexy et passionnant.

Quand elle avait vu Quinn Devlyn pour la première fois, il entrait en salle d'anatomie, l'air si sûr de lui qu'elle avait eu l'impression de se réveiller d'un long sommeil : après la mort de son père, elle s'était jetée dans le travail, étudiant sans relâche et obtenant d'excellents résultats, dans la perspective de marcher dans les traces paternelles. Elle avait ignoré les garçons, n'était jamais sortie et n'avait même pas de hobby. Ensuite, Quinn était entré dans sa vie, et elle s'était mise à rêver d'autre chose. Mais fonder une relation sur l'attirance physique et le sexe ne valait rien, aussi merveilleux cela soit-il. Elle l'avait appris à ses dépens. Il était allé poursuivre une carrière en chirurgie néonatale à New York, tandis qu'elle montait dans le Nord en tant que généraliste auprès d'une population reculée, suivant la voie de son père comme elle l'avait décidé à la mort de ce dernier. Et au moment où elle avait eu le plus besoin de Quinn, lorsqu'elle se trouvait allongée sur un lit d'hôpital après sa fausse couche, il n'avait pas été présent…

Elle chassa ce souvenir douloureux, mais il fallait bien avouer que leur cohabitation forcée pour le bien de Mentlana allait la mettre sérieusement à l'épreuve.

A pas feutrés, elle se dirigea vers le bureau et laissa un message pour indiquer à Quinn où la trouver, puis elle prit une couverture pour le couvrir.

Alors qu'elle se penchait sur lui pour l'ajuster, elle aperçut des cicatrices sur sa main droite.

Des cicatrices *chirurgicales* ! Que lui était-il arrivé ?

Apparemment, sa main avait été accidentée, et les fractures avaient nécessité de multiples interventions.

Soudain glacée, elle se redressa.

Et s'il n'arrivait plus à tenir un scalpel ?

Non, cette éventualité était trop terrifiante. Il pouvait toujours opérer, évidemment. S'il avait perdu ses capacités, il n'aurait plus le droit d'opérer et ne serait même pas venu. Il lui aurait dit la vérité.

Mais était-ce si sûr ?

La gorge serrée, elle sortit de pièce et ferma la porte derrière elle.

Elle voulait croire que Quinn demeurait le meilleur chirurgien fœtal. Son instinct lui disait qu'il lui cachait quelque chose, mais son cœur, le traître, souhaitait passionnément lui laisser le bénéfice du doute.

5.

Vêtue d'un long déshabillé de soie blanche particulièrement sexy, Charlotte se pencha sur le grand lit en merisier où reposait Quinn.

— Embrasse-moi, murmura-t-elle d'une voix sensuelle.

Quinn tendait la bouche vers la sienne… Quand un courant d'air froid le réveilla en sursaut.

Il se passa la main sur le visage, et sa barbe naissante lui agaça la paume. Il baissa les yeux et aperçut du mauve. Une migraine lui martelait la nuque.

Zut. Ce n'était qu'un rêve dont les lambeaux s'enfuyaient déjà. Dans son logement, Charlotte n'avait sûrement ni lit extra-large ni mobilier en merisier ! Et elle ne serait pas venue à lui après ce qu'il s'était passé entre eux cinq ans plus tôt.

Ce n'était pas la première fois qu'il faisait ce rêve. Après leur séparation, il avait souvent rêvé d'elle. Il avait essayé de conjurer son fantôme par des aventures d'un soir, mais cela n'avait pas marché. Ensuite, il s'était réfugié dans le travail, et les rêves étaient devenus moins forts et moins fréquents. En fait, cela faisait longtemps qu'il n'avait plus eu ce fantasme, et il regrettait presque de s'être réveillé. Il aurait aimé savourer ce moment avec elle, même si ce n'était qu'en rêve.

Parce que l'amour qu'ils avaient partagé n'était plus que cela maintenant : un rêve. Rien de plus.

Il se leva, le corps raide et douloureux après son séjour sur le canapé. Sa mauvaise main était engourdie. Il la fit jouer avec précaution.

C'était sa faute. La veille, il avait oublié de faire ses exercices.

Au bout du couloir, il y avait une porte légèrement entrebâillée. Il se dirigea dans cette direction, guidé par une bonne odeur de café.

Il s'arrêta sur le seuil et ouvrit de grands yeux.

Charlotte, les cheveux retenus par un élastique, s'activait dans la cuisine du petit appartement. Elle portait une chemise de nuit courte taillée dans un banal coton imprimé de petits cœurs. Cette tenue avait cependant un avantage sur le déshabillé de son rêve : quand elle leva les bras pour prendre un ustensile dans le placard, il entrevit son postérieur rond.

Une chaleur brûlante lui enflamma le ventre.

Les fesses de Charlotte ressemblaient à deux pêches qui attendaient d'être cueillies, et il mourait d'envie d'y poser ses mains nues.

Du calme !

Impossible.

Il se rappela la première fois qu'il l'avait vue, penchée sur ses livres, enroulant ses mèches rousses autour de son doigt : complètement absorbée dans sa lecture, elle ne prêtait aucune attention au monde qui l'entourait. C'était la seule femme qui ne s'était pas immédiatement intéressée à lui pour son argent ou pour son physique. La séduire avait été une sorte de jeu. Il voulait être celui qui la capturerait… Et il y avait réussi, mais elle avait pris son cœur. Il ne le lui avait jamais dit, parce qu'il n'avait jamais rien compris à l'amour.

Rien d'étonnant à cela, car ses parents ne lui avaient guère manifesté d'affection pendant son enfance. Mais Charlotte l'avait fait, elle. Et à présent, cela lui manquait terriblement.

Il s'appuya contre le chambranle, le faisant grincer.

Charlotte se retourna vivement. Ses pommettes se

teintèrent de rose vif, et elle tira sur le bas de sa chemise de nuit dans une vaine tentative pour l'allonger.

— Tu es levé ?

— Je croyais que tu m'avais oublié.

— Mais non ! Tu as passé toute la nuit sur le canapé ?

— Oui. Ça faisait longtemps que je n'avais pas dormi sur ce truc. Je me souvenais d'un canapé un peu plus confortable.

— Il ne l'a jamais été. C'est toi qui as vieilli, dit-elle en pouffant.

Bon joueur, il s'assit en souriant sur une des chaises dépareillées qui entouraient la table de cuisine rétro en formica rouge.

Charlotte posa une tasse de café devant lui.

— Tu as faim ?

— Je *meurs* de faim !

Il entoura la tasse de ses mains et prit une gorgée de café, savourant la chaleur du liquide.

— Tu as froid ? s'étonna Charlotte. Il ne fait pas froid, ici.

— Le froid s'insinue partout.

Elle leva les yeux au ciel.

— Quelle petite nature ! Mais je ne suis pas étonnée que tu aies faim. Tu n'as rien mangé, hier.

— Si, si. J'ai avalé un délicieux paquet de cacahuètes dans l'avion pour Iqaluit. Mais je ne vais pas refuser ta proposition de petit déjeuner.

— Bonne idée. Mais avant, je vais mettre d'autres vêtements.

— Pourquoi ? Ta tenue ne me dérange pas.

Charlotte rougit de nouveau.

— Quand même.

Il la regarda s'éloigner dans le couloir, admirant ses jolies cuisses, et il remua sur son siège, en proie à une réaction digne d'un adolescent.

Charlotte revint dans un long peignoir en tissu-éponge.

Quel dommage ! La courte chemise de nuit à petits cœurs lui avait fait autant d'effet que la lingerie de soie de ses fantasmes.

— Est-ce que mon sac de voyage est là ? demanda-t-il.

— Dans le couloir, la porte de gauche.

— Je vais me changer.

Il quitta son siège aussi discrètement qu'il le put, se réfugia dans la chambre indiquée et troqua avec soulagement la tenue mauve, qu'il jeta dans le panier le plus proche, contre des vêtements normaux. Le minuscule cabinet de toilette lui permit de se rafraîchir. Il prendrait une douche plus tard, après le petit déjeuner…

Dans le couloir flottait une alléchante odeur de bacon.

— Juste au bon moment ! commenta Charlotte quand il s'assit dans la cuisine.

Elle fit glisser du bacon et des œufs frits sur une assiette qu'elle posa devant lui, et il se demanda à quand remontait son dernier petit déjeuner fait maison.

A la dernière fois où il avait été avec Charlotte, probablement. Chez lui à Manhattan, il n'avait jamais cuisiné. Le silence lui donnait un terrible sentiment de solitude.

Sa fourchette lui échappa et tomba bruyamment sur son assiette.

Satanée main…

Charlotte n'avait rien vu. Le dos tourné, elle préparait d'autres œufs.

Il se frotta les doigts jusqu'à ce qu'ils retrouvent leur sensibilité, les fit jouer discrètement, et il venait juste de reprendre sa fourchette quand Charlotte prit place en face de lui.

Il ferait ses exercices plus tard, après le petit déjeuner.

— J'aimerais prendre une douche, dit-il pour rompre le silence. Ça ne va pas poser de problème ou désorganiser tes consultations ou rendez-vous, j'espère ?

— Non, pas du tout. De toute façon, c'est samedi, le cabinet est fermé. Alors personne ne va te déranger.

Ils mangèrent dans un silence un peu pesant.

— Qu'est-ce que tu fais aujourd'hui ? demanda-t-il d'un ton dégagé.

Lui-même n'avait aucune idée de ce qu'il allait faire pour passer le temps, à part s'aventurer dehors pour prendre quelques photos.

Charlotte avala la dernière bouchée et porta son assiette dans l'évier.

— Plein de choses. J'ai toujours du travail.

— Tu ne fais jamais de pause ?

— Pas vraiment. Je suis le seul médecin de la région.

— Tu n'as jamais envisagé de prendre un associé ?

Charlotte eut une moue.

— Si. Et j'ai essayé, crois-moi. Pour la plupart, ce sont de jeunes diplômés qui viennent, mais ils ne restent pas longtemps — juste le temps nécessaire pour trouver un autre poste.

— Pour toucher l'aide du gouvernement, c'est ça ?

— Tu as compris. Ils travaillent le nombre d'heures nécessaire pour que leurs études de médecine soient prises en charge, et ensuite ils s'envolent vers des cieux plus cléments.

— C'est intelligent de leur part.

Elle se raidit visiblement.

— Tu trouves ?

— Oui.

— C'est pour cette raison que tu es venu à Yellowknife avec moi après ta résidence ?

— Oui, admit-il.

A quoi bon dissimuler la vérité ? Ses parents ne l'avaient pas soutenu pendant ses années d'études. Il était enfant unique, mais ils avaient estimé qu'il devait se débrouiller seul. Quand il avait suivi Charlotte dans les immensités sauvages du Nord canadien, cela avait été pour des raisons purement égoïstes. Cette fois, en revanche, c'était à cause d'elle qu'il était là.

— Je vois, dit-elle sèchement.

— Ecoute, c'est la vérité, et je regrette, mais je ne t'ai jamais caché mes motivations. Tu as peut-être oublié ?

— Non, tu as raison, tu étais franc. Et tu n'as eu aucun scrupule à partir quand on t'en a offert l'occasion.

— Tu aurais pu venir avec moi, murmura-t-il.

— Je ne voulais pas ! J'adore le Nord. C'est la voie que j'ai toujours voulu suivre.

— Je sais. Je ne t'ai pas caché la raison qui m'a fait venir dans le Nord.

— Etoffer ton C.V., je ne le sais que trop. Inutile de me le rappeler.

— C'est louable, non ?

— C'est tout ce qui compte pour toi ?

— Quoi donc ? Ma carrière ?

— Bien sûr, ta carrière ! Il n'y a que ça qui t'intéresse.

— Inutile de parler carrière, je connais déjà ton sentiment sur la question. La carrière devrait être une priorité absolue pour n'importe quel médecin, ou pour n'importe quelle personne qui s'escrime à étudier dans un domaine difficile. « Je regrette d'avoir pensé à ma carrière », c'est ça que tu voudrais entendre ? Toi, tu es bien restée dans le Nord pour ta carrière, alors pourquoi me reprocher d'avoir poursuivi le même but ?

Il regretta ces mots en voyant l'air outré de Charlotte.

— Pas de remords, tu as raison. Je vais m'occuper de ma paperasse en retard. Fais comme chez toi.

Il la regarda disparaître dans sa chambre, dont la porte claqua.

Quel imbécile il faisait. Il avait tout gâché…

Soudain, il éprouvait une impérieuse envie de boire un verre. Puis il se rappela que l'alcool était prohibé au Nunavut.

D'un pas traînant, il se dirigea vers le réfrigérateur et l'ouvrit.

Du jus d'orange.

Il résista à l'envie de boire directement au carton, et après avoir ouvert plusieurs placards, il trouva un verre.

Avalé d'un trait, le jus d'orange lui brûla l'œsophage.

Depuis son accident, il était plus sensible aux substances acides. Mais la douleur était une bonne chose. Ça aidait à oublier.

Il revoyait encore Charlotte, sous perfusion dans ce lit d'hôpital. Très pâle, elle fixait le mur d'en face et avait à peine réagi à l'annonce de son départ pour Manhattan où l'attendait un poste lucratif.

— Ta décision est déjà prise. Tu n'as pas besoin de mon approbation.

Elle ne comprenait donc pas que la vie serait meilleure pour tous les deux ?

— Ecoute, Charlotte…

— Non.

Elle avait tourné la tête vers lui et l'avait regardé, le visage impassible.

— Non, avait-elle répété.

Le bruit du verre qui se brisait sur le linoléum dissipa les fantômes du passé.

Sa mauvaise main s'était crispée.

Il jura, ramassa les morceaux et les jeta dans la poubelle, puis il se dirigea vers l'ordinateur dans un coin de la pièce et remua la souris.

La machine se ranima avec un léger bourdonnement. Il cliqua sur le dossier Mentlana Tikivik présent sur le bureau, et obtint les divers clichés d'échographie.

Sur les derniers, on voyait clairement les lésions pulmonaires du bébé.

Zut. Si elles s'étendaient, du sérum s'accumulerait dans les poumons, et il faudrait opérer *in utero*.

Il se frotta les yeux pour en chasser le sommeil.

Il n'était pas sûr de pouvoir effectuer cette intervention, et pourtant, il l'avait promis à Charlotte. Il lui devait bien cela pour compenser le mal qu'il lui avait fait cinq ans plus tôt.

Mais l'opération ne serait peut-être pas nécessaire, qui sait ?

Et dans le cas contraire, il pourrait peut-être transférer Mentlana à Toronto pour l'opérer, et si ce n'était pas lui, ce serait quelqu'un d'aussi bon que lui, il y veillerait personnellement.

Quand Charlotte ressortit de la chambre, encore fâchée, Quinn avait disparu.

Elle gagna son bureau avec l'intention d'y passer la journée, mais pendant une heure elle regarda ses dossiers sans les voir.

C'était ridicule, se révolta-t-elle, laissant tomber le formulaire qu'elle tenait depuis plusieurs minutes sans le consulter. Il fallait qu'elle se ressaisisse.

Quand elle avait demandé à Quinn de venir dans le Nord, elle savait que sa présence lui poserait problème. Elle s'était donc efforcée d'ignorer ses souvenirs douloureux et l'attirance qu'il lui inspirait, pour le bien de Mentlana et de son bébé. Et voilà qu'elle se cachait dans son bureau au lieu de se reposer dans son appartement comme tous les samedis matin. Et pourquoi ? Parce qu'elle ne voulait pas avoir l'air idiote devant lui !

Mais bon sang, depuis quand laissait-elle Quinn Devlyn lui dicter son emploi du temps ?

Elle passa les doigts dans ses boucles folles et, la tête haute, alla ouvrir la porte de séparation.

Il avait disparu. Son assiette se trouvait toujours sur la table, la brique de jus d'orange était posée sur le comptoir, et le poisson tropical de l'écran de veille s'agitait en tous sens.

— Quinn ? appela-t-elle avec circonspection.

Pas de réponse.

Super. Elle mobilisait tout son courage pour lui faire face, pour lui prouver que sa présence ne l'affectait plus, et il n'était même pas là !

Exaspérée, elle entra dans la cuisine.

Ça ressemblait bien à Quinn Devlyn de laisser tout en désordre derrière lui ! Son appartement d'étudiant ressemblait à une véritable porcherie avant qu'ils ne s'y installent ensemble. C'était un chirurgien méticuleux, mais il était tout différent à la maison.

Elle saisit la brique de jus d'orange et l'agita doucement.

Presque vide.

Le jus d'orange était très cher dans le Nord, elle s'était offert un petit luxe en achetant cette brique. Elle aspira avec application le reste du jus et sourit en se souvenant de leurs nombreuses disputes sur sa manie de ne rien laisser au fond des bouteilles. La dernière fois, c'était au moment de Noël, ils avaient fini en faisant l'amour sous le sapin…

Furieuse de s'être attendrie sur ce souvenir, elle compressa la brique en carton entre ses mains avant de la jeter sous l'évier.

— Les tâches domestiques l'ont emporté sur le travail de bureau ?

Surprise, elle se retourna.

Quinn se trouvait près d'elle, à demi-nu. Des perles d'eau brillaient dans ses cheveux, et un parfum de savon pour la douche, viril et épicé, flottait autour de lui.

Bredouillant quelques mots sans suite, elle recula jusqu'au comptoir et s'agrippa à la mélamine.

— Qu'y a-t-il ? demanda Quinn. C'est mon parfum ? J'ai voulu me débarrasser de l'odeur collante des avions.

Les pensées en désordre, elle le détailla sans retenue.

Elle s'imagina en train de lui lécher le torse en s'attardant autour des mamelons, particulièrement sensibles, puis son regard buta sur la serviette-éponge à l'imprimé tropical nouée autour de ses hanches.

— Dis quelque chose ! Tu m'inquiètes.

— Ce n'est rien.

Elle se tourna vers l'évier et ouvrit le robinet pour faire la vaisselle du petit déjeuner, avec l'espoir que cela calmerait les battements affolés de son cœur et découragerait Quinn.

Mais l'instant d'après, elle sentit la chaleur de son torse à travers le chandail qu'elle portait.

— Besoin d'aide ? murmura-t-il tout contre sa nuque.

Les genoux flageolants, elle se retourna et se perdit dans son regard d'un brun profond.

Oh ! mon Dieu ! Elle était en train de retomber amoureuse.

6.

Quinn sourit et lui caressa la joue.

— Pour toi, je ferais n'importe quoi, tu sais…

— Eh, doc… Hum, excusez-moi !

Quinn recula précipitamment, et Charlotte vit George debout sur le seuil, l'air choqué, une pile de vêtements verts et bleus à la main. Des tenues pour Quinn.

— Entre ! Le Dr Devlyn et moi étions en train de parler…

Elle s'interrompit, à court d'inspiration, et pour tout renfort Quinn se contenta de s'éclaircir la voix.

Visiblement embarrassé, George détourna le regard.

— Excusez-moi, doc Charley. J'aurais dû frapper.

— Bon, ce n'est pas grave. Je faisais la vaisselle.

Elle s'écarta de Quinn, humiliée que George les ait vus dans une position aussi compromettante.

— Tu voulais me voir ? reprit-elle d'un ton faussement dégagé.

— J'ai acheté des tuniques. Et je voulais aussi vous rappeler le rendez-vous, aujourd'hui. Vous n'avez pas oublié, je pense ?

Elle jura à voix basse. Comment avait-elle pu oublier le contrôle d'Anernerk ?

— J'arrive dans une minute, George.

Celui-ci acquiesça.

— OK, doc Charley… Au plaisir, docteur Devlyn.

Elle surprit son sourire quand il referma derrière lui la porte de séparation.

Il allait raconter tout cela à Mentlana…

— Qu'est-ce que tu as oublié ? demanda Quinn.

— Ma visite bihebdomadaire chez la plus vieille habitante de Cape Recluse. Elle a cent un ans, et c'est unc artiste.

— Cent un ans ? Dans ma spécialité, je ne rencontre pas beaucoup de gens qui ont passé le siècle de vie.

Elle prit sa parka suspendue au vestiaire et sortit de sa poche les clés de sa motoneige.

— Le froid, ça conserve.

— C'est chez elle que tu as vécu après la mort de ton père, non ?

— Oh ! tu t'en souviens ? Oui. C'est la grand-mère de George et Mentlana. Ecoute, il faut que j'y aille, ou sinon elle va faire un scandale.

— Je peux venir ?

Elle le fixa, incrédule.

— Bien sûr. Peux-tu être prêt dans dix minutes ? J'ai des choses à prendre dans mon bureau. Habille-toi chaudement, je te retrouve dehors.

— Très bien. Dans dix minutes.

Elle se dirigea aussitôt vers le cabinet médical.

En fait, il lui tardait de voir comment Quinn se comporterait avec Anernerk. Il n'avait jamais manifesté de grands talents relationnels en dehors du domaine médical, et la vieille dame n'était pas commode, elle ne ferait probablement qu'une bouchée de lui.

Une rencontre distrayante en perspective !

Elle glissait la fiche d'Anernerk dans son sac à dos quand Quinn entra dans son bureau, et elle nota qu'il portait cette fois une tenue parfaitement appropriée.

— Prêt ?

— Quand tu voudras.

Dehors, George les attendait sur sa motoneige.

— Eh, docteur Devlyn, lança-t-il, c'est bien que vous veniez avec nous. Grand-mère ne déteste pas la chair fraîche.

George gloussa de nouveau, et malgré le froid mordant, Charlotte sentit ses joues s'empourprer.

Elle adressa un *Chut* silencieux à son ami tout en mettant son sac sur son dos, puis elle enfourcha la motoneige.

Quinn dansait d'un pied sur l'autre.

— Nerveux ? demanda-t-elle.

— Non. Je maintiens la circulation dans mes extrémités.

Elle réprima un sourire.

— En route.

Il se blottit contre son dos, passa les bras autour de sa taille, et elle eut soudain très chaud. Ce n'était pas à cause de leurs tenues matelassées…

— Tu es sûr que ça va, Devlyn ? demanda-t-elle, taquine, afin de dissimuler son trouble.

— Parfaitement bien !

Un ton trop léger : il était troublé, lui aussi.

Souriante, elle fit vrombir le moteur.

George brandit son poing levé.

— En avant ! cria-t-il pour surmonter le vrombissement des moteurs.

Et les deux engins s'élancèrent vers le nord-est, en direction de la mer.

Quinn trouva la vieille Inuit extraordinaire.

Malgré ses rides et sa peau usée, on n'aurait jamais deviné, à la voir évoluer avec souplesse, qu'elle était plus que centenaire. Son regard noir pétillait, et un sourire jouait aux commissures de ses lèvres.

Elle le scruta avec une intensité dérangeante, comme pour percer les secrets de son âme.

— Qui as-tu amené, Charley ? demanda-t-elle.

— Un ami. Nous avons fait nos études de médecine ensemble. Il est venu pour s'occuper de Mentlana.

Les yeux de la vieille dame s'agrandirent.

— Ça, c'est vraiment une bonne nouvelle, dit-elle, s'effaçant pour les laisser entrer.

Quinn apprécia la chaleur que dispensait le poêle à bois au centre de la grande pièce. Comme les autres, il ôta sa veste et la suspendit à un crochet près du poêle, puis il se frotta vigoureusement les mains.

Il avait porté des gants épais garantis anti-froid, mais ses mains étaient douloureuses, et malgré la friction il n'arriva pas à retrouver une bonne sensibilité.

Alerté par un frisson dans le dos, il s'aperçut qu'Anernerk l'observait d'un air étrange.

Embarrassé, il fourra les mains dans ses poches.

— Aanak, comment te sens tu aujourd'hui ?

— Comment tu crois que je me sens, doc Charley ? De mauvaise humeur. Aujourd'hui, je suis de mauvaise humeur.

George, qui avait disparu, entra par une autre porte au fond de la pièce, les bras chargés de bûches.

— Elle est toujours ronchon, doc. Vous ne le savez pas encore ?

Avec un sourire patient, Charlotte roula la manche de la vieille dame et sortit un sphygmomanomètre.

Quinn avisa un tableau sur le mur le plus proche.

— Incroyable, murmura-t-il, captivé par les lignes épaisses et audacieuses et le tourbillon de couleurs primaires.

— C'est chouette, hein, doc Dev ? lança George.

Anernerk gloussa.

— J'ai l'impression que ton ami apprécie mon travail, Charley.

Quinn se retourna.

— C'est vous qui avez fait ça ?

— C'est mon grand-père qui m'a appris. Un chamane.

— Est-ce que je n'ai pas vu certaines de vos toiles au Metropolitan ?

— Si. Le travail d'Anernerk est connu dans le monde entier, expliqua Charlotte.

— Je n'arrive pas à croire que je suis devant des originaux !

Charlotte ôta le manchon de l'appareil, et Anernerk se massa le bras.

— Bien sûr. Moins fort la prochaine fois, ma petite. Il n'y a plus de viande sur ces os.

— Un moment, aanak. Il faut que je prépare le matériel pour mes prélèvements, lança Charlotte, qui se dirigeait vers la cuisine.

Un autre tableau représentait un homme et une femme. L'homme était en train de harponner un phoque, et la femme, occupée à coudre, le regardait d'un œil mauvais.

Sans savoir pourquoi, Quinn se sentit mal à l'aise.

La vieille Inuit s'approcha de lui.

— Je vois que vous êtes particulièrement attiré par cet homme têtu. Connaissez-vous son histoire ?

— Non.

— Venez vous asseoir près du feu, docteur Devlyn. J'ai un onguent pour vos mains.

— Pour mes mains ?

— Vous pouvez tromper les autres gens, mais pas moi. Venez, et je vous dirai tout sur l'homme têtu.

Comme il hésitait, Anernerk secoua la tête, et un sourire malicieux dévoila sa mâchoire largement édentée.

— Docteur Devlyn, je suis peut-être plus vieille que le temps, mais je ne mords pas… Enfin, plus beaucoup.

Il se laissa conduire aux deux fauteuils à bascule près du poêle à bois, et ils s'assirent.

— Je pense que ce récit va vous toucher particulièrement, docteur. Vous y trouverez des ressemblances avec votre destinée et celle de ma petite Charlotte.

— Comment savez-vous, pour moi et Charlotte ?

Anernerk se pencha sur un grand panier qui débordait de fils à tricoter et en tira un flacon noir sans étiquette.

— Il n'y a pas de secrets à Cape Recluse, docteur Devlyn.

— Etes-vous chamane vous-même ?

— Bien sûr que non. Ce n'est pas parce que je suis inuit que je peux parler avec les esprits… Mais je parle avec Mentlana.

Avec des airs de conspiratrice, Anernerk tira de la poche de son pantalon un petit téléphone et l'y enfouit de nouveau.

— Chut. N'en parlez pas à George et Charlotte. J'aime qu'ils viennent me voir.

— Vous avez un Smartphone ? murmura-t-il, hilare.

— Comment je ferais pour garder le contact avec mon agent, sinon ? J'ai aussi un ordinateur portable dans mon tiroir à sous-vêtements. Personne ne va y voir… Où en étais-je ?

— Le conte de l'homme têtu, moi et Charlotte.

— Donnez-moi vos mains, ordonna Anernerk.

Il obéit.

De ses doigts rudes et solides, la vieille femme ouvrit le flacon et versa dans la main abîmée un liquide sirupeux qui se réchauffa instantanément au contact de la peau. Elle entreprit de lui masser vigoureusement la paume, et les douleurs commencèrent à se dissiper. L'onguent opérait une sorte de magie, bien plus efficace que les exercices prescrits par le kinésithérapeute.

— Il était une fois un homme têtu. Sa femme perdit leur enfant, mais au lieu de la laisser le pleurer, il la fit travailler. Pendant qu'elle s'activait, le chien de l'Homme-Lune sortit et attaqua cet homme têtu qui faisait travailler sa femme avant qu'elle n'ait terminé son deuil. L'homme tua le chien. L'Homme-Lune en colère l'avertit alors de ne pas se mettre au soleil, ou sinon il perdrait son cœur. L'homme têtu vint quand même du côté soleil et il vit là une vieille femme occupée à affuter une lame. Il pensa qu'il la vaincrait sans peine : elle était faible, et lui fort. Mais il avait surestimé sa force, il perdit conscience. Quand il revint à lui, on lui avait arraché le cœur. Finalement, l'Homme-Lune le lui rendit en lambeaux. Alors, l'homme têtu vit les pensées de sa femme et comprit enfin combien il lui avait fait du mal en l'obligeant à travailler avant qu'elle n'ait terminé son deuil.

Tandis que la vieille femme rajoutait une bûche, Quinn fixa la gueule rougeoyante du poêle, perdu dans ses souvenirs.

« — Tu es têtu, Quinn. Tellement têtu. Pourquoi est-ce que je devrais abandonner ma vie ici ?

— Arrête. Je t'offre une belle vie à Manhattan. »

En larmes, Charlotte avait détourné la tête.

— Comment ça va, maintenant, docteur ?

Chassant ses souvenirs, il fit jouer ses mains. Elles étaient chaudes et souples.

Debout sur le seuil de la cuisine, Charlotte les observait, l'air perplexe.

Il enfouit promptement les mains dans ses poches et s'écarta pour qu'elle puisse effectuer le prélèvement sanguin.

Il suivit ses gestes avec admiration.

Comme elle était sûre d'elle, maintenant !

A l'époque, il n'avait pas compris qu'elle avait choisi la voie qui lui convenait. Il avait juste vu que cela l'éloignait de lui.

7.

Charlotte rangea son matériel et les prélèvements d'Anernerk.

La fantasque vieille dame avait regagné son fauteuil à bascule et tricotait tout en racontant des histoires. Assis près d'elle, Quinn l'écoutait et riait.

Elle avait vu sa chère aanak lui frictionner les mains, et elle avait vu aussi à quelle vitesse il avait caché ses mains quand il avait remarqué qu'elle observait la scène.

Que lui cachait-il ? Que lui était-il arrivé ?

Il n'était pas difficile d'imaginer qu'il avait été blessé, mais cela ne semblait pas lui poser de problème. Elle devrait quand même avoir une conversation franche avec lui au sujet de l'intervention à pratiquer. Il n'allait pas utiliser Mentlana comme cobaye pour évaluer sa maîtrise chirurgicale !

Elle referma sa sacoche médicale et se dirigea d'un pas nonchalant vers Quinn, qui contemplait à présent une toile d'Anernerk.

— J'ignorais que tu t'intéressais à l'art inuit.

— En fait, je ne m'y intéressais pas avant une vente aux enchères chez Christie's, il y a environ quatre ans de ça. C'était pour collecter de l'argent pour une œuvre. Le travail d'Anernerk Kamut était largement présent. Ce soir-là, la vente a rapporté plus d'un million de dollars, et une superbe lithographie d'Anernerk est montée à un quart de ce million.

— Tu ne connais pas les histoires qui s'y rattachent.

— Non, c'est vrai. Ces informations ne sont pas facilement accessibles à Manhattan, et moi, je n'avais pas vraiment le temps d'effectuer des recherches. Mon cabinet médical connaissait une affluence énorme.

Agacée par le sourire d'autosatisfaction de Quinn, elle se retourna vers George, qui rechargeait le poêle.

— Je pense que nous avons suffisamment abusé de l'hospitalité d'Aanak.

Celle-ci posa son tricot.

— Vous partez ? Mais vous venez juste d'arriver !

Charlotte adressa à la vieille dame un large sourire.

— Cela fait presque deux heures que nous sommes là.

Anernerk quitta son siège.

— Je vais vous préparer quelque chose à manger. Que diriez-vous d'un muktuk, docteur Devlyn ?

Quinn adressa à Charlotte un regard perplexe.

Elle était tentée de le laisser manger un peu de blanc de baleine, mais elle n'était pas sans cœur à ce point-là. Aussi esquissa-t-elle un non discret avec la tête.

— Merci, madame Kamut, dit Quinn, mais pour cette fois je vais décliner votre gentille proposition.

Anernerk croisa les bras.

— Comme vous voudrez. Mais ça vous mettrait un peu de chair sur les os. Le Dr Devlyn est trop maigre à mon goût.

George pouffa.

— De la chair sur les os, tu dis, aanak ? Apparemment, avec toi, ça n'a pas bien marché.

Elle gratifia son petit-fils d'une tape sur la nuque.

— Aanak ? chuchota Quinn.

— C'est « grand-mère » en langue inuktitut, expliqua Charlotte.

— Ah.

Devant son air déconcerté, Charlotte réprima un sourire.

Pour elle, c'était tellement évident ! Après la mort de son père, les Tikivik avaient constitué un foyer pour elle. Elle avait vécu chez eux à Cape Recluse pendant dix années avant ses études de médecine.

— Excuse-moi, aanak, marmonna George, se frottant la nuque.

Puis il déposa un baiser sur la joue de sa grand-mère. Quinn s'avança à son tour.

— J'ai été ravi de faire votre connaissance, madame Kamut.

— Moi aussi, docteur Devlyn. J'espère vraiment vous revoir avant votre départ.

George et Quinn étant sortis, Charlotte embrassa la vieille dame avec affection.

— Je reviens te voir bientôt.

Les yeux un peu brillants, Anernerk lui donna une chaleureuse accolade, puis elle leva la main pour lui repousser une mèche derrière l'oreille.

— Trouve dans ton cœur la force de lui pardonner, Charley. C'est quelqu'un de bien. Têtu, c'est tout.

De retour au cabinet médical, la conversation roula sur la cuisine, et Quinn apprit par George que le muktuk était du blanc de baleine.

Il appréciait George, ce qui était d'autant plus étonnant qu'il avait considéré l'Inuit comme un rival, à son arrivée à Cape Recluse. Mais Charlotte avait rapidement dissipé toute équivoque sur ce point, et maintenant George était comme un copain.

Quinn ne se faisait pas facilement des amis. Pendant son enfance, ses parents ne l'avaient pas encouragé à la camaraderie — seulement à la compétition. La seule vraie amie qu'il avait eue, c'était Charlotte, et cela avait mal tourné. Par sa faute, elle avait terriblement souffert.

Le bourdonnement d'une centrifugeuse qui résonnait dans le calme du cabinet médical le guida jusqu'au petit laboratoire au fond du bâtiment.

Il s'arrêta sur le seuil, regrettant de ne pas avoir son appareil photo avec lui pour fixer l'instant.

Charlotte était penchée sur le comptoir et surveillait la machine, le menton posé sur les avant-bras. Comme elle était belle ! Ses cheveux roux bouclés étaient tirés en arrière et attachés, sauf cette mèche folle qu'elle chassait souvent de son visage en soufflant.

Il se souvint des jours de congé où ils restaient ensemble au lit, quand ils avaient le temps et personne pour les déranger, et qu'il s'amusait à enrouler cette mèche autour de son index. C'était si doux, et il se sentait si détendu, à la maison avec elle… Jamais il n'avait éprouvé cela avant de la rencontrer.

Son père était le meilleur chirurgien cardiaque de Toronto — et un drogué du travail. Ironie du sort, c'était un infarctus du myocarde qui l'avait tué. Quant à sa mère, elle l'avait placé sur un piédestal quand il avait entrepris ses études de médecine à Harvard. Elle attendait de lui les mêmes résultats que ceux qu'avait obtenus son père et n'acceptait aucun échec de sa part. Quelle n'avait pas été sa colère quand il avait commencé de sortir avec Charlotte ! Plus tard, quand il avait compris quel idiot il avait été de perdre celle-ci, il s'était demandé si ses parents, eux, s'étaient vraiment aimés…

Comme si elle avait senti sa présence, Charlotte tourna la tête, et ses yeux s'arrondirent quand elle l'aperçut. Elle se redressa et rejeta la boucle folle derrière son oreille.

— Quelque chose ne va pas ?

— Non… Si.

— Est-ce que je peux t'aider ?

Il ravala son chagrin.

— Je venais juste te demander ce que tu voulais manger pour le dîner.

Elle pouffa.

— Parce que tu cuisines ? Et depuis quand ?

Il rit aussi.

— Il n'y a pas de plats cuisinés tout prêts à emporter, à Cape Recluse, je suppose ?

— Pas de plats à emporter, non, mais un restaurant. Ça te tente ?

— Bien sûr — tant que je ne suis pas obligé de manger de ce gras de baleine.

Le sourire de Charlotte illumina l'austérité du laboratoire.

— Laisse-moi juste ranger les prélèvements d'Anernerk, et nous irons chercher quelque chose à manger.

Au cours de la demi-heure qui suivit, il épia les moindres mouvements de Charlotte.

Comme elle était belle ! Il connaissait les raisons pour lesquelles il était parti à Manhattan, et à l'époque elles lui semblaient bonnes, mais à présent il se demandait pourquoi il l'avait quittée.

Parce qu'il n'était qu'un idiot.

Un carillon tinta quand ils ouvrirent la porte du restaurant, et ils tapèrent des pieds sur le paillasson pour faire tomber la neige de leurs chaussures. Quand ils entrèrent, le patron du restaurant posa sur lui des yeux étonnés.

— J'ai oublié de te dire que ce restaurant est dirigé par la famille Tikivik, murmura Charlotte en suspendant son manteau à une patère.

— Ah. La tribu qui attendait dans ta salle d'attente quand je suis arrivé hier ?

— Mmm. C'étaient bien eux.

Elle se retourna et adressa à l'homme un salut de la main, que celui-ci lui rendit avant de reprendre son activité.

— Faut-il attendre que quelqu'un nous installe ? demanda Quinn à mi-voix.

— Ce n'est pas le genre de la maison, Devlyn.

Elle lui prit la main, et il sentit une chaleur monter en lui à ce simple contact. Elle l'emmena à un box dans un coin, et ils se glissèrent sur les banquettes.

— Tu te souviens de la fois où j'ai essayé de faire un hamburger au fromage, en utilisant du lard à la place du beurre ?

Charlotte faillit s'étrangler avec une gorgée de soda.

— Oui. C'était horrible ! J'ai préféré oublier ça.

Hilare, Quinn lui prit la main, et elle ne fit rien pour la retirer.

— Et la fois où j'ai essayé de faire des brownies qui ont cuit seulement sur les bords ?

— Durs comme de la pierre.

— Mais mous et gluants au milieu. Pas cuits. Et j'ai bien dû mettre trois heures pour arriver à ce piètre résultat.

— Je m'en souviens. Je me souviens de leur odeur. Je traversais des choses si dures…

Charlotte s'interrompit, se redressa et retira sa main.

Leur hilarité s'était dissipée.

Il n'avait pas oublié, lui non plus. Le jour où il avait confectionné ces cookies, Charlotte subissait d'horribles nausées matinales, et elle prenait du Diclectin parce qu'elle ne gardait aucune nourriture. Ça le rendait fou de la voir subir ces nausées insupportables, alors il avait tenté de confectionner les brownies pour la réconforter et la convaincre de partir pour Manhattan. Ce jour-là, le jour de la fausse couche, c'était aussi le jour où il avait reçu cette proposition mirifique : une association dans un cabinet privé de Manhattan — une proposition émanant du Dr Robert Bryce, un des meilleurs chirurgiens en néonatalogie de la côte Est.

Mais Charlotte avait refusé de quitter son coin perdu du Nord. Un coin paumé, c'était ce qu'il avait toujours pensé. Maintenant, il en était moins sûr. Elle y était heureuse et réussissait en tant que médecin. Et lui, il était seul.

— Je m'en souviens aussi, dit-il doucement.

— Voici vos dîners, docteurs. C'est offert par la maison, déclara la serveuse qui avait le même sourire adorable que Mentlana.

— Non, Lucy, protesta Charlotte. Nous paierons.

— Tu connais Jake, il ne va pas renoncer si facilement. Docteur Devlyn, vous sauvez son neveu et le mien aussi. Jake est le frère de Genen.

Charlotte eut un soupir.

— Lucy…

— C'est réglé, doc Charley, répondit la jeune femme avant de s'éloigner.

Quinn se retourna et adressa un signe de la main à l'homme derrière le comptoir, supposant qu'il s'agissait de Jake.

— C'est très généreux de leur part.

— C'est sa façon de remercier. Tous les gens ici sont parents entre eux. Le bébé de Mentlana et Genen représente tellement pour cette communauté.

Il regarda son assiette et sentit son estomac gargouiller. Viande alléchante, frites maison bien épaisses, cheddar frais, sauce odorante… Cela faisait longtemps qu'il n'avait pas mangé une vraie poutine québécoise.

— Lucy va nous quitter après l'accouchement de Mentlana, dit Charlotte, plantant sa fourchette dans une frite.

— Ah bon ? Où ira-t-elle ?

— A Hamilton, Ontario. Elle veut devenir sage-femme et infirmière. J'espère qu'elle reviendra ici ensuite. Son aide me serait bien utile.

— Cape Recluse n'a pas de sage-femme ? Il me semble que tu en as mentionné une.

— Oui, Lorna. Mais elle avance en âge et va prendre sa retraite. En plus, Lucy aurait plus de connaissances que Lorna, qui a été formée par sa mère… Anernerk. L'art des sages-femmes se transmet de génération en génération, ici.

— Anernerk est impressionnante, et je ne voudrais pas me mêler de tout ça, mais ce qu'il te faudrait vraiment, c'est un autre médecin ici.

— Nous avons déjà eu cette conversation.

— Je sais, dit Quinn, prenant une bouchée de poutine.

— Comment trouves-tu la cuisine de Jack ?

— Mes compliments au chef.

— Est-ce meilleur que dans un restaurant branché de Manhattan ?

— Je ne vais pas te mentir, New York est un paradis pour les gourmands.

— Ton restaurant préféré est un endroit snob, j'imagine.

— Pas du tout, et on y sert les meilleurs fettucine au monde.

— Mm ! J'adore les fettuccine.

Il reprit la main de Charlotte.

— Je sais. Tu viendras peut-être un jour ?

Elle le considéra longuement, la tête inclinée sur le côté.

— Peut-être…

Ce fut alors que résonna dans le lointain un bruit de rotor.

Distrait, il ne l'identifia pas instantanément, mais Charlotte se leva pour regarder par les fenêtres du restaurant, vite rejointe par les autres clients.

A l'horizon apparurent les vives lumières d'un hélicoptère, dont le bruit augmenta au fur et à mesure qu'il se rapprochait. Puis Charlotte sortit son téléphone de sa poche et lança un juron peu élégant.

— Il y a une urgence. J'ai reçu un texto.

— Je vais emballer le reste de votre repas, et je vous l'amène au cabinet, doc Charley, lança Lucy.

— Emballer notre repas ? demanda Quinn.

Charlotte avait déjà remis sa veste. Il se leva et s'escrima à enfiler sa propre parka alors qu'elle se dirigeait en courant vers la piste d'atterrissage. George apparut à côté d'elle avec un brancard tout prêt. Ils baissaient tous les deux la tête sous les pales du rotor qui tournaient toujours.

Quinn ferma sa parka et se hâta de les rejoindre.

Il ignorait comment se déroulait une prise en charge d'urgence à Cape Recluse, mais il souhaitait faire quelque chose. Il assista au transfert et vit les ambulanciers remonter dans l'appareil. Dans la neige, Charlotte et George portèrent le brancard en direction du cabinet médical.

Il courut pour les devancer, ouvrit les portes et alluma rapidement les lampes.

Il entendit la patiente gémir, et sa gorge se serra quand il vit le renflement sous les épaisses couvertures.

La grimace de la patiente et l'expression douloureuse de son mari étaient révélatrices. Ces visages-là, il les avait vus bien souvent dans les salles d'attente. La femme sur le brancard était en travail et sur le point d'accoucher.

Or, il était le seul obstétricien qualifié présent à Cape Recluse.

Le moment était venu de prouver sa compétence.

8.

— Quelle est la fréquence des contractions ? demanda Quinn.

— L'ambulancier a dit : « Toutes les quinze minutes », répondit Charlotte tout en poussant le brancard dans la salle de soins 1.

Elle avait déjà effectué des accouchements, mais chez les patientes, avec Lorna pour l'assister, et il n'y avait pas eu beaucoup de naissances les années précédentes. Ce bébé était en route, pour le meilleur ou pour le pire.

La patiente, avait les yeux agrandis par la peur, les lèvres serrées, et le visage blanc de douleur.

— Je voulais l'emmener à Iqaluit, dit nerveusement le père. C'est notre premier bébé. Je pensais qu'on avait le temps, mais il est en avance de trois semaines.

Quinn secoua la tête d'un air désapprobateur devant ce qu'il considérait visiblement comme une preuve de stupidité.

— Vous auriez déjà dû l'emmener là-bas.

On installa la jeune femme sur la table d'examen pourvue d'étriers.

— C'est moi qui n'ai pas voulu, expliqua-t-elle, haletante. Je ne voulais pas rester seule à Iqaluit.

— Ne vous tracassez pas, madame Grise, répondit Charlotte.

— Rebecca… Appelez-moi Rebecca.

— Rebecca, dit doucement Charlotte, je suis le Dr James, et je vais faire tout ce que je peux pour vous aider.

Quinn se montra très gentil avec la patiente terrifiée pendant qu'on la préparait.

Charlotte était stupéfaite. Pendant leur internat, elle ne l'avait jamais vu aussi calme et rassurant.

— Si vous souhaitiez une péridurale, nous n'avons plus le temps, malheureusement, dit-il doucement.

— Ça ne fait rien. Pas de produits. Je suis prête, dit Rebecca.

— Vous en êtes sûre ? demanda Charlotte.

— Oui… Je veux un accouchement naturel.

— Docteur James, je peux vous parler ?

La politesse extrême de Quinn étonna Charlotte. On n'était pas dans un grand hôpital, mais dans un petit cabinet médical proche du Pôle !

Ils s'écartèrent de la table d'examen sans quitter la patiente du regard.

— Qu'y a-t-il ?

— As-tu le matériel nécessaire pour une césarienne d'urgence ?

— Tu penses que ça pourrait être nécessaire ?

— Je n'en sais rien. Je me prépare, c'est tout.

— Oui, j'ai tout ce qu'il faut.

Quinn eut un bref sourire.

— Aide-la à se détendre le plus possible, je m'occupe du reste.

Comme il allait s'éloigner, elle le saisit par le bras.

— Tu ne seras pas payé pour ça. J'ai déjà pratiqué des accouchements, tu sais.

— J'en ai probablement pratiqué cinquante fois plus que toi. Et quant au salaire, je m'en moque. C'est une urgence.

Elle demeura étonnée qu'il accepte d'effectuer cet accouchement sans compensation, une chose que le Quinn Devlyn de cinq années en arrière n'aurait pas du tout appréciée. Toutefois, un problème demeurait : sa main…

— Docteur James ? appela la parturiente d'une voix vibrant de panique.

Charlotte passa en silence les commandes à Quinn, priant le ciel d'avoir pris la bonne décision.

— Tout va bien se passer, Rebecca. Le Dr Devlyn est un grand spécialiste.

— Merci, murmura Rebecca.

Son mari lui saisit la main, et Charlotte resta en retrait avec George, en proie à un sentiment de profonde inutilité.

— Est-ce que Lorna arrive ? demanda la patiente.

— Les contractions se rapprochent, répondit Quinn. Lorna va arriver trop tard. Pas d'allergie au latex, Rebecca ?

— Non. Pas d'allergie.

— Bien.

Quinn se tourna vers l'évier et se brossa les mains.

Charlotte l'assista en lui séchant les mains et en l'aidant à enfiler des gants.

Elle l'avait vu faire des exercices la veille, et elle avait aussi vu Anernerk lui masser la main. Cette main serait-elle assez forte pour accueillir une vie fragile ?

Leurs regards se croisèrent.

« Interviens », lui murmura une petite voix intérieure.

Mais elle y renonça. Cela aurait inquiété Rebecca, et George aurait raconté à tout le monde qu'elle avait des doutes sur l'homme qui était censé sauver le bébé de Mentlana.

Quinn s'assit sur le tabouret roulant et effectua l'examen interne, puis il releva la tête et adressa à Rebecca un sourire d'encouragement pendant que Charlotte réglait la lampe.

— C'est le moment. Vous pouvez commencer à pousser. Allez-y.

La jeune femme acquiesça de la tête et se mit à pousser pendant que George comptait avec M. Grise.

Charlotte resta à côté de Quinn, regardant cette nouvelle vie venir au monde.

Pourvu que tout se passe bien…

Elle n'avait jamais vu Quinn effectuer un accouchement. Pendant son internat, il n'avait pas souhaité qu'elle le regarde travailler, et de toute façon elle était toujours prise par son propre travail. Il se montra si gentil et attentif qu'elle en fut émue. De toute évidence, il était aussi passionné qu'elle-même par son métier.

— Bien. Inspirez profondément, bloquez… et poussez. Encore, Rebecca… Encore… C'est très bien, Rebecca. Allez, encore une fois.

Charlotte sourit derrière son masque quand apparut le sommet de la tête du bébé. Ce genre de moment représentait toujours une véritable récompense.

Rebecca laissa échapper un cri de douleur déchirant, ce qui n'avait rien d'étonnant à ce stade de l'accouchement.

— Scalpel, dit Quinn.

Charlotte lui tendit la lame, et d'une main sûre et ferme, il pratiqua une petite incision pour contrôler la déchirure.

— Allez, Rebecca. Poussez encore une fois, très fort, et votre bébé sera là, dit Charlotte.

Quelques instants plus tard, la tête passait facilement, et le bébé apparut.

— Une fille, annonça Charlotte, émerveillée par la minuscule petite vie blottie dans les larges mains gantées.

Son regard croisa celui de Quinn, et elle y vit une lueur d'envie. Un espoir s'éveilla quelque part en elle, mais il détourna très vite le regard quand la petite fille poussa son premier cri.

— Prends-la, dit-il.

Ses mains tremblaient imperceptiblement.

Charlotte saisit une couverture et en enveloppa l'enfant, qui poussait de tout petits cris.

Elle sentit ses larmes monter, se souvenant de son enfant perdu.

Rebecca avait été courageuse de mettre un bébé au monde dans le Nord, loin de ce que beaucoup de gens considéraient comme la civilisation — et déjà de mettre un bébé au monde tout court, chose qu'elle-même imaginait avec angoisse, ne supportant pas l'idée de perdre un autre enfant.

« Ressaisis-toi, voyons. »

Elle déposa doucement le bébé sur la poitrine de Rebecca, et Quinn coupa le cordon. Le père prit l'enfant et la berça avec fierté pendant que Quinn effectuait la délivrance et suturait l'épisiotomie.

— Joli travail, docteur Devlyn et Rebecca !

George sourit aux heureux parents, mais ceux-ci n'avaient d'yeux que pour leur bébé, qui pleurait vigoureusement.

Charlotte enregistra l'APGAR et passa un onguent sur les yeux du bébé pour prévenir toute infection, puis elle plaça doucement le nouveau-né sur la balance.

— Trois kilos deux cent trente, annonça-t-elle.

Ensuite, elle mesura la petite fille. Après cinq minutes, elle prit de nouveau le score d'Apgar et effectua une injection de vitamine K. L'hôpital d'Iqaluit pratiquerait le lendemain le prélèvement sanguin au talon.

Elle rendit le bébé aux parents pleins de fierté, et regarda avec envie la jeune mère émue aux larmes serrer sa petite fille contre sa joue.

— Charlotte — j'aime bien ce prénom, dit Rebecca.

— Ce serait parfait pour votre fille, observa Quinn. Moi aussi, j'ai toujours adoré ce prénom.

Il avait le regard pétillant, et l'espace d'un instant ce fut comme si les années ne les avaient jamais séparés, comme si la blessure était oubliée.

Rougissante, Charlotte lui rendit son sourire avant de se tourner vers le chariot d'instruments et le linge souillé.

— Vous pouvez passer la nuit ici, monsieur et madame Grise, annonça-t-elle. Nous nous occuperons de vous, et demain George ou moi vous emmènerons en avion à Iqaluit. Nous devons signaler à l'hôpital que vous avez accouché ici.

— Merci, doc Charley, répondit Rebecca.

Charlotte ôta ses gants et entreprit de se laver les mains.

— George, prépare une chambre. Il doit y avoir un berceau, et tu trouveras des couches et du lait dans la réserve.

George, qui plaçait les instruments sur un plateau à stériliser, marqua un temps d'hésitation.

— Où est passé le Dr Devlyn ? murmura-t-il.

Etonnée, elle parcourut la pièce du regard.

Quinn avait disparu.

— Il est allé prendre une douche, je pense. Il a terminé son travail.

— Bien sûr. Il a été fantastique. Ça me donne l'espoir qu'il aide Mentlana.

La voix du grand Inuit vibrait en mentionnant sa sœur.

Emue, Charlotte préféra changer de sujet.

— Tu es d'accord pour prendre l'avion pour Iqaluit demain ?

— Oui, je peux m'organiser.

— Bien.

Charlotte quitta la pièce et referma la porte. Puis, inspirant profondément, elle s'assit lourdement à même le parquet.

Ses genoux tremblaient, l'épuisement et l'adrénaline lui faisaient battre le cœur.

La vue de Quinn avec le bébé dans les mains avait fait affluer en elle une émotion qu'elle croyait disparue. Il avait été si tendre, pour un homme qui avait toujours affirmé ne pas aimer particulièrement les enfants — ce qu'elle avait toujours trouvé absurde, étant donné la spécialité qu'il avait choisie.

La porte du cabinet médical s'ouvrit, et Lorna entra, l'air hagard et épuisé.

— J'arrive trop tard ?

Charlotte se remit gauchement debout. Tout son corps lui faisait mal.

— Une petite fille en bonne santé. Désolée de t'avoir tirée du lit.

Elle se laissa tomber dans un fauteuil de la salle d'attente.

— Non… Pas de problème. Mais je suis contente que Lucy aille faire ses études de sage-femme. Je suis trop…

— Trop fatiguée.

— Et toi, trop polie. A soixante-six ans, j'ai largement dépassé l'âge de la retraite.

Charlotte s'assit en face d'elle.

— Tu pourrais rester ici cette nuit au lieu de faire tout ce chemin à pied jusque chez toi.

La sage-femme sourit faiblement.

— Je vais peut-être te prendre au mot, pour aider les jeunes parents et te permettre de te reposer.

— Merci. Mais tu sais, je n'ai fait que jouer les infirmières. Et j'ai trouvé l'expérience formidable.

— Ça ne t'a pas fait changer d'avis ?

Charlotte passa nerveusement la main dans ses boucles emmêlées.

La sage-femme savait qu'elle avait été marquée par sa fausse couche et qu'elle redoutait une nouvelle grossesse parce qu'elle se reprochait d'avoir perdu l'enfant : elle était interne à cette époque et avait flirté avec les limites de l'épuisement physique.

— N-non, répondit-elle, évasive.

— Pas très sûre de toi, on dirait ?

Au lieu de répondre, elle se leva.

— Je vais te préparer un lit dans l'autre chambre.

— Tu évites le sujet qui te dérange, têtue que tu es…

— On croirait entendre ta mère, répliqua-t-elle, hilare.

Elle emprunta le couloir et entra dans la chambre destinée à Lorna. Tout en faisant le lit, elle entendit George qui préparait celui de la plus grande chambre. Elle l'aida à y installer les parents et le bébé, puis elle installa son amie dans la chambre d'en face.

George se laissa tomber sur le canapé de la salle d'attente.

Il ronflait déjà quand elle finit de stériliser les instruments et de nettoyer la salle de soins afin que Rosie ne trouve pas la pièce en désordre le lundi matin.

Quand elle en ressortit, son regard tomba sur la porte de son logement. Entrouverte, elle laissait filtrer les lumières de la télévision.

Quinn ne dormait pas encore.

Elle éprouva l'envie de le rejoindre pour se blottir contre lui et l'embrasser — pour finir ce qui avait failli commencer quelques heures plus tôt. Mais la peur l'en empêcha.

Elle dîna donc avec les restes rapportés du restaurant et s'installa sur le canapé de son bureau, enveloppée dans la couverture dont elle avait recouvert Quinn la veille.

Epuisée, elle essaya de dormir, mais en vain.

Un parfum viril et épicé flottait dans la couverture.

9.

Des cris tirèrent Charlotte de son lourd sommeil.

Elle se leva aussi vite qu'elle put, et la boîte en carton du restaurant tomba du canapé. Quelques frites s'éparpillèrent sur le parquet, et au premier pas qu'elle fit, un bâtonnet huileux se colla sous son talon.

Agacée, elle claudiqua jusqu'à la fenêtre, et arrivée là, elle ouvrit de grands yeux.

Les cris provenaient des enfants qui dévalaient la pente située à côté du cabinet médical. Ce n'était pas ça le plus étonnant : chaque fois que le temps le permettait, cette pente se transformait en un toboggan improvisé.

Quinn était dehors, à genoux dans la neige, avec dans les mains un appareil photo très perfectionné à objectif télescopique. Et quand un enfant passait devant lui, il appuyait sur le déclencheur.

Elle ignorait qu'il aimait la photographie. Et les enfants.

Elle n'allait pas rater une occasion pareille !

Heureuse de découvrir cet aspect de sa personnalité, elle se changea et se rafraîchit rapidement, puis elle enfila sa tenue matelassée et sortit le rejoindre.

— Attention, doc !

Elle n'eut que le temps de sauter en arrière quand une luge chargée d'enfants hilares passa devant elle.

Quinn lui adressa un large sourire, les joues rosies par le froid.

— Bonjour ! Pas « Bonsoir », mais presque !

— Quelle heure est-il ?

— 13 heures. Eh, attendez, les jeunes ! Le Dr Charley traverse la piste.

Quinn leva les mains, et les enfants tout excités marquèrent une pause, non sans quelques « Oh » d'impatience.

Elle franchit rapidement la piste improvisée pour le rejoindre.

— C'est bon, vous pouvez y aller !

Un des garçons poussa un cri strident, et une luge s'élança, immédiatement photographiée.

— Je n'en crois pas mes yeux, ironisa-t-elle.

— A quel sujet ?

— Toi, dehors ! Dans la neige et le froid que tu détestes tant !

— Je n'ai pas pu résister.

Mais j'ignorais que tu pratiquais la photo.

— Oh ! en amateur.

Quinn fit défiler les images sur l'écran de son appareil.

Il y avait de beaux clichés des enfants, et des paysages, dont une image saisissante d'aurore boréale sur le village.

— Celle-là est magnifique ! Quand l'as-tu prise ?

— Hier soir. Tu sais, je n'avais jamais vu d'aurore boréale. Je ne m'y intéressais pas quand nous vivions à Yellowknife.

— A quelle heure t'es-tu levé ? demanda-t-elle, préférant ne pas parler de leur vie passée.

— Vers 9 heures. George a emmené les Grise à Iqaluit.

— Zut. J'aurais aimé m'en charger.

— Il voulait te réveiller, mais tu étais si mignonne, pelotonnée sur ce vieux canapé au milieu des reliefs de ton dîner !

Elle eut une moue penaude à l'idée que Quinn l'avait surprise profondément endormie — vulnérable.

Il reporta son attention sur les enfants qui remontaient la pente en tirant leur luge, et son regard brilla.

— Tu sais, je n'ai jamais essayé.

— Quoi ? De glisser sur une luge ?

— Moui. Jamais. Mes parents ne m'en ont jamais acheté une.

Charlotte entendit les cris stridents et les rires des enfants quand elle enfonça les talons dans la neige pour propulser la luge de Jenny, la plus jeune sœur de Wavell. Elle poussa un cri de joie en sentant le vent lui fouetter le visage. L'engin prit de la vitesse, et Quinn et elle dévalèrent la pente à vive allure, passant devant Jenny et le cabinet médical.

Comme ils filaient vers l'unique route de Cape Recluse, Quinn émit un juron sonore et étendit les jambes.

La luge bascula sur le côté, ils furent éjectés. Elle effectua un petit roulé-boulé et atterrit sur le dos. Quinn roula aussi et vint l'enfoncer dans la neige.

— Ça va ? demanda-t-il au-dessus d'elle, le souffle court.

— Ça va, clama-t-elle, secouée d'un rire irrépressible.

Il lui sourit, et ses yeux sombres pétillèrent.

— La luge, ça me plaît bien. C'est la deuxième chose que tu me fais découvrir depuis mon arrivée.

Elle adorait sentir ce corps sur le sien. Une vague de désir la traversa. Si seulement ils n'étaient pas séparés par toutes ces épaisseurs de textile mais nus dans son lit…

Puis soudain, elle se rappela qu'ils se trouvaient devant le cabinet médical, sous les yeux des enfants du village qui riaient de bon cœur.

— Eh, tu es lourd ! dit-elle, repoussant Quinn.

Il bascula sur le côté.

Aussitôt, elle se remit debout et fit tomber la neige de ses vêtements.

— Je ferais mieux d'aller me changer. Dans deux minutes, mes jeans seront trempés.

Elle courut sans se retourner en direction du cabinet médical.

L'espace d'un instant, elle avait oublié que Quinn Devlyn

n'était plus rien pour elle — juste un collègue de travail qui était venu pour Mentlana.

De retour dans sa chambre, Quinn regarda les photos, et il découvrit que l'une d'elles le représentait en train de dévaler la pente avec Charlotte.

Apparemment, la petite Jenny aimait la photo, elle aussi !

Il n'en était nullement fâché. Cela lui ferait un souvenir de ce moment.

Aujourd'hui, Charlotte s'était montrée moins réservée, elle avait ri de nouveau. Mais quand ils s'étaient retrouvés allongés dans la neige, il avait vu dans ses yeux que les barrières entre eux étaient revenues.

Il éteignit l'appareil et le posa. Ensuite, il prit son exerciseur, ferma le poing avec force puis le rouvrit doucement.

— Vous ne retrouverez jamais le plein usage de votre main. Je vous suggère d'arrêter la chirurgie et d'ouvrir un cabinet privé ou de rejoindre un cabinet de médecine générale, docteur Devlyn, avait dit le chirurgien orthopédiste.

— Pour moi, c'est inconcevable, avait-il répondu.

Sa mère s'était lamentée.

— Quinn, sois raisonnable ! Même le Dr Szarsky pense que tu ne pourras pas continuer la chirurgie. Quand écouteras-tu ? Tu avais un potentiel incroyable…

— Je ne l'ai pas perdu. Je reste chirurgien.

— Peut-être, avait dit son père. Mais il te faudra au moins un an pour récupérer. Et dans un an, tu auras perdu ta situation.

— Comme j'ai perdu la mienne quand tu es né.

Comme le ton de sa mère avait été dur lors de ces derniers mots !

Il écarta avec décision ce souvenir pénible.

Ses parents ne l'avaient jamais soutenu que lorsqu'il

excellait. Il n'avait donc jamais pu s'autoriser la moindre défaillance…

Sauf avec Charlotte. Elle ne l'avait pas jugé quand il lui était arrivé de connaître l'échec. Elle lui avait toujours accordé son attention et son amour, quoi qu'il fasse, et l'avait simplement encouragé à faire mieux la prochaine fois.

Depuis son accident, il rêvait d'une vie tranquille dans un cabinet médical rural ou l'hôpital d'une petite ville, mais il n'avait pas essayé de concrétiser ce rêve. Pourquoi ?

Parce qu'il aurait pu avoir cela avec Charlotte, et qu'il l'avait quittée. Et qu'il ne reconnaissait jamais ses erreurs.

Murmurant un juron, il posa l'exerciseur sur la table de chevet, puis il alla s'asperger le visage d'eau devant le lavabo.

Le miroir refléta ses joues mal rasées et les cernes sombres sous ses yeux.

Il n'avait pas bien dormi. Chaque fois qu'il fermait les yeux, l'image de Charlotte lui apparaissait…

A l'instant où il lui avait remis le bébé, tout s'était déroulé comme si leur passé douloureux et leur séparation s'effaçaient d'un coup. Ce regard qu'ils avaient échangé, ce contact si sincère, si vrai… Cela lui avait donné le sentiment qu'il n'était jamais parti, qu'ils pourraient repartir de zéro.

Mais ce n'était peut-être qu'une illusion. Quand il était arrivé à Cape Recluse, Charlotte l'avait clairement prévenu que leur association resterait purement professionnelle.

Son téléphone lui signala l'arrivée d'un texto.

Ce ne pouvait être que l'hôpital, ou sa mère.

Le message venait de Toronto, et deux mots s'affichaient sur l'écran :

Appelle-moi.

Il émit un soupir exaspéré.

Il savait pourquoi sa mère faisait ça. Elle savait où il se trouvait, et elle n'approuvait pas qu'il effectue une consultation à titre gracieux, surtout pour une patiente de Charlotte !

Son téléphone vibra dans sa main.

— Qu'est-ce qui peut bien t'empêcher de me rappeler pour parler d'un problème important ? Si cela avait été ton père, tu aurais rappelé ! fit la voix enregistrée de sa mère.

Il leva les yeux au ciel.

Elle jouait sans retenue sur le sentiment de culpabilité. Depuis toujours, c'était une experte en la matière. Mais à présent, c'était fini. Il s'en moquait.

Au lieu de la rappeler, il composa le numéro de son kinésithérapeute.

— Ted Jones.

— Salut, Ted. C'est Devlyn.

— Ah, Devlyn ! C'est comment là-haut ? demanda aimablement Ted.

— Froid.

— Ça ne m'étonne pas, répondit la voix rieuse de Ted. Et ta main ?

— Raide, douloureuse. Comme d'habitude…

Il se prépara mentalement. Il redoutait la réponse à la question qu'il allait poser.

— Ma main… A ton avis, est-ce qu'elle va tout récupérer ?

Charlotte se glissa dans sa chambre et entreprit d'ôter ses vêtements humides dus à la descente en luge.

Elle aurait voulu parler à Quinn de ce qu'il s'était passé dans la neige, mais comment s'y résoudre ?

De toute façon, elle ne pouvait pas l'éviter éternellement. C'était de la lâcheté.

Elle enfila rapidement des vêtements secs, décidée à provoquer cette conversation. Elle verrait bien ce qui arriverait.

En ouvrant la porte de sa chambre, elle entendit la voix de Quinn qui filtrait à travers la porte de la chambre d'amis.

— Dis-moi la vérité, Ted. Sois franc.

Comme il semblait irrité et inquiet…

Sur la pointe des pieds, elle avança dans le couloir, et par la porte de la chambre d'amis légèrement entrouverte, elle entrevit Quinn assis au bureau.

La tête dans les mains, il regardait son téléphone dont le haut-parleur fonctionnait.

— Je ne peux pas en dire plus, Quinn. Je me contente de te dire ce que j'ai vu dans d'autres cas.

Elle sentit son cœur battre plus vite.

Des cas ? *Quels* cas ?

— J'ai besoin d'une idée approximative, Ted. Un ordre d'idée, au moins. Ça m'aiderait.

Avant la réponse, il y eut un silence embarrassé au bout de la ligne.

— Non, tu ne retrouveras probablement jamais un fonctionnement normal de ta main. Elle a été écrasée. C'est déjà une chance que tu aies pu la conserver, avec en plus une certaine mobilité.

Cette fois, elle eut l'impression que les murs du couloir se resserraient sur elle.

Quinn ne pouvait plus opérer !

Elle n'aurait pas dû rester là, mais ses pieds semblaient rivés au sol, une nausée lui contractant la gorge.

Les implications étaient horribles. Il y avait Mentlana, son bébé… Et aussi sa réputation à elle, Charlotte ! Si Lana ou le bébé mourait parce que Quinn avait omis de dire qu'il n'était plus en état d'opérer, sa propre réputation serait salie, et les gens de Cape Recluse n'accorderaient plus à « doc Charley » la même confiance. Et l'inaptitude de Quinn lui coûterait le seul foyer qu'elle ait jamais connu.

Il n'était pas question qu'elle perde sa famille, les gens qu'elle aimait, parce que la fierté de Quinn était en jeu. S'il ne pouvait pas opérer, il ne s'approcherait pas de Mentlana Tikivik, ni de personne d'autre d'ailleurs !

En même temps, elle se sentait consternée pour lui. Comment prenait-il ce coup du sort ?

— Est-ce que je peux encore opérer ? demanda-t-il.

— Je ne vois pas pourquoi tu n'opérerais plus, mais tu auras probablement besoin que l'on t'assiste.

— Ici, il n'y a pas d'autre chirurgien.

— Ecoute, sans examiner ta main, je ne peux rien te dire de précis. Je te conseille juste de ne pas arrêter tes exercices.

— Merci, Ted.

— Appelle-moi en cas de besoin. Je regrette de ne pas pouvoir me montrer plus précis.

Figée sur place, elle entendit Quinn raccrocher.

L'instant d'après, il ouvrit la porte.

10.

— Charlotte…, murmura Quinn, le cœur battant.

Elle portait une tenue décontractée — un chandail lavande et un jean bleu —, et ses boucles rousses retombaient librement sur ses épaules. Mais son corps tout entier exprimait la tension, et son visage était pâle de colère. Elle semblait prête à exploser.

— Qu'as-tu à me dire ?

— Ecoute, je voulais t'en parler. J'ai essayé je ne sais combien de fois depuis mon arrivée.

Le regard de Charlotte tomba sur sa main couturée de cicatrices, et il aurait juré qu'au-delà de ces marques physiques, elle devinait celles qu'il portait au plus profond de lui.

— Raconte-moi, dit-elle — doucement, cette fois.

Il hésita.

Comment le dire ? Et qu'arriverait-il ensuite ?

— Quinn, je t'en prie.

— Je suis toujours chirurgien, si c'est ce qui te tracasse. J'ai le droit d'exercer.

— Oui. C'est ce que je comprends. Mais ces cicatrices… Que s'est-il passé ?

— Un accident de voiture.

— Comment est-ce arrivé ?

— Le brouillard a provoqué un carambolage en série sur l'autoroute. Ma voiture a subi un choc violent, et ma main a été coincée dans la portière. Pendant un moment, j'ai cru que j'allais y passer. Pris au piège, en attendant les secours, j'ai cru que j'allais mourir.

L'expression bouleversée, Charlotte entra dans la chambre.

— Pourquoi ne m'as-tu rien dit ?

— Tu m'as fait venir ici pour opérer ton amie, alors je ne pouvais pas te dire ce qu'il m'était arrivé.

— Mettre la vie de Mentlana en danger, c'est moins important que de sauver la face ?

Il sentit que ses épaules s'affaissaient, et il s'assit au bord de son lit.

— Bien sûr que non. Je ne mettrais jamais la vie d'un malade en danger ! C'est pour cette raison que j'ai appelé mon kiné.

Charlotte vint s'asseoir près de lui et prit doucement sa main blessée.

— Si ton kiné ou ton orthopédiste te déclarent apte à opérer, c'est que tu peux le faire. Tu sais que tu le peux, ou autrement tu n'aurais pas pris l'avion pour venir jusqu'ici, dit-elle d'un ton un peu mécanique, comme pour s'en persuader elle-même.

Et s'il était venu pour des raisons purement égoïstes ?

Il retira sa main et se leva.

— Je ne ferai pas courir de risques à ton amie, Charlotte. J'espère que tu me crois au moins quand je te dis cela. Est-ce que tu me fais confiance ?

Charlotte se leva aussi et lui tourna le dos.

— Je… Je ne sais pas quoi dire.

— Tu n'es pas obligée de répondre. Tu n'as aucune raison de me croire. Je n'ai pas été honnête. Je ne t'ai pas parlé de mon accident. Mais je veux que tu saches que je ne ferais rien qui puisse nuire à un patient.

Charlotte entendit Quinn se rapprocher d'elle. Le cœur battant, elle hocha la tête.

— Je te fais confiance, dit-elle en se retournant.

— Merci.

— Et je regrette de ne pas avoir été là pour t'aider après cet accident, murmura-t-elle.

D'une pression sous le menton, Quinn lui fit lever la tête.

— Tu n'as pas d'excuses à me faire.

Ses genoux tremblaient légèrement tandis qu'elle se perdait avec gourmandise dans son regard chocolat.

Cela faisait une éternité qu'elle n'avait pas senti ces bras solides autour de sa taille. L'absence de Quinn dans sa vie avait ressemblé à une douleur physique. Une douleur qu'elle avait anesthésiée en se jetant dans le travail et en se rappelant encore et encore le mal qu'il lui avait fait.

La main de Quinn se posa sur sa nuque, et les doigts se glissèrent dans ses cheveux. Son souffle tiède lui caressa la joue.

Elle ferma les yeux, attendant le baiser qu'elle souhaitait sans s'en rendre compte depuis son retour.

Qu'était-elle en train de faire ? Elle avait confiance en ses compétences de chirurgien, mais elle n'était pas prête à lui faire de nouveau une place dans son cœur !

Posant la paume sur sa large poitrine, elle le repoussa.

— Je ne peux pas, Quinn. Le jour où tu es parti a été le pire de toute ma vie. Je t'ai perdu, et j'ai perdu…

« notre enfant ».

Il hocha la tête.

— Je comprends, et je te suis reconnaissant de me faire confiance pour ton amie. Merci.

Elle pivota sur ses talons et quitta la pièce.

Elle avait failli baisser la garde. Comment avait-elle pu ? C'étaient probablement les hormones qui lui obscurcissaient le jugement.

Après ce bref rapprochement, Charlotte évita Quinn autant que possible. Mais c'était difficile dans les cent mètres carrés du cabinet médical et du logement — surtout avec le blizzard intense qui les empêchait de sortir.

Au moins, elle avait son travail pour l'occuper, quand les patients pouvaient affronter la neige pour venir à leur rendez-vous. Elle passait donc le plus clair de ses journées à travailler, enfermée dans son bureau, avec le rugissement de la tempête au-dehors pour accompagner le tumulte de ses pensées.

Seule devant ses dossiers, en fin de journée, elle songea une fois de plus à sa relation avec Quinn.

Comment avait-elle pu croire que cela pourrait marcher entre eux ? Leurs choix professionnels différents n'étaient pas le seul problème. Quinn ne pensait qu'à son travail, il ne souhaitait pas fonder une famille, ce qu'elle désirait elle-même plus que tout. Une famille avec deux parents, ce qu'elle n'avait pas eu.

— Doc Charley ?

Levant les yeux, elle vit George sur le seuil du bureau.

— Oui. Qu'est-ce que je peux faire pour toi ?

— On ferme, lança-t-il, affichant un large sourire.

Elle consulta l'horloge de son écran d'ordinateur.

Elle venait de compléter le dossier de Wavell, dont elle avait retiré les points de suture quelques heures plus tôt. L'après-midi avait passé à une vitesse folle !

— Bonne soirée, dit-elle distraitement.

— Il y a une soirée bingo à la salle. Ça te dit ?

— Non. Je n'ai pas envie de sortir, avec cette tempête.

— Mais… La tempête est finie depuis des heures ! Tu devais être vraiment plongée dans tes paperasses, si tu n'as même pas remarqué.

Incrédule, elle secoua la tête.

Elle s'était tellement habituée aux hurlements assourdissants du vent qu'elle n'avait pas même remarqué leur arrêt. Et son café du matin se trouvait toujours dans la tasse, intact !

Elle laissa tomber son stylo sur la table et se passa la main sur le visage.

— Tu te sens bien ? demanda George, inquiet.

— Oui. Juste un peu fatiguée, répondit-elle, espérant que George ne détecterait pas son mensonge.

— Viens à la salle ! Tout le monde sort ce soir pour jouer au bingo. C'est un moyen de fêter la fin de la tempête. J'irai même chercher Aanak pour l'obliger à venir.

Charlotte eut un faible sourire.

— Non, merci. Je crois que je vais rattraper mon travail de bureau en retard. Et en plus, je déteste le bingo.

George eut une moue de déception.

— Comme tu voudras. Nous ne serons que deux à y aller, le Dr Devlyn et moi.

— Il va à la soirée bingo ?

Elle était stupéfaite. Quinn n'était pas du genre à se rendre à une salle commune pour participer à un jeu !

— Ouais. Il a même dit qu'il avait hâte d'y aller, ajouta George, l'œil pétillant.

Il ne fallait pas rater ça !

— Eh bien alors, je pense que je vais y aller aussi, étant donné qu'Anernerk sera là, et tout le monde.

— Bien sûr, tu vas y aller parce qu'il y aura Anernerk !

— Qu'est-ce que tu sous-entends ?

— Rien… Rien du tout.

11.

La salle commune était remplie de monde et de musique quand Charlotte tendit sa veste à la jeune fille derrière le comptoir à l'entrée.

— Vous devriez vous dépêcher, doc Charley. On a déjà commencé le premier tour.

— Merci, Lizzie.

Elle n'était pas venue avec George et Quinn parce qu'elle était passée voir un patient à domicile. Elle avait pris tout son temps : mieux valait observer Quinn à distance pour voir comment il se débrouillait avec les résidents.

Elle marqua un temps d'arrêt sur le seuil de la salle et le repéra facilement, assis au fond, seul : un pli de concentration lui barrait le front, et il fixait ses cartes.

Elle sourit.

On avait soutiré à Quinn au moins vingt dollars, car il avait au moins quatre cartes de bingo étalées devant lui, et il n'arrivait pas à cocher rapidement toutes les cases annoncées.

— Il ne s'en sort pas, hein ? Tant mieux ! Il en bave. Bien fait.

Elle se tourna vers Anernerk, assise à la table la plus proche.

La vieille dame était une spécialiste du bingo, capable de soutenir n'importe quelle conversation sans rien rater du jeu.

— Qu'est-ce que tu veux dire ?

— Il est nul. Je ne peux pas dire mieux !

Amusée, Charlotte se dirigea vers Quinn.

— Tu t'en sors bien ?

Il leva les yeux, souriant.

— Pas du tout ! Je pense que George aurait dû travailler à la Bourse au lieu d'annoncer les numéros du bingo.

Elle s'assit sur la chaise libre à côté de lui pour l'aider à rattraper son retard.

— Il est ambulancier. Les ambulanciers ont l'habitude d'agir rapidement.

— Ce n'est pas nécessaire dans ce jeu, bougonna Quinn, plaçant un autre jeton. Je suis débutant, moi.

Elle ajouta un jeton sur une des cartes.

— Voilà, tu es à jour.

— Pour l'instant… Et zut !

George venait d'annoncer trois nouveaux chiffres à la suite.

— Ralentis, George, lança-t-elle, se retenant de pouffer.

George eut l'air légèrement décontenancé, puis il la repéra, secoua la tête et continua à son rythme habituel.

— Eh, tu as entendu le Dr Charley ? Ralentis, ou sinon…

Cette fois, la demande venait d'Anernerk, et George n'osa pas l'ignorer.

— Elle est enragée pour ce jeu, observa Quinn, amusé.

— Pas enragée. Elle aime gagner.

— Je vois de qui tu tiens ça.

— Quoi donc ?

Quinn eut un haussement d'épaules.

— Pendant tes études, tu avais le couteau entre les dents. Il fallait toujours que tu sois la première pourtant : compétitions, scolarité… C'était insupportable.

Elle lui décocha un regard glacial. Puis elle vit son œil pétillant de malice, et sa colère baissa d'un cran.

— Je te l'accorde. Mais si j'étais si insupportable, pourquoi m'as-tu fait une cour acharnée ?

A peine la question avait-elle franchi ses lèvres qu'elle regretta de l'avoir posée. Elle frissonna en voyant une sombre lueur de désir dans les yeux de Quinn et faillit oublier où elle se trouvait, redevenant pour un instant l'étudiante qui louchait discrètement sur le beau Devlyn de l'autre côté de la salle, en cours d'anatomie.

— G 58, annonça George.

Quinn reporta son attention sur les cartes et plaça un jeton.

— Mince, je crois que j'ai gagné. Non ?

Elle se pencha sur le jeu.

— Si. Tu devrais le signaler.

— Bingooo !

Quinn se leva, agita sa carte gagnante, et tous les jetons se répandirent autour de lui.

— Perdu ! Il a tout fait tomber ! lança Anernerk, ravie.

Riant sans retenue cette fois, Charlotte se mit à genoux pour ramasser les jetons sur le parquet, et Quinn la rejoignit.

— Anernerk a raison, dit-il à mi-voix.

— A quel sujet ?

— C'est vrai : je suis nul.

Quinn prit une gorgée de soda et s'appuya contre le comptoir de la buvette.

Il avait quitté un moment le tour de bingo, laissant Charlotte le remplacer. Malgré les protestations d'Anernerk, il avait quand même gagné parce qu'on avait pu retrouver les numéros annoncés.

Il était tout surpris d'aimer à ce point la fréquentation de ces gens. Et cette tempête de neige interminable l'avait impressionné. Canadien, il avait l'habitude du blizzard, mais pas si fort ni si féroce, car en ville les buildings faisaient de bons coupe-vent. A Cape Recluse, on était à la merci des éléments. C'était rude et puissant. Il comprenait mieux maintenant pourquoi Charlotte aimait cette région.

Il adorait ce séjour avec elle, mais après le récit de son accident, elle avait repris ses distances, et cela l'attristait.

Mais cela venait de changer de nouveau ! La barrière qui

les avait séparés pendant plusieurs jours avait de nouveau disparu. Pourquoi, il l'ignorait, mais tant mieux.

Elle avait l'air de s'amuser énormément. Pourtant, à en croire George, elle ne venait jamais aux soirées bingo, d'habitude ?

Elle entretenait avec les gens des rapports presque familiaux et adorait visiblement son métier. A Cape Recluse, elle brillait comme une étoile. Cinq ans auparavant, à Yellowknife, il avait considéré le Grand Nord canadien comme une impasse professionnelle, sans perspective de carrière. Quelle erreur ! Il était parti trop vite. Et en regardant Charlotte maintenant, il regrettait sa décision.

— Vous jouez le tour suivant, Devlyn ?

Se retournant, il aperçut près de lui Anernerk.

Celle-ci avait l'air plus fragile que quelques jours plus tôt. Il espéra, pour le bien de Charlotte, que la vieille dame n'ait aucun problème de santé sérieux. Mais tout de même, elle avait plus de cent ans !

Elle lui adressa un clin d'œil.

— J'aime la compétition, surtout avec des hommes jeunes.

— Votre petit-fils a fait une remarque à ce sujet la première fois que je vous ai rencontrée.

— Il me connaît bien, répondit Anernerk en souriant.

Elle saisit sa main blessée.

— Est-ce qu'elle vous ennuie beaucoup ?

— Non, pas trop. Mais le blizzard n'arrange rien.

— Elle me semble assez solide. A votre place, je ne m'inquièterais pas.

— Mais je ne m'inquiète pas *du tout*, affirma-t-il.

Menteur.

Anernerk lâcha sa main et agita l'index devant lui.

— Au prochain tour, je gagne. Vous avez eu la chance du débutant, mais à mon avis c'est terminé. Je-vais-ga-gner !

Elle s'éloigna, et il retourna s'asseoir lui aussi. Il reprit place près de Charlotte et fit glisser dans sa direction une cannette de soda au gingembre.

— Milady..., dit-il avec un geste virevoltant de la main.

— Merci.

Elle ouvrit la cannette et ficha une paille dans l'ouverture.

— Comment ça se passe ?

— Pas bien, malheureusement.

— O soixante-sept, annonça George.

— Houou ! fit Quinn. Ce jeu est truqué !

Plusieurs personnes s'esclaffèrent.

— Je suis choquée par cet éclat, docteur Devlyn, plaisanta Charlotte.

— Nous devrions peut-être en rester là. Anernerk m'a averti : elle va gagner.

— Alors tu as raison, nous ferions mieux de partir.

Pendant que Charlotte terminait son soda, il rendit ses cartes et ses jetons. Ils reprirent leurs vestes et sortirent dans la nuit glaciale.

A ce moment, une aurore boréale d'un vert vibrant se manifesta dans le ciel.

Distrait, il trébucha, et Charlotte lui saisit le bras pour l'aider à rétablir son équilibre.

Il la regarda, emmitouflée dans sa parka, et, fasciné par l'éclat de ses yeux, réprima l'envie de s'incliner pour lui déposer un baiser sur le bout du nez.

Leur badinage avait cessé, remplacé une fois de plus par une tension désagréable. Qu'est-ce qui avait brusquement changé ?

— Il gèle ici, fit Charlotte d'un ton faussement dégagé.

En trottinant, elle s'éloigna vers le cabinet médical.

12.

Charlotte passa une nuit aussi agitée que les précédentes.

Quinn avait changé. Quand il était arrivé à Cape Recluse, il ressemblait toujours au drogué du travail qui l'avait abandonnée, mais maintenant, il se montrait sous un jour complètement différent. La veille, au bingo, elle s'était même beaucoup amusée avec lui.

Renonçant à dormir, elle se leva et se traîna jusqu'à la douche, où elle vida le chauffe-eau. Ensuite, elle enfila plusieurs couches de vêtements chauds en prévision d'une visite à Mentlana.

Quinn n'était pas en vue quand elle sortit de sa chambre. Et il ne se trouvait pas dans la chambre d'amis, dont la porte était grande ouverte.

Dans la cuisine, elle trouva un pot de café brûlant et un message : il était sorti pêcher avec George.

Elle demeura stupéfaite.

Quinn, sorti *pêcher ? Avec George ?*

Dehors, elle regarda avec perplexité les cabanes de pêche aux couleurs vives édifiées sur la glace.

Dans laquelle de ces cabanes se trouvait-il ? Comme il devait se sentir idiot, assis, emmitouflé et quand même transi, en train d'attendre que quelque chose morde à l'hameçon dans un trou…

Encore mieux : il faudrait qu'un phoque émerge du trou en question. Quinn aurait la frayeur de sa vie !

Quand elle arriva chez Mentlana, ce fut Anernerk qui lui ouvrit.

— Dépêche-toi d'entrer !

— Que fais-tu là ? demanda Charlotte. Et surtout, comment diable es-tu arrivée jusqu'ici ?

— J'ignorais que j'étais consignée chez moi ! Genen est venu me chercher hier soir au bingo, et j'ai décidé de rester quelques jours ici.

Anernerk pointa l'index en direction de sa propre joue, et Charlotte se pencha pour l'embrasser.

— Comme tu es là, je vais peut-être t'examiner.

— Ne t'en avise pas !

En souriant, la vieille dame prit sa veste.

— Où est le Dr Devlyn, aujourd'hui ?

— Il pêche avec George.

— Vraiment ? Je n'en reviens pas.

— Qu'est-ce qu'il se passe là-bas ? demanda Mentlana depuis la chambre.

— Va la voir, Charley. Elle s'ennuie à force de rester au lit.

Charlotte emprunta le couloir qui menait à la chambre de son amie.

On y avait transporté le poste de télévision. En fait, une bonne partie du séjour avait été entassée dans la petite chambre.

— Comment te sens-tu, aujourd'hui ?

Un sourire naquit sur les lèvres de la jeune Inuit.

— Au lieu de prendre tes grands airs de médecin, raconte-moi les derniers potins.

Charlotte posa son sac sur la table et en sortit un sphygmomanomètre.

— Des potins ? Il n'y en a pas.

Mentlana eut un petit rire incrédule.

— S'il te plaît.

Charlotte lui plaça le manchon sur le bras.

— Que veux-tu que je te raconte ?

— Comment ça se passe, le travail avec Quinn ?

— Tu es vraiment impossible.

— C'est si bien que ça ? insista Mentlana pendant qu'elle lui prenait la tension.

— Ta tension est un peu trop haute. Il va falloir la surveiller.

Elle sortit son doppler portatif, écouta le cœur du bébé et réprima une moue d'inquiétude.

— Est-ce que Genen est là ? demanda-t-elle.

— Qu'est-ce qui ne va pas ?

Elle serra la main de son amie.

— J'aimerais qu'il aille chercher le Dr Devlyn de ma part. Je voudrais juste qu'il écoute le cœur du bébé, c'est tout.

— Il pêche sur la glace avec George et le Dr Devlyn, maugréa Mentlana, qui prit son téléphone et rédigea un texto.

Charlotte nota sur la fiche l'irrégularité cardiaque du bébé. Il faudrait que Mentlana vienne au cabinet médical pour contrôler la progression du CCAM.

— OK, tu me dois les derniers potins, maintenant que je suis toute stressée en attendant le Dr Devlyn. Allez, raconte.

— Il n'y a rien à raconter.

— A d'autres ! Tu ne donnes plus signe de vie, ça ne te ressemble pas.

Charlotte se mordilla la lèvre.

— Eh bien… C'est dur d'être avec l'homme qui m'a quittée.

— Toi aussi, tu l'as quitté, avant.

— Comment ça ? Il est parti à New York. Il m'a sacrifiée à sa carrière !

— Je sais… Ce que je vais te dire ne va pas te plaire, mais as-tu pensé une seule fois à ce qu'il a pu ressentir quand tu as refusé de partir avec lui ?

Elle sentit des larmes lui monter aux yeux.

En fait, elle ne s'était jamais interrogée sur les sentiments de Quinn, comme elle n'avait jamais seulement envisagé de le suivre à New York. Ils s'étaient montrés tous les deux têtus et rigides, refusant tout compromis.

— Je pense que tu as encore des sentiments pour lui, même si tu ne veux pas l'admettre. Tu devrais lui accorder une seconde chance.

La porte d'entrée s'ouvrit, et des pas résonnèrent dans le couloir.

— Charlotte ? appela la voix de Quinn.

— Dans la chambre !

Il entra, le visage rosi par le froid, les cheveux emmêlés, et le menton mal rasé. Le vert foncé de son chandail de pêcheur mettait en valeur le brun sombre de ses yeux, et son aspect viril un peu rude fit battre le cœur de Charlotte. Il aurait pu orner une couverture de magazine.

— Tout va bien ? demanda-t-il.

— J'aimerais que tu auscultes le bébé. Et la tension est un peu trop haute.

— Bien sûr.

Elle lui céda la place. A l'aide du doppler, il étudia le rythme cardiaque, puis il éteignit l'appareil.

— Alors ? demanda Mentlana, inquiète.

— Votre bébé va bien, mais j'aimerais quand même faire une échographie pour être tout à fait sûr. Genen va arriver. Dites-lui de vous emmener au cabinet médical dès que possible.

— Entendu.

— Tout ira bien, vous verrez, affirma Quinn.

Mais Charlotte perçut l'inquiétude dans sa voix.

13.

L'examen mit en évidence l'aggravation du CCAM. Il faudrait la transporter à Iqaluit à brève échéance.

Quinn aida Genen à ramener Mentlana chez eux et à l'y réinstaller. Quand il regagna le cabinet médical, Charlotte était enfermée dans son bureau, probablement pour travailler sur ses dossiers.

Au moment où il pensait que leurs relations progressaient, elle reprenait ses distances !

Pour s'occuper, il sortit son appareil photo.

D'abord, il transféra toutes les photos de sa carte-mémoire sur son ordinateur, puis sur sa clé USB. Une fois sa carte-mémoire sortie de l'appareil, il s'assit devant la table de la cuisine et entreprit de nettoyer l'objectif du zoom qui avait reçu quelques projections d'eau salée pendant la partie de pêche.

— J'espère que ça ne va pas compromettre la garantie ?

Levant les yeux, il vit Charlotte sur le seuil séparant son lieu de travail de sa maison. Appuyée contre le montant de la porte, elle l'observait avec intérêt.

Le mur invisible qu'elle avait dressé entre eux, deux heures auparavant, semblait détruit une fois encore !

Retenant son souffle, il poursuivit son travail. Cette fois, il faudrait qu'elle vienne à lui…

Il entendit les pas de Charlotte, qui vint s'asseoir à la table.

— Ça a l'air joliment compliqué, comme travail. Tu es sûr que tu sais ce que tu fais ?

— Tu mets en doute mes compétences ?

Il essuya le sel séché sur le pourtour de l'objectif.

— Voilà. Ça devrait aller.

— Comment du sel a-t-il pu entrer dans l'objectif ?

— J'ai fait des photos sur la glace, aujourd'hui.

Charlotte eut un sourire.

— Ah bon. Alors, tu n'as pas pêché.

— Non. Je déteste ça. J'y suis allé pour le paysage, répondit-il en remettant l'objectif en place sur l'appareil.

— Comment trouves-tu le spectacle de la nature, ici, dans le Nord ? Je veux dire, tu ne t'intéressais pas tellement au paysage, à Yellowknife.

— C'était une autre époque, et j'étais différent.

Charlotte ne répondit pas tout de suite.

— Comme tu t'intéresses tellement au paysage, je voudrais te montrer quelque chose.

— Tu m'intrigues.

Elle se leva.

— C'est dehors, et il fait froid.

— Je suis d'accord, mais nous ferions mieux de nous dépêcher avant que le soleil ne se couche !

— Justement. On y va vite.

Charlotte retourna dans le cabinet médical et en revint avec leurs parkas.

Il saisit la sienne et l'enfila.

— S'il s'agit de voir un coucher de soleil, j'en ai déjà vu beaucoup.

Elle eut un large sourire.

— Pas comme celui-là, répondit-elle en remontant le zip de sa veste.

— Si tu le dis… Je te suis.

Dehors, ils se dirigèrent vers l'eau.

Le soleil se couchait, il était si bas qu'il semblait toucher l'horizon. Si loin dans le Nord, l'astre semblait plus gros dans le ciel, et peu après, comme il descendait derrière des nuages étirés, ce fut comme si deux autres petits soleils les perçaient, donnant l'illusion que trois soleils se couchaient sur l'eau.

Il leva son appareil et prit une photo.

— Waouh ! C'est vraiment incroyable.

Charlotte acquiesça de la tête, et il jeta un regard dans sa direction.

Les derniers rayons du soleil touchaient ses cheveux roux, y posant des lueurs de flammes.

Il appuya furtivement sur le déclencheur.

— Eh ! Je n'ai pas dit que tu pouvais me prendre en photo ! protesta-t-elle.

— J'admire juste la vue.

Le visage de Charlotte rosit.

Il remit son appareil photo en bandoulière derrière son épaule et se dirigea vers elle pour passer la main sur sa joue toute froide.

— Quinn, s'il te plaît… Je ne sais plus où j'en suis.

— Tu me fais confiance ?

— Oui, je te l'ai dit.

— Alors, dis-moi ce qui ne va pas.

— Ecoute… Ça n'a rien à voir avec toi. Cette fois, c'est moi.

— Je ne comprends pas.

— Moi non plus.

Elle laissa échapper un soupir. Le mur invisible était revenu une fois de plus. Inutile d'insister.

— Il fait presque nuit. Il faut rentrer, dit-elle.

— Bien sûr.

En silence, ils reprirent la direction du cabinet médical.

Ils franchissaient une haute congère, quand Charlotte poussa un cri d'horreur en découvrant ce qui se trouvait de l'autre côté.

Anernerk était recroquevillée dans la neige, sans manteau, immobile.

— Oh ! mon Dieu ! Non !

Ils dévalèrent la pente. Quinn ôta rapidement sa parka et en couvrit la vieille dame.

— Elle respire à peine.

Il la souleva sans se soucier du froid qui lui mordait la peau.

Charlotte le précéda en courant et pour ouvrir la porte du cabinet médical. Il arriva quelques instants plus tard, alors qu'elle préparait déjà une salle de soins.

Anernerk respirait avec difficulté, sa poitrine émettait un râle.

— Allonge-la ici, dit Charlotte.

Il étendit la vieille Inuit sur la table d'examen.

— Elle ne respire pas bien. Il va falloir que je l'intube.

— Je vais chercher un kit.

Charlotte sortit en hâte de la pièce.

— Ça va aller, murmura-t-il repoussant en arrière les cheveux qui retombaient sur le front d'Anernerk.

Mais celle-ci lui empoigna le bras avec une force surprenante.

— Non…, dit-elle. Non.

Sa voix n'était qu'un murmure à peine audible, et un petit sourire jouait aux commissures de ses lèvres.

— Ne soyez pas têtu, Quinn Devlyn. Laissez-moi… partir.

Charlotte rentra dans la pièce en coup de vent.

— J'ai le kit !

— Elle refuse l'intubation, Charlotte. Elle veut partir. Son heure est venue.

La respiration de la vieille femme était devenue plus rapide, son râle plus fort, et sa peau prenait un teint cireux.

— Elle n'arrive plus à respirer ! dit Charlotte. Bon sang, Quinn, il faut l'intuber !

— Non, souffla Anernerk. C'est moi… qui ne veux pas le faire.

Charlotte pâlit, et ses yeux se remplirent de larmes.

— Comment ? Enfin, Anernerk…

— C'est mon heure. Tu es un docteur formidable… le Dr Devlyn aussi… mais je dois partir… Les esprits… m'ont parlé.

— Je ne peux pas te laisser partir. Tu es tout ce que j'ai ! Tu t'es occupée de moi quand mon père est mort. Je ne veux pas te perdre.

Anernerk leva la main et lui caressa le visage.

— Tu as le Dr Devlyn… Tu vas me manquer, ma fille.

Charlotte la prit par les épaules.

— Non ! Non, je ne te laisserai pas partir.

— Ne sois pas une épouse aux idées noires pour l'homme têtu, mon enfant… Laisse tes peurs s'en aller.

Il voulut éloigner Charlotte de la table, mais elle le repoussa sans ménagement et tendit la main vers le kit.

— Il faut intuber !

A ce moment, la vieille femme laissa échapper son dernier soupir, et sa poitrine s'abaissa une dernière fois.

Au même instant, un souffle d'air parcourut la pièce.

S'il avait cru à ce genre de chose, il aurait pu jurer qu'il avait senti l'âme de la défunte le traverser.

Superstition ? Peut-être…

— Heure du décès : 16 h 40, murmura-t-il tristement.

Charlotte reposa bruyamment le plateau d'intubation, passa devant lui et quitta la pièce, puis il entendit claquer la porte de son bureau.

Il ferma les yeux d'Anernerk et la recouvrit d'un drap, remit de l'ordre dans la pièce et se lava les mains, laissant Charlotte entamer son deuil sans témoin.

Vingt minutes plus tard, la porte d'entrée s'ouvrit. George entra dans la salle de soins et pâlit en voyant le corps de sa grand-mère.

— Charley m'a appelé. Je vais l'emmener dans le bâtiment

spécial que nous avons. Nous y plaçons les corps jusqu'à ce que l'on puisse les enterrer.

— Bien sûr. As-tu besoin d'aide ?

— Merci, mais ce ne sera pas utile. C'est pour Charley que je m'inquiète, doc. Elles se disputaient, mais c'est ma grand-mère qui a recueilli et aidé Charley quand son père est mort, parce que la pauvre n'avait personne d'autre. Et quand elle est revenue de Yellowknife, Aanak a été là aussi.

Une bouffée de culpabilité envahit Quinn.

C'était à cause de lui que Charlotte était revenue blessée de Yellowknife. Il l'avait laissée seule.

— Je vais m'occuper d'elle, annonça-t-il, quittant la salle de soins.

Il se dirigea vers le bureau de Charlotte mais le trouva vide. La porte menant à l'appartement était entrebâillée, il jeta un regard à l'intérieur.

Elle était là, recroquevillée sur le canapé, fixant le mur sans le voir. Elle avait ôté ses bottes, son épais chandail et son pantalon de velours. En T-shirt, caleçon long et chaussettes, les cheveux lâchés, elle paraissait infiniment fragile sous la couverture dont elle s'était emmitouflée.

En croisant son regard, il frissonna.

C'était exactement ce regard-là qu'il lui avait vu, placée sous perfusion à l'hôpital de Yellowknife…

Pourquoi l'avait-il quittée ? Il avait été stupide de le faire.

Mais quand il lui avait parlé de New York, elle lui avait dit de s'en aller, et ensuite elle avait refusé de le revoir. Comme ils étaient fiancés, mais pas conjoints légaux, l'hôpital avait dû respecter la volonté de Charlotte. Il s'était donc tenu à distance, s'assurant sans qu'elle le sache, que son retour à la maison s'était bien passé. Mais pour finir, il était parti, consterné qu'elle l'ait exclu de sa vie.

— Charlotte, je suis très peiné qu'elle soit morte.

— J'aurais dû l'intuber pendant qu'il était temps.

— Elle ne le voulait pas.

— Ça ne fait rien. Si je l'avais fait, elle serait encore en vie.

Il entra dans la pièce.

— Sois raisonnable. Elle avait cent un ans. Son heure avait sonné.

Charlotte se leva d'un bond.

— Non ! cria-t-elle. Les Tikivik sont ma famille. *Les miens.* Tout ce que j'ai…

La colère de Charlotte se dissipa aussi vite qu'elle était venue, et Charlotte se laissa retomber sur le canapé en désordre.

Elle passait son chagrin sur Quinn, il ne méritait pas ça. Il n'avait fait que respecter les souhaits d'Anernerk, alors qu'elle n'avait pensé qu'à elle-même, laissant la panique la dominer. Il avait raison : elle s'était laissé submerger par ses émotions. Trop souvent muselées, celles-ci jaillissaient parfois comme un geyser.

— Je regrette de t'avoir rabroué, murmura-t-elle.

Quinn s'assit près d'elle et prit fermement sa main dans la sienne.

Elle se pencha et enfouit le visage dans son cou, respirant son parfum.

Quinn était fort. Et de force, elle en avait besoin plus que jamais. Elle en avait besoin pour affronter son chagrin. Même si elle s'était promis de ne plus jamais lui donner de place dans son cœur, en ce moment précis, elle voulait oublier ses soucis avec lui. Sans s'en rendre compte, elle était restée une éternité comme anesthésiée face à la vie… Faire l'amour avec Quinn, cela lui rappellerait qu'elle était toujours vivante.

— Charlotte ?

Son prénom murmuré lui donna la chair de poule, et les pointes de ses seins durcirent sous sa chemise.

Il l'entoura de ses bras et lui déposa un baiser sur la tête.

— Qu'est-ce que je peux faire pour t'aider ? dit-il doucement. Tu n'as qu'à parler.

— Fais-moi l'amour.

— Tu… Tu en es sûre ?

Elle mit les bras autour du cou de Quinn et passa les doigts dans ses cheveux.

— Oui. Ça me fera oublier ma peine. S'il te plaît. J'ai besoin de toi.

L'instant d'après, leurs lèvres se joignaient, et quand le baiser s'approfondit, Quinn la renversa contre les coussins du canapé.

— Pas ici, dit-elle, s'écartant à regret.

Il la souleva et, sans cesser de l'embrasser, franchit la courte distance qui les séparait de sa chambre, où il la laissa se remettre debout.

L'air vibrait d'une tension presque palpable. Elle sentait son cœur battre follement à la pensée de ce qui allait arriver et qu'elle désirait si fort. C'était presque comme la première fois. Il avait été le premier et le seul homme de sa vie…

Elle enfouit les mains sous le chandail de Quinn et le lui fit passer par-dessus la tête.

— J'ai envie de toi, dit-elle.

Elle n'avait jamais cessé.

— Moi aussi, mais seulement si tu es sûre. Tu as eu une journée si terrible, aujourd'hui…

— Je veux. S'il te plaît.

L'hésitation de Quinn ne dura qu'un instant.

— Je suis incapable de te résister. Je n'ai jamais su.

Il prit ses lèvres, et leurs langues se caressèrent pendant qu'elle l'entraînait vers le lit.

— Tu m'as manqué, ma chérie. Mon Dieu, comme tu m'as manqué !

— Tu m'as manqué, toi aussi.

Elle lui offrit de nouveau ses lèvres à explorer.

Les mains de Quinn glissèrent vers le bas de son dos, la

faisant frissonner à travers le coton de son T-shirt, puis il le lui ôta et défit les agrafes de son soutien-gorge avec une lenteur calculée, avant de faire glisser les fines bretelles sur ses épaules.

Quand il la vit à demi dévêtue, il respira plus vite, ce qui décupla le désir de Charlotte. Il l'embrassa de nouveau tout en lui caressant les seins, et elle ferma les yeux, électrisée.

Elle tira sur la chemise de Quinn pour l'extraire de son pantalon, puis elle défit les boutons et la lui arracha plus qu'elle ne la lui ôta, avant de faire courir ses paumes sur la large poitrine nue. Comme elle descendait en direction de la ceinture du pantalon, il la saisit par les poignets et la renversa sur le lit, l'immobilisant de tout son poids, pour l'embrasser avec passion.

Les bras autour de son cou, elle le laissa dévorer ses lèvres, l'explorer encore et encore, lui rendant ses baisers avec passion, et cela éveilla dans tout son corps des sensations oubliées.

Quinn interrompit le baiser pour lui ôter son caleçon de yoga, et quand il glissa les pouces sous les côtés de sa petite culotte pour la lui ôter, elle sentit le désir monter d'un cran supplémentaire.

A présent, elle était complètement nue.

Elle regarda Quinn ôter ses derniers vêtements dans la clarté de la lune qui se glissait à travers les volets.

Quand il revint sur le lit, elle l'aida à enfiler un préservatif, puis il laissa courir sa main sur le corps offert, s'attardant sur ses seins, qu'il taquina de son pouce.

— J'aime te faire ça, dit-il d'une voix rauque.

Et elle, elle *adorait* qu'il lui fasse ça.

La main de Quinn descendit entre ses jambes, il se mit à la caresser.

Elle l'imagina en train de remplacer sa main par ses lèvres, et cette idée la fit gémir de désir.

Comme s'il devinait ses pensées, Quinn entama un

lent itinéraire avec sa bouche, lui embrassant savamment les seins puis le ventre, pour descendre vers le point qu'il venait de caresser.

Le contact brûlant de sa langue la remplit d'un désir intolérable, et elle ne put retenir un cri. Instinctivement, elle souleva les hanches, mais ses doigts se glissèrent dans les cheveux de Quinn pour l'inciter à arrêter.

Elle était au bord de l'orgasme, mais elle refusait de céder avant que Quinn soit en elle. Elle voulait qu'il la prenne, elle voulait être à lui et à lui seul. Même si ce n'était que pour un instant volé.

D'un mouvement des hanches, Quinn entra en elle, et elle éprouva une légère douleur, comme la première fois.

Elle s'agrippa à ses épaules, retenant son souffle.

Il s'immobilisa, s'appuyant sur son bras le plus valide.

— Excuse-moi, ma chérie. Cela faisait si longtemps... Si longtemps, murmura-t-il de nouveau.

Et il ne chercha plus à se contrôler.

Elle sentit une excitation brûlante naître au plus profond d'elle-même. Le plaisir l'envahit. Elle se cambra, se resserra autour de lui pendant qu'il atteignait à son tour le sommet du plaisir.

Quand il se laissa tomber près d'elle et la prit entre ses bras, elle posa la tête sur sa poitrine, écoutant son souffle précipité.

Qu'est-ce qu'elle avait fait ?

Elle connaissait très bien la réponse. Et elle s'en voulait.

Elle leur avait peut-être fait du mal à tous les deux — pour la deuxième fois.

14.

Assise au bord du lit, Charlotte sentit le regard de Quinn sur son dos, et cela la mit mal à l'aise.

Bon sang, quelle idiote elle faisait ! Pourquoi avait-elle refait l'amour avec lui ? Qu'est-ce qu'il lui avait pris ?

Pourquoi se poser la question ?

Elle savait pourquoi elle avait fait cela, et à présent, dans la lumière pâle du matin, elle le regrettait amèrement — même si, il fallait l'admettre, elle avait aimé ce moment dans ses bras. Chaque caresse, chaque baiser avait été comme un rêve devenu réalité.

Elle tourna brièvement la tête en direction de Quinn, qui lui sourit.

— Qu'est-ce que tu regardes ? demanda-t-elle.

— Toi.

Il se releva sur un coude.

— Où vas-tu ?

Avec un pincement au cœur, elle pensa au petit bâtiment funéraire à la sortie de la ville, et de nouveau elle lui tourna le dos.

— Voir Anernerk, dit-elle, refoulant de son mieux les larmes qui montaient.

— Tu crois que c'est une bonne idée ? Je ne sais pas si c'est très sage.

— Sage ou pas, je la considérais comme ma mère. Elle m'a élevée comme sa fille. C'est mon devoir d'y aller.

Cela lui permettrait aussi de reprendre ses distances

avec Quinn. Cette nuit avait été merveilleuse, mais il était temps d'y mettre un point final.

— C'est une tradition ?

— Oui.

— Je comprends. Simplement, je m'inquiète pour toi et ton état émotionnel.

Elle se leva sans le regarder, car le courage lui manquait. Vite, s'en aller !

— Je vais bien, répliqua-t-elle. Il faut que je parte.

— Tu reviendras bientôt ?

— Quelle importance ?

— Pour moi, c'est important. Je veux te parler d'Iqaluit.

Interloquée, elle croisa son regard, où elle lut de la tendresse, de l'attention, et peut-être davantage encore. Voulait-il s'installer à Iqaluit ?

— Pourquoi ?

— Sauf si tu as du matériel de laparoscopie ici, il faut que je trouve un établissement équipé. Nous allons nous entraîner pour l'opération de Mentlana dans un laboratoire.

Elle éprouva une bouffée de déception.

— Eh bien, je… Je vais préparer un plan de vol.

— Oui. Et sans tarder.

— Tu veux que je vienne avec toi ?

— Bien sûr ! Comment m'assisterais-tu, autrement ?

— T'assister ? Je croyais que tu plaisantais.

— Jamais quand il s'agit de chirurgie.

— Je suis flattée, mais je ne peux pas aller à Iqaluit avec toi.

Quinn fronça les sourcils.

— Tu n'as plus ta licence de chirurgien ?

— Si. Je peux toujours opérer, mais je ne peux pas quitter Cape Recluse. Je suis le seul médecin, ici.

— Mais ta seule patiente à haut risque est Mentlana, non ?

— Oui.

— Alors, quel choix as-tu ? Il faut que tu t'entraînes

pour cette intervention avec moi. Tu pilotes, George aussi, et ce n'est qu'à deux heures en avion. Tu peux bien passer quelques jours avec moi à Iqaluit, pour ton travail et pour ta meilleure amie !

Il avait raison.

— J'en parlerai avec George. Nous organiserons quelque chose… Après la cérémonie d'Anernerk.

La seule idée de la vieille femme allongée, attendant que l'on puisse creuser la terre gelée, lui serrait la gorge. Dans un jour ou deux, on organiserait une cérémonie à sa mémoire, et on l'enterrerait quand le sol serait enfin plus souple.

A la porte, elle enfila sa parka et sortit dans le froid.

Elle le sentait à peine. Ses pensées tourbillonnaient. Il y avait Anernerk, Mentlana et son bébé, Quinn…

Elle marqua une pause devant la porte de la petite cabane et inspira profondément pour se calmer avant d'entrer.

Elle *pouvait* le faire. Anernerk aurait voulu qu'elle vienne.

Un brouhaha se manifesta à l'extérieur, annonçant que le groupe des vieilles femmes allait entrer pour terminer les préparatifs de la cérémonie funéraire.

Charlotte toucha la peau de caribou sur laquelle on avait placé le corps.

— Aanak, murmura-t-elle, je t'aime. Tu m'as sauvé la vie. Je ne sais pas comment je vais continuer sans toi, mais je sais que tu voudrais que je continue, et je vais le faire. J'espère que tu as trouvé la paix que tu cherchais.

Elle essuya les larmes qui coulaient sur ses joues.

— Que les esprits t'emmènent chez toi, aanak.

Elle adressa un signe de tête aux femmes et ressortit.

Le soleil plongeait à l'horizon, et une raideur dans ses épaules lui signala qu'elle était restée longtemps à veiller le corps d'Anernerk.

Quand elle aperçut les lumières de sa maison, une sensation de douceur l'envahit.

Quinn était là, il l'attendait. Elle ne serait pas obligée de rester seule ce soir…

Non. C'était un risque qu'elle ne pouvait pas prendre. Trop de temps avait passé, elle ne voyait aucun moyen de retrouver ce qu'ils avaient eu. Elle refusait de tomber de nouveau amoureuse.

Quand elle entra dans la maison, un parfum de cuisine italienne flottait dans l'air.

C'était curieux. Tout était fermé en ville car c'était une journée de deuil en l'honneur de la doyenne. Quand quelqu'un mourait, les villages inuits devenaient des villes-fantômes pendant deux jours.

Elle suspendit sa veste au crochet à côté de la porte et jeta un regard en direction de la cuisine.

Les fenêtres étaient embuées, et Quinn effectuait des allées et venues entre le poêle et la table. Elle faillit pouffer quand elle avisa autour de sa taille le vieux tablier à fanfreluches de sa mère, qu'elle avait gardé pour des raisons purement sentimentales.

Une nappe en dentelle sur la table, des bougies allumées dans deux pots à confiture, deux verres de jus de raisin. Jamais il n'avait organisé de dîner aussi romantique !

En soulevant le couvercle d'une marmite fumante, il jura, secoua sa main et se glissa l'index dans la bouche.

— Il y a de l'*aloe vera* dans la salle de bains, c'est excellent pour les brûlures.

Il se retourna vivement.

— Ah, te voilà !

Elle entra dans la cuisine.

— Que fais-tu ? J'ignorais que tu savais cuisiner.

— Oui. Une seule recette : le pain à l'ail. Mais j'ai pensé que je devais te préparer autre chose en plus. J'ai trouvé dans les placards des spaghettis, de la sauce, et des champignons en conserve. J'essaie de refaire le repas que nous avons pris aux chutes du Niagara, lors de notre première sortie d'étudiants.

La première fois qu'ils avaient fait l'amour…

Ils avaient séjourné dans un motel modeste sur la rive canadienne des chutes, et ils avaient gagné deux coupons pour dîner dans un restaurant italien.

En voyant la copieuse portion de spaghettis sauce bolognaise que Quinn venait de poser devant elle, avec du pain à l'ail recouvert de fromage fondu, elle s'aperçut qu'elle mourait de faim.

Quinn leva son verre de jus de raisin.

— A Anernerk et au merveilleux siècle de vie dont elle a honoré cette terre.

— A Anernerk, répéta-t-elle, la voix tremblante.

Emue, elle eut du mal à avaler le jus de raisin. Elle reposa le verre. Quinn lui prit la main par-dessus la table, mais elle la retira.

— Je regrette. Je ne peux pas.

— Tu as de la peine, c'est normal. Tu l'aimais beaucoup. J'ai connu cette situation il n'y a pas si longtemps que ça.

— Ton père. Bien sûr… Je suis triste pour toi.

Quinn eut un haussement d'épaules.

— Ce n'était pas le plus aimant des pères.

— Tu ne m'as jamais vraiment dit quelle opinion tes parents avaient de moi.

— Je sais, dit-il, détournant le regard.

— C'était donc si négatif ?

Il eut un sourire.

— Mon père voulait que j'épouse une femme du monde. Une fille de hippy, même médecin, ce n'était pas assez bien.

— Mon père n'avait rien d'un hippy !

— En tout cas, tu ne correspondais pas à l'épouse idéale qu'il imaginait pour son fils.

— Et que tu imaginais pour toi-même, apparemment.

Le sourire de Quinn disparut.

— Je pourrais dire la même chose.

— C'est vrai, murmura-t-elle, penaude.

Soudain, elle n'avait plus faim.

— C'est si mauvais que ça ? demanda Quinn, rompant la tension qui régnait.

Elle prit un morceau de pain à l'ail et le goûta.

Comparé à la bouillie collante des spaghettis, c'était exquis.

— A en juger par ton expression orgastique, j'en conclus que j'ai réussi le pain ?

— Exact. C'est délicieux… Mais ça pourrait être encore mieux, ajouta-t-elle, malicieuse.

Quinn remplit de nouveau les verres de jus de raisin.

— Tu mériterais une fessée pour cette remarque.

La plaisanterie l'alerta : Cela redevenait trop facile avec Quinn. Son charme rayonnant perçait toutes ses défenses.

Elle reposa sa fourchette, prit son assiette et la porta dans l'évier.

— J'ai dit quelque chose qui ne va pas ? demanda-t-il.

— Non. Rien. Je suis vraiment fatiguée. Je vais me coucher.

Pour son bien, il fallait qu'elle s'en tienne à son plan initial : un cœur de glace.

15.

Quinn suivait sur un écran de monitorage l'utilisation du laparoscope par Charlotte.

Elle s'en sortait très bien. Ils avaient déjà effectué deux simulations pour mettre en place un drain thoraco-amniotique, le traitement le moins invasif pour le bébé.

Après la cérémonie funéraire d'Anernerk, il s'était envolé pour Iqaluit. Sa réputation de chirurgien l'avait précédé, et l'hôpital s'était mis en quatre pour le loger. Depuis un mois, il avait entrepris d'apprendre à Charlotte tout ce qu'il savait. Elle effectuait des allers-retours entre Cape Recluse et Iqaluit : elle restait en contact avec George, qui venait en avion une fois par semaine pour la ramener à Cape Recluse, afin qu'elle voie Mentlana et ses autres patients.

Il retint un soupir.

Avec lui, Charlotte se montrait polie et soucieuse d'apprendre, mais elle avait de nouveau dressé les barrières autour d'elle, et il en souffrait.

Une fois Mentlana accouchée avec succès, il rentrerait à Toronto, et elle resterait là.

Il pourrait rester lui aussi… Mais à quoi bon, si elle ne voulait pas de lui ?

Les habitants de Cape Recluse comprenaient ce que faisait Doc Charley et ne lui en tenaient pas rigueur de son éloignement. Ils demeuraient choqués par la mort d'Anernerk, et tout le monde se réjouissait de l'arrivée prochaine de ce bébé. On avait besoin d'un événement heureux, et cet enfant représentait l'espoir.

Pour l'instant, le CCAM du bébé ne posait pas de problème vital, mais cela pouvait s'aggraver à tout moment. Cependant, il reportait sans cesse l'opération : à trente-cinq semaines, le bébé aurait de meilleures chances de survie si l'on devait le mettre au monde prématurément.

Le Dr Richards, la pédiatre d'Iqaluit, serait tout à fait capable de s'occuper du bébé et de sa pathologie si la naissance survenait après trente-cinq semaines. Manquant de pratique en chirurgie, elle s'entraînait dans les laboratoires comme Charlotte. Tout était prévu aussi avec l'obstétricien.

Pourvu qu'il n'ait pas besoin d'opérer *in utero*…

— Est-ce que c'est correct, docteur Devlyn ? demanda Charlotte.

Devant les autres chirurgiens, elle s'adressait à lui d'une manière strictement professionnelle.

— Oui. Maintenant, placez le drain. Vous vous souvenez ?

— Oui.

Même s'ils ne s'exerçaient pas sur des tissus vivants, il était difficile de placer un drain aussi petit dans une cage thoracique aussi minuscule et fragile.

— Alors, voyons.

Un pli de concentration barra le front de Charlotte pendant qu'elle mettait le drain en place.

— Très bien, commenta-t-il, soulagé.

La veille, Charlotte n'avait pas réussi. Elle s'améliorait chaque jour ! Il espérait qu'elle pourrait effectuer l'intervention avec le Dr Richards, au cas où sa mauvaise main le trahirait.

Il se frotta la main en question, douloureuse après trop d'heures passées dans le laboratoire.

Et si elle le trahissait au moment d'opérer ?

— Excellent travail, docteur James, dit le Dr Richards, qui prenait beaucoup de notes dans son carnet.

Charlotte lui sourit.

— Merci, docteur Richards. Maintenant, je ferais mieux de filer à l'hôtel pour faire ma valise. George va arriver pour me ramener à Cape Recluse.

— Bien sûr, dit Quinn.

Elle allait lui manquer, comme à chaque départ pour le Nord.

— Je vais examiner Mentlana, et je vous tiendrai au courant.

— Merci, docteur James. Il me tarde d'avoir votre avis.

Charlotte quitta le laboratoire, et il réprima un juron.

Bon sang, quel idiot ! Pourquoi ne lui avait-il pas dit qu'elle lui manquait ?

Non. Impossible. Même s'il ne voulait pas être séparé d'elle, même s'il avait envie de combler le fossé qui les séparait, il n'était pas sûr de vouloir passer le reste de sa vie dans le froid et la glace du Nunavut.

Au vestiaire, il retira sa tenue verte et la déposa dans le panier destiné à la blanchisserie avant de se laver les mains.

Au contact de l'eau, les muscles de sa paume se contractèrent soudain, forçant ses doigts à se recourber comme des griffes. Tout son bras était tendu, les muscles contractés jusqu'au-dessus du coude.

Il jura tout haut et massa la paume défectueuse avec sa main valide.

Il fallait absolument qu'il calme ces spasmes avant que quelqu'un n'entre !

Une nausée le prit à l'idée de tenir une vie fragile et délicate dans ses mains, et d'avoir un spasme comme celui-là.

Comment, avec un problème aussi imprévisible, pouvait-il seulement envisager la délicate pose d'un drain thoraco-amniotique ou une lobectomie fœtale ? Il risquait d'écraser le fœtus !

Sa main valide lui faisait mal à force de masser sa

mauvaise main. Mais, peu à peu, ses muscles commencèrent à se détendre — son bras, puis ses doigts.

Son téléphone vibra.

C'était un texto de Charlotte qui avait besoin de lui parler avant de partir.

C'était impossible qu'elle le voie dans cet état ! Et comment lui dire qu'il ne pouvait pas effectuer cette opération ? Il allait quitter l'hôpital avant que quelqu'un ne soupçonne quelque chose.

Il répondit qu'il était retenu à l'hôpital et fourra le téléphone dans sa poche. Puis, aussi vite que le lui permettait sa main engourdie, il enfila ses vêtements de ville et quitta le vestiaire.

— Ah. Docteur Devlyn. La personne que je cherchais !

Le chirurgien-chef s'avançait dans sa direction, escorté par des cadres administratifs de l'hôpital.

— Docteur Devlyn, permettez-moi de vous présenter notre comité de direction : M. Leonard Saltzman, Mme Jennifer Chenery, et M. Harry Westman.

Dissimulant sa contrariété, il échangea une poignée de main avec chaque personne, adoptant un sourire aimable et gardant derrière son dos sa main douloureuse.

Des fourmillements désagréables couraient de son coude à l'extrémité de ses doigts, comme toujours après le spasme.

— Le Dr Devlyn est un chirurgien de grand renom en néonatalogie, énonça le Dr Spicer. Il est ici pour préparer une intervention possible sur une malformation adénomatoïde kystique congénitale sur le fœtus d'une Inuit.

— Impressionnant, commenta Jennifer Chenery, le regardant de la tête aux pieds d'un œil approbateur. Allez-vous effectuer l'intervention et l'accouchement ?

— Non. Votre patron d'obstétrique a toutes les capacités requises pour m'assister. C'est lui qui mettra l'enfant au monde le moment venu.

— Vous avez travaillé au Manhattan Mercy pendant quelque temps, est-ce exact ? demanda Leonard Saltzman.

— Oui. Et ensuite, je suis retourné au Canada. J'ai travaillé deux ans au Mount Sinaï avant de prendre un congé sabbatique après la mort de mon père.

— Le patron de la chirurgie du Manhattan Mercy ne tarit pas d'éloges sur vous, dit le Dr Spicer.

Quinn savait où cette conversation le menait, et cela lui donna un pincement d'angoisse.

— Docteur Devlyn ?

— Excusez-moi, docteur Spicer. Je pensais à… A un malade.

— Ce n'est rien. Je sais que vous êtes très occupé. Jennifer et Leonard le sont aussi, ils doivent nous quitter.

Il échangea une nouvelle poignée de main avec les deux membres de la direction, et il ne resta que le Dr Spicer dans ce couloir étonnamment tranquille.

— Auriez-vous encore une petite minute, docteur Devlyn ?

— Oui, bien sûr.

Ils s'assirent dans un petit bureau voisin.

— Vous connaissez le but de cette entrevue, je présume.

— J'en ai une petite idée.

Le Dr Spicer afficha un large sourire.

— Nous voulons vous proposer un poste ici, à Iqaluit : la direction d'un service de pointe en néonatalogie. Actuellement, nous transférons en avion des personnes comme Mme Tikivik à Ottawa ou à Toronto parce que nous n'avons ni les équipements ni le plateau chirurgical adéquats, mais notre conseil d'administration souhaite changer cela.

— Vous pensez que le territoire va financer un projet pareil ?

— Oui — et je suis sûr que les communautés regroupées obtiendront aussi des fonds fédéraux. Nous devons fournir à nos populations un service de néonatalogie plus important, avec vous à sa tête.

— Je ne sais pas…

Il se sentait incapable de refuser tout net ou de trouver une excuse pour se dérober.

Dans ce cas, qu'est-ce qui le retenait d'accepter ? La situation que son père lui avait laissée à Toronto ?

Non. Mais la perspective offerte ne le tentait pas vraiment.

Le sourire du Dr Spicer exprima la déception.

— Je comprends votre hésitation, mais nous ferons tout pour vous convaincre .

— Il faut que je réfléchisse.

— Bien sûr. Prenez tout votre temps. La proposition n'a pas de date-limite.

— C'est très généreux de votre part.

Pensif, Quinn se dirigeait vers la salle de repos pour prendre un café, quand une voix résonna derrière lui.

— Eh, Quinn !

C'était le Dr Patterson, le gynécologue-obstétricien qui suivait le cas de Mentlana.

— Carlisle, pas encore parti ?

— Je rentre… Tu as une mine affreuse, dis donc.

— Bien vu.

Carlisle le gratifia d'une claque dans le dos.

— Ce qu'il te faut, c'est un remontant.

— Oui, mais où trouver ça ?

— Je connais un endroit. Si tu veux, je t'emmène.

16.

Charlotte lut avidement le texto de Quinn, puis elle posa le téléphone sur ses genoux, découragée.

Zut. Il avait bien reçu son message disant qu'elle avait besoin de lui parler, mais il était retenu à l'hôpital.

Elle envisagea un instant de tout lui dire par retour, mais elle y renonça. Il fallait qu'elle lui annonce la nouvelle en face, même si elle redoutait de mettre de nouveau son cœur en danger.

Sa vie venait de prendre un tournant inattendu.

Incrédule devant le test de grossesse positif qu'elle avait pratiqué trois jours plus tôt — un mois après avoir fait l'amour avec Quinn dans ce moment d'égarement —, elle avait demandé à Rosie de lui faire une prise de sang. Le test sanguin n'avait fait que confirmer la grossesse. Un problème de préservatif sans doute…

Elle était enceinte d'un mois.

Elle voulait fonder une famille, elle voulait devenir mère un jour, mais cette grossesse la terrifiait. Et si elle perdait cet enfant-là ? Ça, elle ne le supporterait pas.

Elle fourra machinalement quelques vêtements dans son sac à paquetage.

Il fallait de nouveau qu'elle quitte Quinn. D'ailleurs, elle essayait de prendre ses distances — mais en vain.

La veille, pendant la simulation, elle avait commis une erreur en insérant le drain, et le laparoscope s'était trop enfoncé. Geste fatal pour le fœtus potentiel. Quinn s'était placé derrière elle et avait guidé ses mains pendant un nouvel essai. Son contact doux et ferme était d'une totale sûreté…

Elle pensait sans cesse à lui. Son cœur lui appartenait de nouveau. Mais comment le lui dire ? Et comment lui annoncer cette nouvelle grossesse ? La dernière fois, cela avait si mal fini…

Mais elle n'allait tout de même pas rentrer à Cape Recluse sans le mettre au courant !

Elle venait de décider de partir à la recherche de Quinn, quand on frappa à la porte.

Abandonnant son sac à moitié rempli, elle alla ouvrir.

C'était lui, appuyé contre le montant de la porte, les cheveux un peu en désordre, une forte odeur de bière flottant autour de lui.

Quinn ? Tu as bu ! Où as-tu trouvé de l'alcool ?

— Le Dr Patterson appartient à la légion locale.

Elle le fit entrer et referma la porte.

— Tu ne devrais pas boire. Mentlana peut avoir besoin de toi à tout moment maintenant.

— Eh, je ne suis pas ivre ! Quelqu'un a renversé de la bière sur moi.

— Ah, tant mieux ! Boire, c'est la dernière chose à faire pour un médecin de ton envergure.

Quinn eut un petit rire amer.

— « Mon envergure », murmura-t-il, s'asseyant au bord du lit.

— Qu'est-ce qui ne va pas ? Je t'ai trouvé bizarre au labo, aujourd'hui.

Il ignora délibérément la question.

— Tu n'as pas besoin de moi. Tu es parfaitement capable de faire cette opération toute seule.

Elle se sentit pâlir.

— Qu'est-ce que tu dis ? Je ne suis que généraliste. C'est toi, le chirurgien ! Tu as effectué cette intervention des quantités de fois. Moi, je ne ferai que t'assister.

— Tu n'es pas qu'une assistante. Tu vas opérer le bébé.

Elle secoua la tête, paniquée.

— Tu es ivre.

— Pas du tout.

— Alors, pourquoi est-ce que je prends les commandes tout à coup ?

— Ma main a des spasmes, Charlotte. Je ne veux pas prendre le risque que ça se produise pendant l'intervention. Il faut que tu me remplaces. Je sais que tu en es capable.

Prise de vertige, elle se laissa tomber sur le lit à côté de lui.

— C'est impossible, voyons !

— J'ai déjà parlé à Patterson. Il se portera garant pour toi et supervisera ton travail pas à pas.

— Et toi ? Où seras-tu ?

— Je n'en sais rien. Je… Je ne peux pas rester.

Un instant, elle en eut le souffle coupé. De nouveau, il trouvait une excuse pour s'enfuir !

— Et Mentlana ?

— Je viens de te le dire, tu peux gérer ça avec Patterson. Moi, je ne peux pas.

— Comment ça, tu ne peux pas ?

Quinn eut un geste d'agacement.

— Bon sang ! Ma main a fait un spasme. Si tu me laisses m'occuper de Mentlana et de son bébé, je risque de les tuer.

Elle allait répondre quand son téléphone sonna. Voyant que c'était George, elle décrocha.

— Doc Charley, je suis à l'aéroport. Nous transportons Mentlana à l'hôpital. Elle a des contractions.

— J'arrive tout de suite.

Elle referma son téléphone d'un geste sec, s'efforçant d'ignorer la nausée qui affluait.

— Un problème ? demanda Quinn.

Elle avait encore beaucoup de choses à lui dire, mais ce n'était pas le moment rêvé pour s'occuper de ses états d'âme. Mentlana avait besoin d'elle.

— Qu'est-ce que ça peut bien te faire ? Tu rentres à Toronto pour pleurer sur ton sort.

Elle voulut passer devant lui, mais il la saisit par le bras.

— Je ne veux pas mettre le bébé en danger. Si j'opère Mentlana et qu'elle ou son bébé meure, tu vas me détester.

— Ce que je pense de toi t'intéresse ?

Le visage de Quinn se tendit.

— Bien sûr. Comprends-moi. J'ai peur. Ma main… Elle a fait des spasmes violents, aujourd'hui, en état de fatigue. Si je manipule le fœtus… Je ne veux pas penser à ce qu'il pourrait arriver.

Elle lui toucha la joue.

— Tu ne vas pas le tuer, Quinn. Je serai avec toi à chaque étape. Tu peux le faire. Je t'aiderai.

Un long silence régna, et enfin il hocha la tête.

— C'est d'accord.

— Bien. Filons à l'hôpital. C'était George au téléphone. Mentlana a des contractions. Le travail a commencé, loin du terme.

— Je vais prendre un café en vitesse, ça m'éclaircira les idées. Avec un peu de chance, l'obstétricien de garde aura calmé les contractions. Allons-y.

Charlotte entra sur la pointe des pieds dans la chambre pour vérifier l'écran du monitoring.

L'obstétricien de garde avait réussi à stopper les contractions, évitant au bébé un stress supplémentaire. Mentlana sommeillait. Terriblement inquiet durant le trajet, Genen avait craqué maintenant que la situation était sous contrôle, il s'était endormi sur un lit de camp. Lorna tricotait dans un coin de la chambre.

Etrangement, Charlotte trouva apaisant le cliquetis des aiguilles, mêlé aux bips et aux bourdonnements des moniteurs de la pièce plongée dans la pénombre.

Cela faisait presque vingt-quatre heures qu'elle était debout — depuis l'arrivée de son amie. George, lui, était rentré à Cape Recluse où l'on avait besoin d'une permanence médicale.

— Comment elle va, doc ? murmura Lorna.

— Son état est stable. Le Dr Devlyn va faire une échographie, il est allé chercher l'appareil. Ensuite, nous verrons ce qu'il convient de faire.

— Je vois. Tu devrais te reposer. Tu es dans ton premier trimestre, et avec ton histoire de fausse couche, tu dois te ménager.

Charlotte demeura stupéfaite.

— Comment le sais-tu ?

Lorna eut un haussement d'épaules, sans lever les yeux de son tricot.

— Tu n'étais pas encore née que j'étais déjà sage-femme, Charley James. Je sais voir quand une femme est enceinte. Et je suis ravie pour toi.

— Merci. J'avoue que je m'inquiète.

— C'est bien naturel. Mais je suis sûre que tout ira bien.

— Tu ne peux pas l'affirmer. Il y a tant de paramètres, tant de choses qui peuvent mal tourner…

— C'est vrai. Mais avec des « si », on peut se rendre malade. Ce qu'il t'est arrivé était une tragédie, mais tu n'es pas responsable. Ton bébé sera en bonne santé, comme toi, doc Charley.

— Quoi ? demanda Mentlana d'une voix pâteuse. Qui est enceinte ?

Charlotte tira un tabouret près du lit.

— Comment te sens-tu, Lana ?

— Comme une baleine échouée… *Qui* est enceinte ? On m'a droguée avec Dieu sait quoi, mais j'ai entendu Lorna parler d'une grossesse.

Soudain, ses yeux s'agrandirent.

— Charley ? Tu es enceinte ?

— Oui.

— Oh mon Dieu, mais c'est merveilleux ! C'est Devlyn, c'est ça ?

Charlotte leva les yeux au ciel.

— Qui d'autre, à ton avis ?

— Est-ce qu'il sait ?

Elle sentit qu'elle piquait un fard.

— Non. Je compte le lui dire, mais…

— Tu as peur, c'est ça ?

— Oui. Très peur. La dernière fois, ça a mal fini. Et en plus, l'idée de devenir père ne l'a jamais enchanté.

— Il a le droit de savoir. Et s'il ne veut pas s'impliquer, tu auras un bébé et tu feras une excellente mère.

Charlotte sourit.

— Merci, Lana.

Quinn entra, poussant un échographe portable. Au passage, il tapota l'épaule de Genen qui se réveillait.

— Ça va ? Tu as besoin de repos, on dirait.

— Je me reposerai quand je saurai comment va le bébé.

Le Dr Richards entra dans la chambre, suivi par le Dr Patterson.

— Genen, Mentlana, voici le Dr Richards, spécialiste en pédiatrie, et le Dr Patterson qui dirige l'obstétrique. Ils vont nous prêter main-forte.

— Content de faire votre connaissance, dit Genen, s'asseyant à côté de sa femme.

— Je vais faire une échographie rapide pour voir où en est le CCAM du bébé, reprit Quinn.

— Bien sûr, répondit Mentlana, d'une voix qui trahissait son appréhension.

Il était rarissime que la jeune Inuit laisse percer son inquiétude. Charlotte admirait son courage.

Elle repoussa doucement les cheveux qui retombaient sur le front de son amie, mais quand elle leva les yeux, elle vit une lueur étrange, froide et calculatrice, dans le regard du Dr Richards, comme si cette dernière essayait de la prendre en défaut.

L'écho des battements du cœur du bébé remplissant la pièce, elle oublia le Dr Richards pour l'écran.

La lésion pulmonaire augmentait. L'anasarque, l'œdème généralisé, allait se déclencher bientôt. Et Mentlana développerait peut-être le syndrome en miroir. Si cela arrivait, les chances de survie de l'enfant se réduiraient.

Une nausée lui souleva l'estomac.

« Mon Dieu, faites que ça se calme très vite ! »

Que le Dr Richards s'interroge sur la cause d'une nausée pendant une échographie de routine, c'était bien la dernière chose dont elle avait besoin !

— Voilà. Terminé, annonça Quinn.

Il essuya le ventre gonflé de Mentlana et adressa à Charlotte un coup d'œil inquiet.

— Alors, docteur Devlyn ? demanda Genen d'une voix étranglée par l'angoisse.

— Nous allons mettre au point les étapes suivantes, mais je suis déjà content que les contractions aient cessé.

Mentlana agrippa la main de son mari.

— Merci à vous tous, docteurs.

Quinn quitta la chambre avec le Dr Patterson et le Dr Richards, et Charlotte déposa un baiser sur le front de son amie.

— Je reviens dès que je peux avec des nouvelles. Détends-toi, et n'hésite pas à déranger les infirmières.

— Promis.

Dans le couloir, Charlotte grignota un biscuit salé. Elle en gardait en permanence un étui dans sa blouse blanche, car ses nausées du matin avaient maintenant tendance à se produire à n'importe quel moment de la journée. Il faudrait qu'elle consulte le Dr Patterson pour qu'il lui prescrive du Diclectin…

Des éclats de voix s'échappaient de la salle de réunion.

Des chirurgiens en désaccord, ce n'était jamais de bon augure.

— Le Dr James ne devrait pas être autorisé à opérer !

Apparemment, le jeune Dr Anna Richards essayait de la supplanter.

Soudain glacée, Charlotte faillit battre en retraite.

Mais non, elle n'allait pas se laisser faire !

Elle inspira profondément et ouvrit la porte.

La discussion cessa aussitôt, mais le Dr Richards affichait un air courroucé.

— Docteur Richards. Il semble que mon implication dans ce cas vous pose problème ?

— Ce n'est rien, docteur James, dit Quinn pour apaiser la tension qui régnait.

Elle secoua la tête.

— Chacun doit s'exprimer.

Et comme le disait son père, on n'attrapait pas les mouches avec du vinaigre.

Elle s'assit en face du Dr Richards.

— L'implication de tous est indispensable, surtout quand il s'agit de Mentlana Tikivik, dit-elle posément.

Anna Richards fut prise au dépourvu, et un petit sourire fendit même son visage toujours sérieux.

— Loin de moi l'idée de remettre en question votre compétence, docteur James. J'ai passé beaucoup de temps avec vous au labo, et je suis impressionnée par votre maîtrise technique. Ce qui m'inquiète, c'est votre proximité avec la patiente. Ce n'est pas pour rien que les médecins n'opèrent jamais les membres de leur famille, de sang ou de cœur.

La nausée revint sans prévenir, et Charlotte agrippa le bord de la table de conférence.

— Je comprends votre inquiétude. Il est exact que j'ai une relation proche avec ma patiente, mais cela n'obscurcira pas mon jugement. Etes-vous originaire du Nunavut, docteur Richards ?

— Quel rapport avec la situation ?

— Beaucoup, en fait. Je comprends ce que veut dire le Dr James, intervint le Dr Patterson.

— Pas moi, répliqua Anna Richards.

— Etes-vous d'ici ? insista Quinn.

— Non. Je viens de Vancouver.

— Les gens de ces contrées éloignées peuvent être très méfiants avec les étrangers, expliqua Charlotte. Je connais les Tikivik depuis longtemps, et ils ont confiance en moi. Si vous essayez de m'écarter, cela aura un effet certain — et peut-être désastreux — sur la patiente.

— C'est exact, renchérit Quinn. Mme Tikivik possède… une forte personnalité. J'ai besoin du Dr James pour m'assister. Je la connais depuis longtemps, moi aussi, et j'apprécie sa compétence. Docteur Richards, on aura besoin de vous pour suivre le monitorage du fœtus et prendre soin du bébé si une procédure d'urgence se révèle nécessaire. Le Dr Patterson, lui, s'occupera en priorité de la mère.

La jeune pédiatre adressa à Charlotte un regard peu aimable.

— Vos arguments sont valables. Je m'incline.

Charlotte devina le soulagement de Quinn.

Elle prit dans sa poche un autre biscuit et le glissa entre ses lèvres.

— Si nous en venions au but principal de cette réunion ? reprit le Dr Richards, ouvrant son bloc-notes.

Quinn alluma le projecteur, et le grand écran de la salle de réunion afficha les échographies du fœtus.

— Trente semaines de grossesse. On voit que la lésion s'étend, reprit Anna Richards.

Quinn utilisa une baguette pour indiquer la zone critique.

— L'anasarque va se déclencher à brève échéance. Chez cette patiente à haut risque, cela signifie un risque important de syndrome en miroir entraînant une pré-éclampsie fatale.

— Que suggérez-vous ? demanda le Dr Richards.

— Une césarienne, dès aujourd'hui.

— Deux césariennes aussi rapprochées ne seront-elles pas trop lourdes pour la patiente ? demanda Charlotte.

— C'est la meilleure option, docteur James, dit Quinn. Après la première intervention, le fœtus ne souffrira plus, et il recevra le sang venu du placenta — une chance pour lui de guérir *in utero*, et pour ses poumons de se développer davantage. Ensuite, Mentlana devra rester à Iqaluit sous monitoring en prévision d'un accouchement prématuré.

— Je vais l'informer, dit Charlotte.

Quinn se tourna vers le Dr Patterson.

— On va avoir besoin d'un bloc.

— D'ici une heure, il y en aura un de prêt. Si nous attendons, la tension artérielle risque de monter.

Tous les médecins se levèrent, et Charlotte sortit la première, le cœur battant à tout rompre.

« Tu peux le faire. Je sais que tu en es capable », avait dit Quinn.

Quand elle entra dans la chambre de Mentlana, celle-ci ne chercha plus à cacher son angoisse.

— Charley… Quel est le verdict ?

— Où est Genen ?

— Je l'ai envoyé prendre un petit déjeuner. Dis-moi ce qu'il en est, Charlotte.

— Tu ne veux pas attendre Genen ?

— Non. Je veux savoir.

— La lésion s'est beaucoup étendue depuis la dernière échographie. Le bébé risque de faire un arrêt cardiaque, et toi une pré-éclampsie, ce qui est très grave.

Deux larmes coulèrent sur les joues de Mentlana.

— Oh ! mon Dieu !

— Nous allons effectuer une lobectomie.

— Qu'est-ce que ça veut dire ?

— Nous allons effectuer une sorte de césarienne, sortir le bébé suffisamment pour réparer la lésion, et le remettre dans ton utérus. L'idée, c'est de le laisser dans ton ventre le plus longtemps possible, peut-être même jusqu'à terme. A ce moment-là, nous pourrons le mettre au monde par césarienne.

Mentlana avait pâli.

— C'est la meilleure solution ?

— Oui.

— Est-ce que ça va lui faire mal ?

Charlotte serra doucement la main de son amie.

— Non. C'est la meilleure solution. Fais-moi confiance.

— Je te fais confiance, Charley. Tu seras là, hein ?

Elle se leva.

— Oui. Je sais que ça fait beaucoup de choses à assimiler. Deux césariennes rapprochées, ce n'est pas l'idéal, mais ton bébé aura les meilleures chances de survie.

Son amie ferma les yeux un instant.

— Je ferai ce qu'il faut pour mon bébé.

— Je sais. Tu es formidable.

17.

Charlotte regardait Quinn se laver les mains.

Ils étaient seuls pour la première fois depuis qu'elle avait décidé de lui annoncer sa grossesse. Juste avant l'intervention, ce n'était peut-être pas le moment idéal, mais elle se sentait incapable de garder le secret plus longtemps.

— Comment te sens-tu ? demanda-t-elle, prudente.

— Nerveux, mais confiant.

— La seule chose à craindre, c'est la peur.

Cette phrase, son père la lui avait souvent répétée quand elle était enfant et qu'elle hésitait face à une chose nouvelle.

— Facile à dire pour toi, répondit Quinn avec un petit sourire taquin.

— Il y a d'autres choses qui me font peur, mais j'ai la volonté d'affronter celle qui me terrifie vraiment en ce moment.

— Qu'est-ce que c'est ?

Elle sentit ses yeux se remplir de larmes.

— Je… Je suis enceinte, Quinn. Ce n'était pas du tout prévu. Quand je vois tout ce que Mentlana affronte pour avoir un enfant… Quel courage elle a ! Pour moi, c'est très dur. Je meurs de peur, mais j'affronterai ma peur d'une nouvelle fausse couche, parce que je veux ce bébé.

Stupéfait, Quinn s'était immobilisé.

— Tu es enceinte ?

Elle acquiesça avec la tête, les genoux tremblants.

— Je ne dis pas cela pour t'imposer quoi que ce soit. Je peux gérer ça toute seule. Simplement, tu as le droit de savoir.

— Je ne sais pas quoi dire.

— Il n'y a rien à dire. Tu n'es pas obligé de participer.

— Merci de m'avoir mis au courant. C'est énorme comme nouvelle.

— Je sais que tu n'es pas ravi…

— Qui te dit que je ne le suis pas ?

— La dernière fois, tu n'étais pas vraiment aux anges.

— Ce n'est pas du tout ça. J'ai été aussi peiné que toi, mais j'ai tenté de soulager ton chagrin d'une manière stupide : j'ai imaginé qu'en te parlant d'une grande chance professionnelle qui s'offrait, tu me suivrais. J'ai cru aussi que tu m'en voulais pour la perte de notre bébé. Que tu me détestais, même. J'ai toujours eu peur d'être père. Je n'ai pas eu le meilleur modèle, alors je craignais de gâcher la vie de notre enfant.

cChirurgie apparut sur le seuil.

— Excusez-moi, docteur Devlyn ? Nous sommes prêts pour vérifier les instruments.

— Merci. J'arrive.

L'infirmière disparut, et Quinn secoua les mains pour en faire tomber l'eau.

— Nous reparlerons de cela plus tard, dit-il avant de sortir du vestiaire.

— Bien sûr, murmura Charlotte.

Elle se sentait au bord de l'évanouissement, mais soulagée, et follement heureuse : Quinn avait souffert aussi de la perte de leur premier enfant !

Oui, elle porterait ce bébé, quoi qu'il arrive.

Debout devant la table d'opération, Quinn était prêt à commencer. Dans quelques minutes, on amènerait Mentlana.

Cela faisait longtemps qu'il n'avait plus opéré, et il considéra longuement les instruments chirurgicaux sur le plateau devant lui.

Scalpel, sutures, instruments destinés à un patient minuscule… Des instruments dont il connaissait à la perfection les formes, l'utilisation et le maniement — et pourtant, il révisa tout cela dans sa tête, afin de se convaincre totalement qu'il était capable de pratiquer cette intervention.

Ensuite, il fit jouer ses doigts dans le gant.

Pas de douleur, juste une légère raideur.

Il inspira profondément.

La pièce était fraîche et l'odeur d'antiseptique apaisante. Les infirmières s'activaient, vérifiant elles aussi les instruments en les disposant sur le plateau, et cela acheva de le rassurer.

Tout irait bien. Il allait réussir.

Il ferma les yeux et refit en pensée la dernière lobectomie fœtale qu'il avait effectuée avant son accident. Le bébé était à présent un petit enfant plein de vie et de santé. Comme le serait celui de Mentlana dans un an.

Comme il pensait aux bébés, il songea à celui que portait Charlotte et sourit sous son masque.

Et si c'était Charlotte que l'on installait sur cette table, et si c'était la vie de leur enfant, là, entre les mains d'un autre chirurgien ? Comment vivrait-il cela ?

Il fallait qu'il soit très bon. Il ne laisserait pas tomber Genen. Ce bébé survivrait. Sa main ne le trahirait pas.

— Ça va, docteur ? demanda avec circonspection l'infirmière instrumentiste.

— Oui, merci…

— Bernice.

— Bernice. Bien. J'aime connaître le prénom de mon infirmière. Avez-vous déjà participé à ce genre d'intervention ?

— Oui. Aux Enfants Malades, à Toronto.

Il la contempla, surpris.

— Vous ne travaillez pas ici ?

— Non. Je suis venue de Toronto pour rendre service

au Dr James. Elle a dit que vous aviez besoin d'une instrumentiste qui connaisse ce genre d'intervention.

Charlotte avait fait ça pour lui !

Ses dernières inquiétudes se dissipèrent.

Avec une bonne infirmière chef, il pourrait se concentrer sur sa tâche au lieu de donner sans cesse des instructions. A chaque étape, Bernice saurait quel instrument lui faire passer.

— J'embrasserais volontiers le Dr James, et vous aussi !

L'instrumentiste pouffa sous son masque.

— Impossible. Tout est stérile, docteur Devlyn. Je n'ai pas envie de me laver les mains une deuxième fois. Mais je suis sensible à votre enthousiasme.

Il pouvait le faire.

Les portes de la salle d'opération coulissèrent, livrant passage au Dr Patterson. Les infirmières lui gantèrent les mains, et Quinn lui adressa un hochement de tête.

Prêt.

— C'est l'heure.

Charlotte s'écarta pour laisser entrer les brancardiers dans la chambre.

Genen avait l'air inquiet, ce qui lui brisa le cœur, mais elle devait contrôler ses émotions. Elle ne voulait pas penser aux statistiques qui n'étaient pas favorables. Mentlana et son bébé s'en sortiraient. Il fallait y croire.

Au moins, sa nausée s'était-elle calmée grâce au Diclectin prescrit quelques heures auparavant par le Dr Patterson. Mentlana et Genen échangèrent un baiser qui la bouleversa. Ensuite, les brancardiers allongèrent la jeune femme sur le brancard, pendant que les infirmières installaient les perfusions et le cathéter.

— Genen, tu peux nous accompagner dans le couloir, proposa Charlotte. Mais à cause de l'anesthésie générale, tu ne pourras pas entrer dans la salle d'opération.

Résigné, Genen tint fermement la main de sa femme pendant que les ambulanciers poussaient le brancard dans le couloir. Ils s'arrêtèrent devant les doubles portes du bloc opératoire, et Charlotte s'écarta, gardant Genen avec elle pendant que Mentlana disparaissait.

— Tu ne peux pas aller plus loin, Genen. Je regrette.

— S'il te plaît, prends soin d'elle, doc.

— Bien sûr. Je te le promets.

Ce n'était pas très professionnel de promettre quelque chose. Pourvu qu'elle tienne sa promesse…

Elle franchit à son tour la double porte qui menait au bloc opératoire. La gorge nouée par l'angoisse, elle attacha ses cheveux sur sa nuque et se lava les mains.

Derrière la vitre, Mentlana était déjà allongée sur la table, pâle dans la vive lumière de la lampe, et l'air terrifié. Quinn, lui, semblait très calme, il bavardait avec l'instrumentiste des Enfants Malades. Bernice était « prêtée » par une vieille amie, le Dr Harriet Preston. Quand Charlotte avait découvert la malformation sur le fœtus de Mentlana, c'était Harriet qui lui avait vivement conseillé d'appeler Quinn.

Une fois prête, elle entra dans la salle d'opération, et on lui mit des gants, puis elle rejoignit Mentlana.

— Ça va bien se passer, Lana.

— Charley ? Est-ce que Genen va bien ?

— Il tient bon.

Elle désigna du regard le Dr Patterson en train d'enduire de Bétadine le ventre gonflé de son amie.

— On dirait qu'il repeint une barrière.

La plaisanterie amusa le Dr Patterson.

— Je suis très bon aussi pour peindre les barrières, madame Tikivik. Mais il ne faudra pas le dire à ma femme.

Mentlana sourit, mais ses lèvres tremblaient.

— J'ai peur, Charley. Tellement peur…

— Ça va aller. Je te le promets.

— Et si… ?

— Pas de « si ». Ça ira. Fais-moi confiance.

— J'ai confiance en toi ! Et je fais confiance aussi au Dr Devlyn parce que toi, tu le connais bien. Tu lui fais confiance, hein, Charley ?

— Oui. C'est le meilleur.

Mentlana émit un soupir résigné.

— Je suis prête.

— Etes-vous prêts aussi, docteur Devlyn, docteur Patterson ?

— Oui.

La voix ferme et calme de Quinn rassura Charlotte.

— Quand vous voudrez, docteur Horne.

L'anesthésiste se pencha sur la patiente.

— Vous allez faire un bon somme, madame Tikivik.

Une infirmière plaça un masque à oxygène sur le visage de la jeune femme pendant que l'anesthésiste injectait un médicament dans sa perfusion.

— Respirez profondément, madame Tikivik. Bien. Maintenant, effectuez le compte à rebours de cent à zéro, s'il vous plaît. Cent…

Charlotte s'écarta de la table d'opération pour se placer près de Quinn, pendant que son amie comptait d'une voix de plus en plus pâteuse.

— Comment te sens-tu ? murmura Quinn.

— Bien. Le Dr Patterson m'a donné un antiémétique. Et toi ?

— Très bien. On va réussir, Charlotte.

— La patiente dort, annonça l'anesthésiste.

Le Dr Patterson s'avança pour effectuer l'incision.

— Très bien. Mesdames et messieurs, on y va. Lame n° 10.

D'une main experte, il incisa, découvrit l'utérus et en incisa la paroi.

Cela fait, il s'écarta.

— A vous, docteur Devlyn.

Charlotte adressa à Quinn un hochement de tête.

« Tu peux le faire, Quinn ».

Espérant qu'il avait compris tout ce qu'elle voulait lui dire en un seul regard, elle resta près de lui, au cas où il aurait besoin de son aide.

Avec des gestes incroyablement fluides et doux, il sortit doucement le bébé du ventre de Mentlana et entreprit d'ôter la lésion.

— Etonnant, murmura le Dr Richards, la voix vibrant d'une admiration sans bornes.

Les appréhensions de Quinn se révélaient vaines. Tout ce qu'eut à faire Charlotte, ce fut de tenir le rétracteur. Bernice proposait en avance tous les instruments nécessaires.

— Zut, fit-il soudain.

Et il s'immobilisa, le bébé dans la main.

Charlotte sentit un frisson de peur la parcourir.

— Docteur Devlyn ? questionna Bernice.

Quinn adressa à Charlotte un bref coup d'œil.

— Une crampe ? demanda-t-elle.

— Oui.

— Ça va, docteur Devlyn ? demanda Patterson.

— Parfaitement. Si le Dr James m'assiste, cela devrait aller. J'ai presque terminé.

Charlotte acquiesça.

— Docteur Richards, tenez le rétracteur à ma place, s'il vous plaît.

Le Dr Richards saisit le rétracteur en douceur mais avec précision, ce qui permit à Charlotte de masser la paume crispée.

— Ça va aller, dit-elle doucement.

Quinn termina la lobectomie.

Charlotte était bouleversée à la vue du visage minuscule.

A dix semaines du terme, le bébé était déjà beau sous le lanugo protecteur, avec l'ébauche d'une houppette de cheveux noirs et des membres qui seraient probablement potelés. C'était l'univers de Mentlana et Genen que Quinn tenait entre ses mains de médecin.

— Voilà ! annonça ce dernier avec satisfaction. Aidez-moi à remettre ce bébé dans l'utérus, docteur James.

Elle plaça ses mains sous celles de Quinn, et ensemble ils effectuèrent la délicate manœuvre.

— C'est stupéfiant, murmura le Dr Richards.

Un bref instant, le regard de Quinn croisa celui de Charlotte.

Ils avaient presque terminé, quand un minuscule bras ressortit par l'incision, et cinq petits doigts se refermèrent sur l'index de Quinn.

Charlotte en eut les yeux embués d'émotion.

Le bébé recherchait contact et réconfort !

— Peux-tu… Aide-moi, Charlotte, dit Quinn d'une voix qui trahissait son émotion.

Elle libéra doucement le doigt ganté et remit à sa place la toute petite main.

— La patiente est à vous, docteur Patterson, déclara Quinn, se reculant.

— Merci, docteur Devlyn. OK, on suture. Du Vicryl zéro, Bernice, s'il vous plaît.

Quinn regagna le vestiaire. Son travail était terminé.

Charlotte, elle, demeura près de Mentlana.

Elle avait confiance, le Dr Patterson et le Dr Richards possédaient l'expertise nécessaire pour terminer l'intervention, mais elle avait promis à son amie de ne pas la quitter. Pourtant, elle mourait d'envie d'aller serrer Quinn dans ses bras.

Il avait sauvé la vie de Mentlana et de son enfant !

Elle caressa les cheveux de son amie, avec l'espoir que celle-ci sente sa présence.

— Tout va bien, Lana. Le bébé va s'en sortir, murmura-t-elle.

18.

Quinn savait que Charlotte resterait près de Mentlana par fidélité, mais il avait besoin d'elle, besoin de voir son visage chaleureux, de partager sa joie.

Il avait réussi !

Ses mains tremblaient. Il ôta ses gants de caoutchouc, les jeta dans la poubelle, puis il enleva sa tunique et sa toque et les enfonça dans le panier à linge sale.

Sous le jet d'eau, il regarda sa main abîmée et les cicatrices qui zébraient sa peau — les cicatrices dont il avait eu honte.

Il n'en avait plus honte, à présent. Simplement, elles représentaient un moment de sa vie qu'il préférait oublier. Le souvenir de l'accident qui avait failli lui coûter la vie, lui, demeurerait, mais ne le hanterait plus.

Le moment où le bébé lui avait saisi le doigt avait été un miracle, un moment exceptionnel dans une vie de chirurgien.

Il avait survécu à l'accident qui lui avait abîmé la main. Il avait pu avoir une seconde chance dans son métier et dans sa vie sentimentale…

A aucun prix il ne laisserait Charlotte sortir de sa vie encore une fois au motif qu'ils ne pouvaient pas exercer au même endroit. Ce serait commettre deux fois la même erreur. Il avait de la chance qu'elle soit toujours célibataire et qu'elle ait des sentiments pour lui, alors il ne fallait pas tenter le diable. Cette fois, les chances étaient de son côté. Le destin lui souriait, et il allait agir comme il le fallait.

Il quitta le bloc opératoire avec une assurance retrouvée.

En premier lieu, il allait voir Genen. Et ensuite… Certains

changements s'imposaient dans sa vie. Il était temps de ne plus être égoïste. Et de vivre vraiment.

— Où suis-je ? demanda Mentlana.

— En salle de surveillance.

— Charley ?

— Je suis là.

— Merci de rester avec moi.

Charlotte sourit en voyant son amie battre des paupières.

— Ne te rendors pas ! On va t'en empêcher.

Elle fit signe à une des infirmières.

— Ne pars pas, Charley. S'il te plaît.

— Je reste, je te le promets.

Elle recula pour que l'infirmière puisse contrôler les constantes vitales de Mentlana et du bébé, mais sans s'éloigner, afin que son amie puisse la voir.

— Je reviens dans dix minutes, docteur James, dit l'infirmière avant de sortir.

Charlotte se rassit.

— Est-ce que tu as mal ?

Toute pâle, son amie esquissa une grimace.

— Ce n'est pas agréable, mais l'infirmière m'a injecté de la morphine dans le postérieur.

— Ça devrait aller mieux dans quelques minutes.

— Oui. Alors, dis-moi. Je suis prête à entendre ce que tu as à me dire, bon ou mauvais.

— Rien que des bonnes choses, murmura Charlotte. Le Dr Devlyn a réparé les poumons du bébé. Si nous pouvons prolonger encore un peu ta grossesse pour la rapprocher du terme, tout devrait bien se passer.

Des larmes se mirent à couler sur les joues de Mentlana, et elle saisit le bras de Charlotte.

— Ça fait mal quand je pleure !

Toutes deux mêlèrent leurs larmes, et ce fut Mentlana qui s'essuya les joues la première.

— Merci.

— De rien, Lana !

— Tu remercieras aussi Quinn. Moi, je ne sais pas ce que je pourrais lui dire pour le remercier… Je pense que c'est toi qui devrais lui transmettre mes remerciements. Ce n'est pas par charité qu'il est venu jusqu'ici, Charley. C'est pour toi.

Charlotte sentit qu'elle rougissait.

Mentlana disait vrai. Quinn l'aimait — et elle l'aimait aussi.

— Ne le laisse pas s'en aller, Charley, même s'il faut que tu nous laisses pour partir en ville.

— Je sais qu'il faudra que je parte, mais tu vas beaucoup me manquer.

— Toi aussi, tu vas me manquer, mais tu pourras toujours revenir nous voir. L'avion n'est pas un problème pour toi !

Amusée, Charlotte caressa la joue de son amie.

— Les infirmières vont me maudire de jouer comme ça avec tes émotions.

— Tant pis ! répondit Mentlana, malicieuse. Tu as contribué à sauver mon bébé. Toi et le Dr Devlyn, vous m'avez donné tout ce dont je rêvais.

Charlotte se leva et lui déposa un baiser sur le front.

— Repose-toi. Je te verrai plus tard.

— Parle-lui, Charley. Ne le laisse pas partir !

Charlotte quitta la salle de surveillance et, euphorique, longea le couloir d'un pas léger.

« Parle-lui. Ne le laisse pas partir ».

Elle était prête à tout pour garder Quinn dans sa vie, même si cela impliquait de quitter le Nord pour s'installer en ville, que ce soit Toronto, Manhattan ou Abu Dhabi !

Son téléphone vibra et elle le sortit de sa poche.

C'était un texto : Quinn lui demandait de le rejoindre dans la salle de repos du quatrième étage.

Quand elle entra, Quinn était assis sur un lit de camp. Les coudes appuyés sur les genoux, l'air triste et déconcerté, il fixait une petite boîte dans ses mains.

Pourquoi cette tristesse ? Il aurait dû se réjouir ! Un miracle avait eu lieu grâce à lui. Deux vies avaient été sauvées.

Elle traversa la pièce, alla s'asseoir près de lui et posa la main sur son genou.

— Quinn, tu vas bien ?

Il lui sourit.

— Bien sûr.

Elle émit un soupir de soulagement.

— Je croyais que tu n'avais pas le moral.

— Non, je vais bien. Un peu fatigué. Et Mentlana ?

— Elle a mal, mais elle t'est très reconnaissante.

Charlotte déposa un baiser sur une joue mal rasée.

— Tu as réussi, Quinn ! Tu as tenu la promesse que tu m'avais faite.

— Ma main s'est crispée, mais j'ai réussi, avec ton aide.

— Elle va guérir. J'espère que ce résultat te rend la confiance en toi !

— Un peu, concéda Quinn, souriant.

— Seulement un peu ? Mais enfin, tu es redevenu un chirurgien exceptionnel !

Il s'inclina pour lui donner un tendre baiser qui la bouleversa.

— Je suis prêt à revenir de mon congé sabbatique.

Elle éprouva un pincement douloureux.

Il allait revenir à la chirurgie, mais où ? C'était la question. Quel que soit l'endroit, elle le suivrait. Elle était prête, malgré son aversion pour la grande ville.

— Qu'est-ce qui ne va pas ? demanda-t-il. Ecoute, je sais que tu ne veux pas vivre à Toronto…

— Je suis sûre de ce que je veux. Je peux partir. J'irai où tu auras besoin d'aller, et où tu voudras aller. Je ne veux plus te perdre.

— Tu ne me perdras pas. Cet hôpital m'a proposé de diriger le nouveau service de néonatalogie… Et j'ai accepté.

Elle devait avoir l'air médusée, car Quinn éclata de rire.

— Tu… Quoi ?

— Je suis le patron du nouveau service de néonat. C'est pourtant facile à comprendre, dit-il, taquin.

— Et ton poste à Toronto ? Celui pour lequel ton père t'a préparé ?

Quinn eut un haussement d'épaules.

— Ma vie est avec toi, et ta vie est ici. Tu ne serais pas heureuse à Toronto, trop près de ma mère.

— Je croyais que tu détestais le Nord, la glace…

— Ça, c'était avant. Je m'habituerai au froid, et il y a d'autres aspects que j'adore. Mais l'attrait principal, c'est toi. Et puis, il y aura toujours les vacances…

Il se leva et la prit dans ses bras.

— Je t'aime, ma chérie.

— Moi aussi je t'aime.

— Mais j'ai une condition, et cela inclut une ville.

— Ah bon ?

— Il faut que tu trouves un autre médecin pour Cape Recluse. J'aurai besoin de ma femme à Iqaluit avec moi.

Elle déposa un baiser léger sur ses lèvres.

— Marché conclu.

Elle se sentait follement heureuse. Elle avait tout ce qu'elle souhaitait. Cape Recluse n'était pas très loin d'Iqaluit, ce qui lui permettrait de garder le contact. Et elle pourrait facilement ouvrir un cabinet médical en ville. Tout ce qu'elle voulait, c'était Quinn. Alors, fini l'obstination :

Quinn sacrifiait pour eux un énorme salaire et la vie dans une grande ville…

— Si ce n'était pas avec vous, docteur Devlyn, je ne serais plus jamais devenue mère… Je t'aime.

Il lui tendit la petite boîte.

— A l'époque, je n'avais pas les moyens avec mes études…

Elle prit la boîte, l'ouvrit, et l'éclat d'un diamant lui coupa le souffle.

— Oh ! mon Dieu !

— Il vient d'une mine locale. Je m'en suis assuré. Je voulais que tu aies une pierre issue du pays que tu aimes.

— Elle est superbe !

Il lui prit la main et lui glissa la bague au doigt.

— Epouse-moi, Charlotte. Demain. Nous avons attendu si longtemps !

Charlotte se blottit entre ses bras.

— Oui, je t'épouserai dès que possible. J'attends ce moment depuis si longtemps… Je ne perdrai pas une seconde de plus.

Quinn glissa la main dans ses cheveux pour lui donner un autre baiser passionné.

— Veux-tu que l'on aille rendre visite à Mentlana et Genen pour joindre notre bonheur au leur ?

— Volontiers.

Ils sortirent de la salle de repos en se tenant par la main.

Il n'y avait pas de place dans le monde pour les gens trop têtus, mais elle savait, sans l'ombre d'un doute, qu'elle se battrait toujours pour Quinn, pour leurs enfants, et pour l'amour qui leur était donné une seconde fois.

LUCY RYDER

Une rencontre explosive

Traduction française de
MARCELLE COOPER

BLANCHE

HARLEQUIN

Titre original :
REBEL DOC ON HER DOORSTEP

Ce roman a déjà été publié en 2018.

1.

Le Dr Paige Carlyle, allongée sur le pont d'un yacht, se faisait enduire le corps d'huile solaire par un beau capitaine…

Elle se réveilla en sursaut.

Fini le rêve, bonjour l'angoisse. Des bruits sourds montaient du rez-de-chaussée, entrecoupés de… jurons ?

Son cœur se mit à cogner à tout rompre. Quelqu'un s'était introduit chez elle. Dire que, à en croire son propriétaire, elle pouvait dormir portes et fenêtres ouvertes puisqu'il n'y avait pas de délinquance à Port St. John ! Il en voulait pour preuve les statistiques de la chambre de commerce.

Son cambrioleur s'en moquait bien, des statistiques.

En rentrant la veille au soir, elle avait donné un tour de clé à la porte d'entrée. Elle ne se souvenait en revanche pas avoir verrouillé la baie vitrée de la terrasse.

Du calme. Depuis huit mois qu'elle habitait la station balnéaire, elle ne s'était pas transformée en locataire insouciante qui laissait sa maison ouverte à tous vents. N'en déplaise à son proprio, elle avait gardé sa prudence de citadine. Elle était presque sûre d'avoir tout fermé à clé.

Presque. Ce n'était pas suffisant. Si le cambrioleur se doublait d'un psychopathe, sa négligence lui coûterait cher. Oh ! Seigneur ! Et elle n'avait aucune arme pour se défendre.

Pourquoi n'était-elle pas restée en ville, bien à l'abri derrière sa porte blindée ? Et, dans le registre des regrets, pourquoi n'avait-elle pas dévalisé une banque pour payer ses études de médecine au lieu de prendre cet emprunt qu'elle mettrait vingt ans à rembourser ?

Ah, si elle avait commis un hold-up, elle ne serait pas là, dans cette petite ville côtière. Elle travaillerait comme pédiatre, sans doute derrière les barreaux, mais au moins elle ne serait pas…

La tête lui tourna, et elle se rendit compte qu'elle retenait son souffle.

Du calme. Respire.

Paige rejeta les couvertures pour s'asseoir et tâtonna dans le noir à la recherche de son portable. Zut, il n'était pas sur la table de chevet. Où l'avait-elle donc laissé ?

Sa main rencontra la lourde lampe-torche dont elle avait eu besoin l'avant-veille, pendant une panne de courant. Elle qui voulait une arme, c'en était une. Avec cet objet, elle pouvait assommer l'intrus.

À condition d'en avoir le courage.

Son arme de fortune en main, elle essaya de se rappeler les conseils d'autodéfense que ses frères lui avaient prodigués autrefois. Lors de ces quelques séances de *coaching* loufoques, ils la maintenaient à bout de bras, hilares, de leurs grosses mains sur son front, tandis qu'elle essayait de les frapper. Entre deux moulinets dans le vide, elle avait quand même appris quelques prises de judo qui pourraient lui sauver la mise.

Se raccrochant à cette idée, elle alla ouvrir la porte de la chambre. À peine eut-elle passé la tête dans le couloir qu'un autre bruit lui parvint, suivi d'une nouvelle bordée de jurons hauts en couleur.

Son cœur bondit comme s'il voulait défoncer sa cage thoracique et dévaler l'escalier en direction de la sortie.

Les prises de judo, ce ne serait manifestement pas pour aujourd'hui.

Heureusement, elle avait sa lampe-torche, qu'elle balançait de droite à gauche comme une batte de base-ball. L'objet pesait son poids et pourrait fendre en deux un crâne ou un genou… À condition d'être manipulé par quelqu'un de plus de cinquante kilos tout mouillé. Qui savait, la peur décuplerait peut-être ses forces ?

Sur la pointe des pieds, elle avança vers le palier et se pencha au-dessus de la rampe de l'escalier. Passant à travers le vitrail de la porte d'entrée, la lumière de la rue illuminait le vestibule ; on se serait cru dans une église. Pourvu que le divin halo ne soit pas annonciateur du chant des anges…

Redressant les épaules, elle descendit, pieds nus, muscles tendus, à la fois pleine de courage et tremblante comme une feuille.

Si ses gros durs de frères l'avaient vue en ce moment, ils auraient sans doute éclaté de rire. Ou ils l'auraient reniée.

Les bruits en provenance de la salle de séjour s'intensifiaient, accompagnés de leur chapelet d'anathèmes. Paige atteignit le vestibule et, tendant sa main libre vers le combiné mural, composa à la hâte le 911. Dans son oreille résonna la voix de l'opératrice qui lui demandait de quel type d'urgence il s'agissait.

Avant qu'elle ne puisse chuchoter sa réponse, une silhouette noire géante déboucha de la salle de séjour, les bras tendus en avant comme un somnambule. Ou un mort-vivant tout droit sorti de *Thriller*.

Paige poussa un hurlement d'héroïne de film d'épouvante.

La silhouette s'arrêta, vacillante, et posa une main sur le mur comme pour recouvrer son équilibre.

— Qui êtes-vous ? Que faites-vous là ?

La voix grave semblait surgir d'outre-tombe.

Tu as deux secondes pour agir.

Rassemblant ses forces, elle leva la main et envoya sa massue improvisée contre la tête du zombie cambrioleur. Il y eut un bruit d'impact, et l'intrus s'écroula en gémissant.

Il ne bougeait plus. Paige tremblait tellement que la lampe-torche — qui avait dû s'allumer dans le feu de l'action — projetait frénétiquement son faisceau lumineux dans toutes les directions, éclairant de temps en temps la forme allongée sur le ventre.

On aurait dit un cadavre dans une série policière.

La prenant à deux mains, Paige stabilisa la torche et la braqua sur l'homme. Elle était prête à l'assommer de nouveau s'il bougeait d'un pouce. Comme elle le poussait du pied pour voir s'il bougeait, il poussa un léger grognement qui la fit aussitôt reculer.

Au bout d'une minute, constatant qu'il restait inerte, elle se décida à lui donner, allez, un coup de pied dans les côtes. Il fallait qu'elle sache s'il était réellement K-O ou s'il jouait le mort pour mieux lui sauter dessus. Allait-elle vraiment mourir d'une crise cardiaque avant ses trente ans ?

Le coup de pied ne provoqua aucune réaction. Elle lui en donna un autre par mesure de précaution puis, rassurée, se pencha vers lui et… n'en crut pas ses yeux.

Bon sang, elle ne s'attendait pas à cela.

Il avait un visage de dieu grec. Enfin, un dieu un peu amoché tout de même. Sur son front, un large hématome virait au violet.

Au temps pour la physionomie sinistre à laquelle elle s'attendait. Avec son visage d'ange guerrier, cet homme n'avait rien de patibulaire.

Un filet de sang coulait de sa tempe. Seigneur, l'aurait-elle tué pour de bon ? Elle n'y était pas allée de main morte…

Le bras droit de son gentleman cambrioleur était dans le plâtre. S'agissait-il d'un accident professionnel dû à ses coupables activités de monte-en-l'air ? Il affichait également des cicatrices et autres ecchymoses dont elle n'était pour le coup absolument pas responsable.

Elle promena le faisceau de la lampe sur le reste du corps. Taillé en athlète, l'homme mesurait au bas mot un mètre quatre-vingt-dix. Autrement dit, elle n'aurait pas fait le poids face à un tel gaillard. Elle avait bien fait de l'estourbir avant qu'il ne l'écrabouille comme un vulgaire moustique.

Hybride parfait d'Apollon, de Brad Pitt et de Terminator, ce type semblait avoir fait toutes les guerres. Et c'était une demi-portion comme elle qui avait eu raison de lui !

Submergée par l'ironie de la situation, elle s'adossa au mur pour un rire qui frisait l'hystéric. Elle avait réussi. La fée Clochette avait terrassé le méchant colosse.

Si ses genoux n'avaient pas tremblé autant, elle aurait esquissé une danse de la victoire.

Qui c'est, la championne ? C'est moi !

— Gardez votre calme, dit une voix surgie de nulle part. Nous avons localisé votre adresse, la police arrive.

La voix provenait du combiné qui pendait au bout du fil. L'opératrice des urgences. Paige l'avait complètement oubliée.

Sans quitter Terminator des yeux, elle saisit le combiné. Comme elle le portait à l'oreille, elle visa mal et se cogna la joue.

— Aïe !

— Madame, vous m'entendez ? Allô ! La police est en route. Êtes-vous blessée ?

Les larmes lui montèrent aux yeux ; sans doute le contrecoup de la poussée d'adrénaline.

— N-non, je..., ça va, je n'ai rien, répondit-elle en bredouillant. Mais je crois bien avoir tué un homme.

Le plus bel homme qui ait jamais franchi le seuil de sa maison.

Ce n'était pas de chance.

Le Dr Tyler Reese revint lentement à lui. Tous les tambours de l'enfer se déchaînaient sous son crâne. Était-il encore aux urgences après l'accident ? Il croyait pourtant en être sorti depuis quelques semaines. Sa mémoire lui jouait-elle des tours ?

Une voix rauque lui ordonna de ne pas bouger, mais il l'ignora et leva la main vers son front avant de se rappeler que son bras était plâtré du bout des doigts jusqu'au coude. Trop tard. La douleur fut si vive qu'elle lui arracha un cri de douleur qui n'avait rien à voir avec le mal de tête.

— Je vous ai dit de ne pas bouger, dit la voix d'un ton exaspéré. Utilisez l'autre main si vous ne pouvez pas vous retenir. Mais je vous préviens, si vous essayez de faire le malin, je vous assomme de nouveau sans la moindre hésitation.

Les tambours cognèrent de plus belle. Une douleur aiguë lui irradiait le torse depuis l'épaule. Pas besoin de radio pour savoir que la tête de l'humérus était sortie de son articulation. Après la fracture, la luxation… C'était bien sa chance.

— Qu'est-ce que… ?

Sa voix s'effilocha tandis qu'il s'efforçait d'ouvrir les paupières. Deux visages féminins flottaient à quelques centimètres au-dessus de lui, on aurait dit des fées, ou des nymphes… Il cligna des yeux pour faire le point, et l'une des fées disparut.

Celle qui restait était un peu effrayante, avec ses cheveux fous et son regard furieux. Une fée mâtinée de guerrière ninja. Le genre de créature qui avait davantage sa place dans une BD pour adultes que dans un conte de fées. À moins que ce ne soit une hallucination causée par le traumatisme crânien qu'il venait de subir — n'avait-elle pas dit qu'elle l'avait assommé ?

Réfléchis. Comment un pur produit de ton imagination aurait-il pu t'assommer ?

Réfléchir. Dans l'état où il se trouvait, c'était mission impossible. Peut-être pouvait-il au moins reprendre une respiration normale.

Soudain, la femme disparut de son champ de vision. Cela s'était fait si vite qu'il n'eut pas le temps de voir si elle avait des ailes. Le mouvement rapide lui donna le vertige, et il referma les yeux. Il était déjà au sol, il ne pouvait pas tomber plus bas. Au propre comme au figuré.

Le sort s'acharnait sur lui. Après l'attaque d'un chauffard ivre qui l'avait fauché sur la chaussée, il était tombé sous les coups de cette fluette apparition manifestement décidée à lui fendre le crâne en deux.

Qu'avait-il fait pour mériter cela ?

— Hé !

À la fois tremblante et pugnace, la voix l'arracha à ses pensées.

Il entrouvrit un œil. La créature était toujours là, preuve qu'a priori elle était bien réelle. Et elle lui en voulait à mort, à en juger par le regard fiévreux et féroce qu'elle dardait sur lui, comme s'il était un ennemi parachuté dans sa forêt enchantée.

Puis il vit l'espèce de gourdin sombre qu'elle brandissait au-dessus de sa tête. Assez divagué. Depuis quand les nymphes sylvestres portaient-elles des T-shirts estampillés USMC ? Il devait se reprendre.

Adieu la fée. Bonjour la psychopathe qui, non contente de lui avoir fait voir trente-six chandelles, voulait lui fendre le crâne en deux comme une pastèque.

Cette pensée le fit sourire, ce qui montrait à quel point il était diminué. Il n'y avait vraiment rien d'amusant. Une folle furieuse menaçait de le trépaner sans anesthésie quelques semaines après qu'un fou furieux l'eut embouti et lui eut fracassé le cubitus et les os carpiens. Or des fractures multiples de la main et du bras droits étaient ce qui pouvait arriver de pire à un chirurgien droitier, elles risquaient de signer la fin de sa carrière.

À sa sortie d'hôpital, quelques femmes animées des meilleures intentions s'étaient mises à graviter autour de lui pour le soigner, le servir, veiller à ce qu'il ne manque de rien. Il en avait eu tellement assez qu'il avait fait son sac et mis le cap vers le seul endroit du monde où il avait été heureux — la maison de son père, sur la péninsule Olympique face à Seattle.

Après son accident et le traumatisme physique et moral que cela représentait pour lui, il aspirait à la solitude ; et quel meilleur refuge que Port St. John pour se reconstruire ? C'était là qu'il avait passé ses étés d'adolescent, loin de l'atmosphère étouffante du domicile maternel.

Peut-être aurait-il dû prévenir de son arrivée. Las, la batterie de son portable était déchargée, et la possibilité que Henry Chapman soit absent ne lui avait pas effleuré l'esprit. Sans parler du fait d'être attaqué par une furie aussi fluette que redoutable. Pourvu que ses amis ne l'apprennent jamais ; il ne survivrait pas à la honte.

Et d'abord que faisait cette créature sous le toit de son père ?

Il se redressa sur son bras valide dans l'intention de réclamer des explications et la douleur lui vrilla aussitôt l'épaule. Suant à grosses gouttes, il parvint à s'adosser au mur du couloir.

— Qui êtes-vous ? demanda-t-il d'une voix qui l'aurait fait mettre sous assistance respiratoire à l'hôpital. Avec quoi m'avez-vous frappé ?

— *Vous*, qui êtes-vous ? répondit-elle, le regard lourd d'animosité.

Elle avait du cran, il fallait le reconnaître. Épaisse comme une brindille, elle lui tenait tête avec pour seules armes un petit menton levé d'un air bravache, des éclairs dans les yeux et… une lampe-torche ! constata-t-il en identifiant enfin l'objet. Poids plume que le moindre coup de vent aurait pu emporter, elle jouait à la coriace.

Sa bouche, par contre, n'avait rien de rébarbatif. Pleine et pulpeuse, elle lui donnait des idées… qui lui auraient sans doute valu un autre coup de massue.

— Faisons les présentations avant que je vous assène le coup de grâce, dit-elle, ruinant le fantasme.

— Si vous voulez de nouveau jouer de la matraque et me coller une commotion cérébrale, ma jolie, je vais devoir vous priver de ce plaisir. Un imbécile est passé avant vous.

— Tant pis. Dans ce cas, je vais me rabattre sur votre épaule, *mon joli*…

Elle l'observa un instant en silence.

— Vous vous l'êtes luxée en tombant, je vais vous la remettre en place.

C'était une plaisanterie ? Et comment cette jeunette avait-elle posé le bon diagnostic par simple examen visuel ? Seul un médecin en était capable.

— La faute à qui, si je me la suis démise ? Qui m'a assommé, qui m'a fait tomber à terre ?

— Je ne l'aurais pas fait si vous ne vous étiez pas introduit chez moi en me flanquant la peur de ma vie…

À cet instant, une voiture freina devant la maison. Filtrées par le vitrail, les lumières d'un gyrophare se mirent à clignoter dans le vestibule.

Des portières claquèrent, des bottes résonnèrent sur les marches du perron, et le battant en chêne fut ébranlé par un coup à réveiller les morts.

— Police. Ouvrez !

— Vous avez appelé les flics ? demanda-t-il, indigné.

Cela n'avait pourtant rien d'étonnant, puisqu'elle l'avait pris pour un malfaiteur. Bon sang, les choses se compliquaient. Il avait déjà eu maille à partir avec les rangers de l'État de Washington par le passé, après une rixe dans un bar où ses amis et lui avaient voulu se mesurer aux voyous du coin.

Il venait d'avoir dix-huit ans et avait voulu fêter sa majorité en faisant le coup de poing. Mal lui en avait pris. Il avait atterri dans une cellule du comté et, pire, assisté à la dispute qui, de l'autre côté des barreaux, avait opposé sa mère à son père. Froide et lapidaire comme à son habitude, sa mère avait accusé Henry d'être trop permissif avec leur fils et de ne pas savoir « tenir » Tyler.

Elle n'avait pas tort. Tant que Ty n'atterrissait pas dans le service des urgences que dirigeait justement Henry, ce dernier le laissait faire à peu près tout ce qu'il voulait, avec pour seule instruction de ne pas s'attirer d'ennuis. Ty avait apprécié sa liberté et la confiance que son père plaçait en lui.

L'oreille basse, Henry avait essuyé les reproches ; Ty lui en avait voulu de ne pas défendre leur complicité père-fils. Ensuite, il était parti pour l'université et n'avait plus passé un seul été à Port St. John. Ses études en étaient responsables, mais aussi et surtout il n'avait pas pardonné à Henry sa passivité vis-à-vis de sa mère.

Depuis, l'eau avait coulé sous les ponts. S'il y avait une chose que son récent accident lui avait apprise, c'était que la vie était courte, et qu'il était temps de se réconcilier avec son père.

— Bien sûr, je les ai appelés, répondit son assaillante.

Elle le fixait comme s'il avait une case en moins. Et il était prêt à admettre qu'il s'était conduit comme un imbécile en sautant dans le premier avion à destination de la péninsule Olympique. Encore une fois, il avait agi sur un coup de tête. Pas un seul instant il n'avait songé que Henry Chapman ne serait pas chez lui, ou qu'il aurait cédé la jouissance de la maison familiale à une furie vêtue en tout et pour tout d'un T-shirt extra-large des US Marines.

— Qu'étais-je censée faire ? ajouta-t-elle en reculant vers la porte. Si ça se trouve, vous êtes un tueur en série qui a le FBI aux trousses…

— Vous, vous regardez trop de séries policières…

— J'ai grandi en ville, dit-elle en ouvrant la porte. On m'a appris dès l'enfance à me méfier de tout le monde…

Sur le seuil se tenaient deux policiers en uniforme. Produisant leurs insignes, ils entrèrent dans le vestibule.

La lampe-torche pointée dans la direction de Tyler, elle actionna l'interrupteur.

— … Et particulièrement des inconnus qui s'introduisent chez moi en pleine nuit.

Ébloui par la lumière, Ty mit quelques secondes à faire le point. Le sang lui battait aux tempes, et il sentait la nausée monter.

Les policiers interrogèrent la Fée Ninja et prirent sa déposition. Le visage de l'un d'eux disait vaguement quelque chose à Ty. Avec un peu de malchance, ce serait celui qui l'avait arrêté autrefois.

Les policiers demandaient à sa persécutrice si elle allait bien, si elle n'était pas trop choquée… Ils la ménageaient comme si elle était en sucre, particulièrement le plus grand des deux, celui dont le visage était familier à Ty. Il la dévorait du regard comme s'il la trouvait à son goût et espérait obtenir son numéro de téléphone avant d'emmener Ty au poste.

Ce qui ne risquait pas d'arriver. À ce qu'il sache, rentrer à l'improviste dans la maison de son père n'était pas un délit. Par contre, il brûlait de savoir ce qu'y faisait cette jolie sorcière. Une squatteuse, sans doute. Voyant la demeure inoccupée, elle y avait élu domicile, ce qui tombait sous le coup de la loi.

Bernés par les apparences, les flics se trompaient de victime.

Ty essaya de se redresser. Sans succès. Son épaule douloureuse se rappela à lui et sa vision se brouilla. En désespoir de cause, il leva la main pour attirer l'attention des policiers, du moins de celui qui n'était pas occupé à flirter.

— Hé ! lança-t-il en constatant qu'on l'ignorait. Ça vous dérangerait de me donner un coup de main pour me relever ?

Ils se tournèrent vers lui, manifestement étonnés par le ton autoritaire. D'habitude, les malfaiteurs faisaient profil bas…

— Attention, dit la Fée Ninja. Il souffre d'une luxation à l'épaule. J'étais sur le point d'appeler une ambulance.

— Non ! hurla-t-il.

Sa voix résonna dans sa pauvre tête, et les policiers tendirent la main vers leur arme.

— Non, je n'ai pas besoin d'une ambulance, dit-il en s'efforçant d'adoucir le ton. Je vais très bien.

— La preuve, vous ne parvenez même pas à vous lever, dit la Fée Ninja d'un ton sévère. Vous êtes en piteux état, il faut vous emmener à l'hôpital.

— Pas question !

Il se tourna vers les policiers.

— Quelqu'un pourrait retirer la torche des mains de cette folle furieuse avant qu'elle ne m'assomme de nouveau ?

Secouant la tête d'un air indigné, l'assaillante posa la lampe-torche sur la console du vestibule.

Le danger immédiat était écarté. Restait à dissiper le malentendu, et les menottes se refermeraient autour des graciles poignets de la Fée Ninja.

— Bien. Maintenant, j'ai simplement besoin que vous m'aidiez à me relever, lui dit-il puisque les policiers ne semblaient pas disposés à le faire. Et que vous me fournissiez une explication.

— Une explication pour quoi ?

— Que faites-vous dans ma maison et pourquoi m'avez-vous agressé sans raison ?

— Sans raison ? demanda-t-elle en grimpant dans les aigus. Vous êtes sorti de nulle part, comme un mort-vivant. Vous m'avez fait une peur bleue ! Je me suis défendue, voilà tout.

— Je suis chez moi. C'est vous qui n'avez pas le droit d'y être.

Les hommes en uniforme échangeaient des regards perplexes. Peut-être comprenaient-ils que la situation n'était pas aussi simple qu'elle le paraissait.

— On réglera cette question plus tard, dit la squatteuse en se tournant vers les policiers. Il y a plus urgent. Il faut réduire la luxation de cet individu. Puisqu'il refuse d'aller à l'hôpital, il va falloir que vous le mainteniez immobile pendant que j'opérerai.

— Vous allez *opérer* dans le couloir ? demanda un policier d'un air effaré.

— Il ne s'agit pas d'une opération à proprement parler, mais d'une manœuvre externe pour remettre la tête de l'humérus dans son logement. Je vais tirer sur son bras, dit-elle, toujours à leur seule intention. Ça va faire mal. D'habitude, on attache le blessé au lit et on le met sous sédatifs.

Elle avait baissé la voix pour expliquer les modalités, ce qui n'empêchait pas Ty de l'entendre.

— Je vous défends de me toucher, dit-il en levant sa main valide. N'approchez pas !

Au prix d'un effort surhumain, il parvint à se redresser, mais la tête lui tourna aussitôt. La sueur coulait à flots par tous les pores de sa peau et, dans sa bouche, le goût de fiel annonciateur de la nausée s'accentuait. Heureusement, il n'avait rien mangé depuis le chiche plateau qu'on lui avait servi dans l'avion, il n'aurait pas grand-chose à restituer.

— Il n'est pas question qu'une squatteuse qui vient de me défoncer le crâne s'occupe de mon épaule. Si vous voulez essayer, messieurs, je n'ai rien contre.

Les policiers étaient censés avoir un minimum de connaissances en soins d'urgence. En suivant ses consignes, ils parviendraient peut-être à lui remettre l'épaule en place.

L'intruse fit claquer sa langue d'un air réprobateur et s'approcha. Maintenant qu'elle avait deux policiers armés à ses côtés, elle n'avait manifestement plus peur de lui.

— Ne soyez pas stupide. Je suis plus qualifiée qu'eux pour le faire.

— J'en doute. M. le Joli cœur m'aidera, dit Ty en désignant le policier qui flirtait.

— Je suis le brigadier Petersen, répondit le joli cœur

d'une voix guindée. Et je ne suis pas formé pour jouer les auxiliaires médicaux.

— Ni moi, fit son collègue.

— Vous voyez, dit la Fée Ninja. Je vais devoir m'en charger. Ne vous inquiétez pas, je sais ce que je fais. Vous ne sentirez rien du tout.

La sensation de vertige s'accentuait. Les dents serrées, Ty essaya de lui signifier « Pas touche » du regard, mais sa vision se brouilla.

— Il vaut mieux que vous vous allongiez au sol, l'entendit-il dire.

— Non, laissez-moi tranquille…

Sentant quelqu'un l'attraper par son bras valide, il esquissa un geste pour se dégager. Las, sa main ne fit que cogner le mur. Le sol se dérobait sous ses pieds.

— Ce sera plus facile si vous êtes en position couchée, dit l'intruse d'une voix cajoleuse.

— Plus facile pour qui ? demanda-t-il d'une voix faible.

Des doigts de fée lui caressèrent le dos.

— Pour vous, bien sûr. Allons, laissez-vous faire…

Elle le traitait comme un gamin de sept ans qui aurait eu peur de dormir dans le noir.

— Comme ça, si vous vous évanouissez, vous n'aggraverez pas vos blessures et vous ne vous fracasserez pas le crâne au sol.

Son orgueil de mâle en prit un coup.

— Je ne m'évanouirai pas…

Dans un ultime effort, il s'arc-bouta au mur pour ne pas céder, mais son corps le trahit. Il s'affaissait inexorablement.

— Je… J'ai peut-être juste besoin de m'allonger un instant.

En sueur, il se laissa étendre sur les carreaux de ciment par deux solides paires de mains — les adjoints réfractaires de la Fée Ninja. Partagé entre honte et colère, il entendit sa persécutrice donner des consignes. Au moins ne mentait-elle pas, elle semblait vraiment connaître la procédure. Puis des pas légers résonnèrent dans l'escalier. Sans doute montait-elle à l'étage chercher un instrument de torture…

Le sang afflua à son cerveau, et il ouvrit les yeux. Il y voyait un peu plus clair. Les deux cerbères, penchés sur lui, le surveillaient comme le lait sur le feu. Le soupçonnaient-ils de vouloir bondir pour décamper ? Si seulement il en avait été capable…

Mais qu'est-ce qu'il lui avait pris de débarquer ici à l'improviste ?

Le vertige avait disparu, c'était déjà ça. Ty allait demander aux policiers de l'aider à se remettre debout quand la Fée Ninja revint, armée d'un drap de bain.

— Essayez de vous détendre, dit-elle. Je ne peux tout de même pas vous laisser partir en prison avec une épaule démise.

À l'aide de la serviette, elle confectionna une torsade bien serrée qu'elle passa sous son dos avant de l'enrouler sous son aisselle puis sur son torse. Quand il fut ficelé comme un rôti, elle tendit les deux extrémités de tissu-éponge à ses « assistants » en leur ordonnant de le maintenir au sol. Ignorant ses protestations, elle posa alors le genou sur son torse et lui saisit le bras au-dessus du plâtre.

Les yeux de la Fée Ninja plongèrent dans les siens. Ils étaient très beaux, en amande, un peu exotiques…

Comme si c'était le moment de s'extasier sur ses yeux !

— Prêt ?

Dans la foulée, elle tira violemment sur son bras.

En même temps que la douleur explosait en lui, il entendit le bruit de l'os qui se remettait en place. Gémissant, inondé de sueur, il resta allongé à essayer de reprendre ses esprits.

Un sourire satisfait aux lèvres, son bourreau s'accroupit à son côté pour lui donner une petite tape de réconfort sur le torse. Puis elle se releva, ce qui offrit à Ty une vue dégagée sur ses jambes fuselées et le shorty qu'elle portait sous le T-shirt, shorty qui moulait des rondeurs graciles et néanmoins très féminines.

La vue n'était pas désagréable, se dit-il, en plein brouillard postopératoire. Il fallait bien qu'il ait une compensation pour le calvaire qu'il venait de subir…

La Fée Ninja annonça aux policiers qu'ils pouvaient désormais le transporter à l'hôpital, et le brouillard se dissipa sur-le-champ.

— Non, dit-il en s'asseyant.

Il ramena son bras plâtré contre son abdomen. À son grand soulagement, la douleur était revenue à son niveau d'avant le coup de massue.

— Je vous ai dit que je n'irai pas à l'hôpital.

— Mais…

— Ce n'est pas négociable.

— Vous n'êtes pas en état de négocier quoi que ce soit, mon vieux, dit le collègue de Petersen.

— Je crois que des explications s'imposent. Je suis ici dans la maison de mon père. S'il y a quelqu'un que vous devez arrêter, c'est cette jeune femme. Elle n'a rien à faire ici.

L'idée d'aller à l'hôpital lui donnait des sueurs froides. Tant que son avenir de chirurgien serait incertain, il ne voulait pas y remettre les pieds.

2.

— D'accord, dit le brigadier Petersen en aidant Tyler à se relever. Nous allons vérifier votre version, mais le Dr Paige Carlyle occupe de toute façon cette demeure en toute légalité, et vous n'aviez pas à faire irruption chez elle en pleine nuit. Elle serait en droit de porter plainte contre vous pour violation de domicile.

À contrecœur, Ty se laissa conduire dans la salle de séjour où il s'effondra sur le canapé. Son cerveau, soumis à rude épreuve, avait mis un peu de temps à enregistrer les propos du policier.

— Un instant. Qui est le Dr Carlyle ?

— Moi, répondit la Fée Ninja en lui tendant un verre d'eau.

Elle tenait dans l'autre main une volumineuse sacoche qui ressemblait à une trousse de premiers secours.

— C'est ça, répondit-il, incrédule. Et moi, je suis le pape. Depuis quand les adolescentes pratiquent-elles la médecine ?

Elle le fusilla de ses yeux en amande. Maintenant qu'il y voyait clair, il distinguait leur couleur. Bleu-vert, pailletés d'or, ils faisaient penser à un coucher de soleil sur un lac…

Ah non ! Ce n'était pas le moment de se laisser envoûter par la diablesse !

Furieux contre lui-même, il reporta son attention sur le verre d'eau.

— Vous n'auriez rien d'un peu plus fort ?

— Non. L'alcool risquerait d'aggraver d'éventuelles blessures internes…

À qui la faute s'il avait des blessures internes ? Qui avait provoqué sa chute, qui l'avait assommé avec une lampe-torche qui aurait pu lui fendre le crâne en deux ?

— Mais je peux vous faire une injection contre la douleur si vous voulez, fit-elle, moqueuse.

Ma parole, elle le narguait !

— Non, merci, j'ai mes propres médicaments dans ma voiture.

Se pouvait-il qu'elle soit réellement médecin ? Un élément semblait plaider en ce sens — malgré son jeune âge, elle paraissait incollable sur le protocole à observer en cas de luxation.

— Bon, dit Petersen, manifestement impatient, maintenant que vous êtes assis confortablement, pourriez-vous nous présenter une pièce d'identité ?

L'envie démangeait Ty de lui dire d'aller se faire voir, mais il devait se montrer prudent. Les policiers ne pourraient pas retenir la violation de domicile contre lui étant donné que la maison appartenait à son père, mais ils l'embarqueraient avec plaisir pour outrage à agent.

— Dans la poche avant gauche de mon jean, dit-il en s'adossant aux coussins.

Avec une main dans le plâtre et l'autre qui tenait un verre, impossible de produire lui-même la pièce d'identité.

Aucun des deux hommes en uniforme ne bougea d'un pouce, comme s'ils craignaient un coup fourré de sa part. Ce fut finalement la Fée Ninja qui s'avança. Bravo, les forces de l'ordre laissaient une faible femme monter en première ligne à leur place !

Un rictus aux lèvres à l'intention de Petersen, Ty allongea la jambe pour faciliter la tâche à la Fée Ninja. La provocation marchait parfois. Si voir sa belle plonger sa petite main dans la poche de son pantalon gênait Joli Cœur, si cela lui faisait lever le camp plus vite, ce serait tout bénef pour Ty.

Cela faisait longtemps qu'aucune femme n'avait cherché quelque chose dans la poche de son pantalon. À son grand dam, il sentit son corps réagir. Une réaction virile des plus déplacées.

Bon sang, mais qu'est-ce qu'il lui arrivait ?

La Fée Ninja ne l'attirait pas le moins du monde. Ce n'était pas possible. Il n'aimait pas les femmes vindicatives et autoritaires qui s'en prenaient à des gens sans défense…

Pourtant, son corps était de toute évidence d'un autre avis.

Les doigts de la Fée Ninja qui s'agitaient dans sa poche le mettaient au supplice. Elle non plus ne semblait pas très à l'aise. Les joues en feu, elle saisit enfin le portefeuille et le jeta à Petersen comme s'il s'agissait d'une grenade dégoupillée. Évitant le regard de Ty, elle alla ensuite se pelotonner dans le fauteuil le plus loin de lui, comme s'il avait la peste.

Intéressant. Elle était capable d'assommer un intrus sans ciller mais perdait toute contenance si elle devait plonger la main dans la poche d'un inconnu.

Se sentant sans doute observée, elle décocha un regard noir à Ty, et ses joues virèrent au rouge pivoine.

Ressaisis-toi.

Au lieu de se perdre en conjectures sur les contradictions de la demoiselle, mieux valait qu'il remette de l'ordre dans ses idées. Il était venu à Port St. John pour avoir la paix et il était là, la tête battant comme un tambour, à examiner son assaillante et à se poser mille questions à son sujet. Le tout alors qu'il était interrogé par deux policiers qui menaçaient de l'embarquer au poste.

Il avait une curieuse impression de déjà-vu.

Paige essayait de retrouver son calme. Cet individu ne manquait pas de toupet ! Il prenait ses aises sur le canapé comme s'il était chez lui ! S'il avait une commotion cérébrale, il n'avait à s'en prendre qu'à lui-même. Personne ne l'avait obligé à s'introduire chez elle et à avancer dans le noir comme un zombie. Elle n'avait fait que se défendre.

À présent, il la prenait de haut et essayait de rctourner les policiers contre elle. Oh ! et puis elle ne supportait pas ses grands airs silencieux ni les vagues de testostérone et d'agressivité masculine qui irradiaient de lui et infectaient la pièce. Ce type contaminait l'atmosphère aussi sûrement que le réacteur n° 4 de Tchernobyl.

Il était non seulement antipathique, mais dangereux.

Surtout pour des femmes qui se seraient fiées à sa belle mine. Ce qui n'était heureusement pas le cas de Paige. Elle était sur ses gardes. Grandir avec trois frères aînés l'avait instruite sur le fonctionnement du cerveau des mâles dominants. Ils croyaient que le monde leur appartenait, affichaient leur suprématie avec arrogance et défiaient quiconque de la leur disputer. Comme ses frères, ce type dominait sans effort tous ceux qui étaient présents dans la pièce. Il aurait pu porter autour du cou un panneau indiquant : « Je suis un gros dur. Qui me cherche me trouve. »

Elle lui jeta un regard à la dérobée. Il l'observait toujours d'un air ténébreux comme si elle était une espèce animale rare qu'il ne parvenait pas à identifier, et qu'il lui en voulait pour ne pas être dans la norme.

Comme elle détournait les yeux, elle aperçut son propre reflet dans le miroir du couloir. Seigneur, pourquoi fallait-il qu'elle ait une tête de déterrée précisément le soir où cet avatar d'Apollon forçait sa porte ?

À la lumière de la lampe du guéridon, elle distinguait mieux les traits de l'intrus, et sa première impression se confirma. Il avait vraiment l'air d'un dieu grec, avec des yeux bleus que sa peau bronzée rendait plus bleus encore.

Un frison la parcourut et elle sentit les mamelons de ses seins se dresser.

Bon sang, mais qu'est-ce qu'il lui prenait ?

Elle ramena aussitôt les bras sur sa poitrine et prétendit qu'elle se frictionnait comme si elle avait froid.

S'il te fait tant d'effet, arrête de le regarder. Il a forcé ta porte, a manqué te faire mourir de peur. Tout beau mec qu'il est, ce type est un nuisible.

Des ennuis. C'était tout ce qu'elle gagnerait à se laisser émouvoir par sa beauté physique. Toute femme intelligente l'aurait fui comme la peste. Et elle s'estimait intelligente. Pourtant, comment rester insensible au charisme de cet homme ? Outre sa beauté, il émanait de lui un magnétisme et un air d'autorité que nul ne pouvait ignorer.

S'il avait été acteur, il aurait crevé l'écran. Il faisait partie de ces êtres que les femmes admirent et que les hommes envient. Avec ses cheveux noirs soyeux, ses traits de statuaire antique et ses yeux bleu glacier débordant d'intelligence et d'ironie, il avait tout pour faire des ravages auprès de la gent féminine. Pourtant, son regard exprimait également une tristesse teintée de lassitude…

Ah non, elle n'allait pas commencer à le prendre en pitié ou à s'inquiéter pour lui ! Elle n'avait aucune raison de le faire. Primo, il ne faisait pas partie de ses petits patients. Secundo, il ne lui était absolument pas sympathique. Et la réciproque était sans doute vraie. Les hommes au physique irrésistible dans son genre ne lui prêtaient généralement aucune attention ; ils préféraient tourner autour des grandes blondes à forte poitrine.

Après examen du contenu du portefeuille, Petersen le jeta sur la table basse.

— Alors, qu'est-ce qui amène un médecin de Los Angeles dans notre modeste petite ville ? demanda-t-il d'un ton sarcastique.

Paige dressa l'oreille. Un médecin ? Los Angeles ?

— Alors, vous ne me passez plus les menottes ? demanda le dieu grec.

Petersen lâcha un rire grinçant.

— Avouez que les apparences étaient contre vous, docteur Reese…

Le policier posa les mains sur ses hanches, exposant l'arme qu'il portait à la ceinture — un geste de toute évidence délibéré qui semblait dire : « Ne faites pas le malin, sinon… »

— Votre père sait que vous êtes ici ?

— Non. Je ne l'ai pas encore appelé.

Paige déglutit. Ce qu'il avait prétendu était donc vrai. Il était le fils de son propriétaire. Ils ne portaient pourtant pas le même nom, ce dont les policiers ne semblaient pas s'étonner. Comme ils affichaient tous d'insondables airs machos, elle s'abstint de soulever la question.

— Je vous conseille de l'appeler au plus vite pour régler cet imbroglio.

Petersen, accompagné de son collègue, se dirigea vers la porte. Sur le seuil, il se retourna.

— Au fait, bienvenue chez vous.

La note d'ironie n'échappa pas à Paige. Le Dr Reese, puisque c'était son nom, ne s'était pas fait un ami.

Elle se décida à protester.

— Alors, c'est tout ? Vous partez ? leur demanda-t-elle. En me laissant seule avec cet homme ?

Petersen haussa les épaules.

— On n'a aucune charge contre lui. Ne vous inquiétez pas, il est inoffensif.

— Comment cela ? Il est tout de même entré chez moi en pleine nuit ! Emmenez-le, au moins !

— Il n'a enfreint aucune loi. Cette maison est la sienne.

Avant qu'elle trouve quoi répondre, ils sortirent et descendirent l'allée.

Hors d'elle, elle se retourna vers son visiteur indésirable. Affalé sur le canapé, il leva un regard chagrin vers elle.

— Ils ont raison. Je ne vous ferai aucun mal. Le voudrais-je que j'en serais bien incapable ; je peux à peine tenir debout. Tout ce dont j'ai besoin, c'est d'un petit remontant et d'un endroit où passer la nuit. Le reste attendra demain.

Avait-il l'audace de lui demander l'hospitalité ?

— Non.

Que refusait-elle au juste ? Le verre d'alcool ? La permission de passer la nuit chez elle ? Le fait que sa vie était en train de lui échapper au moment où elle croyait enfin en avoir repris le contrôle ?

Tout cela à la fois.

— Non ! répéta-t-elle avec plus de véhémence au cas où il n'aurait pas saisi le message.

Une expression incrédule se peignit sur le visage du Dr Reese. Il n'avait visiblement pas l'habitude que des gens — surtout des femmes — lui refusent quoi que ce soit. Sans doute était-il adulé par une foule d'admiratrices qui auraient tué pour le privilège d'être réanimées au bouche-à-bouche par ses soins.

Très peu pour elle. En cas de besoin, elle se réanimerait toute seule, merci.

Les ondes de testostérone qu'il dégageait se propageaient en vain dans son intérieur. Elles ne feraient pas mouche cette fois. S'il voulait la séduire, il perdait son temps.

Non qu'il ait l'air de vouloir la séduire. Ou alors, il s'y prenait mal. Entre autres amabilités, il l'avait traitée de « squatteuse », de « folle furieuse » et… d' « adolescente », ce qui était plus rédhibitoire encore que le reste aux yeux de Paige.

En bon macho, il était convaincu qu'il pouvait mener son monde à la baguette et que tous, et particulièrement les femmes, seraient ravis de faire ses quatre volontés.

Ce soir, il avait frappé à la mauvaise porte. Ou plutôt non, il n'avait pas frappé ! Il s'était introduit chez elle comme un malfaiteur.

— Non pour le verre. Je vous ai déjà dit que l'alcool était mauvais dans votre état…

Et d'une.

— Ensuite, il n'est pas question que je vous laisse dormir sur mon canapé… Ou alors il va falloir m'expliquer qui vous êtes et pourquoi vous avez forcé ma porte. Vous aurez tout le temps de le faire pendant que je poserai un manchon de contention et une attelle sur votre épaule. Et ne vous avisez pas de me raconter des histoires, je connais le propriétaire et je vérifierai auprès de lui. Vous êtes peut-être son fils, mais ça ne vous autorise pas pour autant à vous inviter chez moi.

Le Dr Reese poussa un soupir et se massa le front comme si c'était *elle* qui lui donnait la migraine alors que c'était l'inverse !

— Je me passerai de vos soins. Inutile de sortir votre attirail de doctoresse, dit-il sèchement comme elle tendait la main vers la sacoche ; je me poserai un pansement moi-même.

Il la toisa de la tête aux pieds nus en prenant tout son temps, et elle crut voir une ombre de sourire flotter sur ses lèvres.

— Vous n'êtes pas désagréable à regarder, mais je désire être seul. C'est tout ce dont j'ai vraiment besoin. Être enfin seul. Alors, si vous pouviez agiter votre baguette de fée et disparaître, cela m'arrangerait.

Le culot de cet homme. Mais elle ne lui ferait pas le plaisir de se mettre en colère.

— Désolée de vous décevoir, dit-elle en adoptant sa voix la plus sucrée. Si vous croyez que je vais aller me coucher en laissant un inconnu dans ma salle de séjour, vous vous trompez.

Il la foudroya du regard, mais elle en avait vu d'autres et ne s'en émut pas plus que ça. Au contraire, elle ouvrit tranquillement sa trousse médicale. Marmonnant finalement quelque chose qui ressemblait à « Petite tête de mule », il accepta de se faire soigner.

— N'y passez pas toute la nuit, c'est tout, pour que nous

puissions tous les deux dormir un peu. Et si vous voulez vous assurer de mon identité, faites-vous plaisir, fit-il en indiquant le portefeuille sur la table basse. Appelez le Dr Henry Chapman si ça peut vous rassurer. Ça fait un bail que je ne l'ai pas vu, mais je suis sûr qu'il se souviendra qu'il a un fils.

Le lendemain matin, la première chose que Paige vit en descendant l'escalier fut la lampe-torche posée sur la console de l'entrée qui lui rappelait s'il en était besoin la présence de son invité indésirable. Le fils de son propriétaire et employeur.

Monsieur Grognon. Monsieur Soupe à la grimace. Monsieur Jamais Content. Elle avait l'embarras du choix pour les surnoms à donner au Dr Tyler Reese. Prenant sa provocation au pied de la lettre, elle avait vérifié son identité sur son permis de conduire.

Après qu'elle lui eut posé l'attelle et le pansement de contention à l'épaule, le rustre s'était allongé sur le canapé et avait fermé les yeux dans l'intention évidente de la congédier. Monsieur Sans-gêne, cela lui allait bien aussi.

Se sentant désormais comme une intruse dans sa propre maison, elle se dirigea sur la pointe des pieds vers la salle de séjour et entrouvrit la porte. Il était toujours là où elle l'avait laissé, allongé, un pied dépassant de l'accoudoir, l'autre posé au sol, sans doute pour éviter de basculer du canapé.

Les couvertures et l'oreiller qu'elle avait pris la peine d'aller lui chercher étaient au sol, au milieu de la pièce, comme s'il les avait jetés là dans un accès de colère.

Elle prit conscience qu'elle retenait son souffle. Non, elle n'avait pas rêvé. Le plus bel homme du monde avait bel et bien passé la nuit sur son divan.

Pourquoi fallait-il qu'il soit si beau ? Elle l'observa un instant. Mais, beau ou pas, il n'était pas question qu'il passe une minute de plus chez elle. Dès qu'il ouvrirait ses sublimes yeux bleu glacier, elle lui montrerait la porte.

Et ne le regarde pas comme ça ! se sermonna-t-elle, s'obligeant à détourner les yeux de ces muscles, de cette peau au bronzage rehaussé par le ruban adhésif rose qui retenait l'attelle. Elle avait voulu le ridiculiser — on se vengeait comme on pouvait — en le harnachant de cette couleur infamante pour un mâle, mais le sparadrap ne faisait malheureusement qu'exacerber sa virilité triomphante.

Traînant des pieds, elle mit le cap vers la cuisine. Il allait lui falloir une bonne dose de caféine pour se remonter à bloc et expulser Tyler Reese.

En attendant que le percolateur ne produise la potion magique, elle bâillait à se décrocher la mâchoire quand *Les Quatre Saisons* de Vivaldi retentirent dans la maison.

Où avait-elle laissé son portable ? Elle sortit dans le couloir et tendit l'oreille. D'où venaient les violons ? La salle de séjour. Zut. Pourvu qu'ils ne réveillent pas l'ours mal léché qui dormait dans…

Trop tard. Lorsqu'elle entra dans la pièce, l'ours était debout, le jean bas sur les hanches, les pectoraux quadrillés de sparadrap rose. Une expression plus rébarbative que jamais sur le visage, il était en train de vider le contenu de la besace de Paige.

— Hé, dites donc, il ne faut pas vous gêner ! dit-elle.

Il fouilla au milieu des objets éparpillés sur la table basse et saisit le portable pour planter un doigt vengeur sur l'écran.

— Enfin ! dit-il en poussant un soupir de soulagement. Ça fait du bien quand ça s'arrête.

— Vous ne manquez pas d'air ! C'était un appel pour moi !

Elle se précipita pour voir qui l'avait appelée pendant qu'il reprenait sa position horizontale sur le canapé. Quand, furieuse, elle se retourna vers lui, il avait enroulé le bras sur ses yeux. Seuls émergeaient sa bouche — cette bouche digne d'un musée — et son menton hérissé d'une barbe naissante.

Inutile de se fatiguer à le fusiller du regard, il ne le verrait pas.

— Ça aurait pu être une urgence !

Il poussa un grognement.

— Depuis quand « Méga-enquiquineuse » est-elle une urgence ? demanda-t-il.

C'était le nom de code qu'elle avait affectueusement donné à sa meilleure amie dans ses contacts.

— Qu'en savez-vous ? C'est peut-être ainsi que j'appelle mon employeur.

Son portable tinta. Elle ouvrit le message.

Suis au courant pour hier soir. On se retrouve chez Sid dans quinze minutes. C'est moi qui offre le p'tit déj.

Forcément, Méga-enquiquineuse était au courant. Les nouvelles allaient vite dans le petit monde des urgentistes de Port St. John.

Auxiliaire médicale, Frankie Bryce alias Méga-enquiquineuse avait des informateurs partout, dans les hautes *et* basses sphères, qui lui transmettaient les nouvelles à la vitesse de la lumière.

Paige n'avait pas vraiment envie de s'étendre sur le sujet de son pensionnaire indésirable. Mais la semaine avait été longue et un petit déjeuner gratuit ne se refusait pas, surtout chez Sid, un restaurant très fréquenté qui surplombait le quartier général des gardes-côtes sur la plage — de la terrasse, on les voyait s'entraîner en combinaison ou short de plongée. Autre avantage non négligeable, Sid servait les meilleurs cafés et tartes aux pommes de la côte Ouest, ce qui ne gâchait rien.

En contrepartie, Paige allait devoir livrer quelques détails sur la veille au soir, mais, l'un dans l'autre, elle ne perdrait pas au change. Frankie, native de Port St. John, connaissait tous les enfants du pays et pourrait lui donner des informations sur cet ours mal léché et néanmoins super sexy de Tyler Reese.

Elle envoya sa réponse, puis se pencha pour ramasser le contenu de son sac que Tyler avait éparpillé sur la table basse. Sentant son regard dans son dos, elle se retourna et vit qu'il fixait la partie la plus charnue de son anatomie.

— Défense de mater, monsieur le grincheux, ou je ne vous offrirai même pas une tasse de café avant de vous jeter dehors !

Pris en flagrant délit, Ty haussa les épaules.

— Vous ne vous êtes pas gênée pour me regarder quand je dormais. Chacun son tour.

Elle l'avait cru endormi mais, à travers ses paupières entrouvertes, il l'avait surprise en train de l'observer. Et elle avait pris tout son temps, semblant même apprécier ce qu'elle voyait.

Son hôte s'éloigna en marmonnant quelque chose sur les squatteurs sans-gêne. Il attendit d'être seul pour basculer enfin les jambes hors du canapé et se lever.

Bon sang, il était courbaturé de partout. Le bras en bandoulière, il suivit l'odeur du café. Chaque pas lui demandait un effort, il avait l'impression d'être passé sous un rouleau compresseur.

Un rouleau compresseur nommé Paige Carlyle.

Tyler avait déjà avalé une tasse de café et était en train de s'en servir une seconde quand Paige descendit en courant l'escalier. L'air pressée, elle était fort séduisante dans un débardeur bleu et un jean délavé qui soulignaient les courbes graciles de sa silhouette. Étonnant, comme elle avait de longues jambes malgré sa petite taille…

Ses cheveux de jais étaient désormais domestiqués en un

carré soyeux et brillant qui venait caresser le bord de son menton. Une frange savamment effilée encadrait son visage, et ses yeux en amande n'en paraissaient que plus grands.

Elle s'arrêta net en le voyant, sans doute parce qu'il la regardait comme si elle était une créature surgie d'un trou noir spatio-temporel. Mais comment ne pas s'étonner de la métamorphose de la Fée Ninja en voisine idéale ? Le changement était bluffant.

— Qu'est-ce que vous avez à me fixer comme ça ? demanda-t-elle d'une voix acerbe. Je n'ai pas le nez au milieu de la figure ?

Et un fort joli nez. Il garda la remarque pour lui car elle ne semblait pas d'humeur à apprécier le compliment. En fait, depuis leur rencontre choc, il l'avait toujours vue fâchée. Dommage. Elle devait être craquante quand elle souriait.

Haussant les épaules en guise de réponse, il s'appliqua à remplir sa tasse tandis qu'elle disparaissait dans le couloir. Il jouait les indifférents pour ne pas lui montrer à quel point sa jeunesse et sa fraîcheur le troublaient. Elle était trop bien pour quelqu'un comme lui.

Sans doute avait-elle été aimée et choyée par des parents aux petits soins. Tout le contraire de lui, qui ne savait pas ce qu'était une famille aimante et soudée. Sa mère ne s'intéressait jamais à ses deux enfants, sauf quand ils faisaient quelque chose qui lui déplaisait ; elle n'avait alors pas de mots assez durs à leur encontre. Leur père, lui, s'inquiétait de leur santé, mais de loin. Et sans doute manifestait-il plus d'affection à son chien.

Ty cultivait son rôle de macho cynique pour cacher les fêlures qu'il gardait de son enfance. Il valait mieux que Paige continue à détester l'être cynique et arrogant qu'il se plaisait à incarner.

De toute façon, elle n'était pas son genre. Il aimait les grandes femmes sophistiquées qui connaissaient les règles du jeu, n'élevaient jamais la voix, et n'avaient pour seules exigences qu'un dîner et quelques heures de plaisir sous la couette. Paige n'avait certainement jamais entendu parler des règles du jeu. Et quand quelque chose ne lui plaisait pas, elle le faisait savoir haut et fort. Il n'avait jamais rencontré de femme aussi directe.

Son physique de jolie sorcière, sa bouche pulpeuse, sa personnalité explosive, tout était aux antipodes de la discrétion qu'il recherchait chez une femme.

Elle revint habillée d'une petite veste courte, sa besace en cuir sur l'épaule.

— Vous êtes encore là ?

À la fois timide et agressive, elle se mordillait la lèvre. Adorable.

En guise de réponse, il souleva sa tasse comme pour porter un toast. La dérision lui semblait la meilleure arme pour lutter contre le désir impérieux qu'il éprouvait de l'attirer contre lui et de s'emparer de sa bouche rose et pulpeuse. Si elle ne partait pas bientôt, il céderait à son envie. Embrasser Paige le réveillerait bien plus sûrement que des litres de caféine.

— Euh… Avant de m'en aller, j'aimerais éclaircir un point. Pourquoi êtes-vous venu ici au lieu d'aller chez votre père ? Il n'habite plus ici, vous le savez sans doute…

Ah. Tout en sirotant son café, il l'observa par-dessus la tasse. Discuter de ses relations avec son père était la dernière chose dont il avait envie, mais il devait tout de même une explication à Paige.

— Mes grands-parents ont construit cette maison. C'est ici que mon père a grandi et que j'ai passé tous mes étés jusqu'à l'âge de dix-huit ans…

La tête penchée de côté d'un air perplexe, elle l'écoutait. Un soupir échappa à Ty. Parler avec elle de sa famille, lui dire la vérité était au-dessus de ses forces. Il opta pour la lâcheté.

— J'avais l'intention d'appeler mon père, mais j'ai eu un

problème de portable. Alors j'ai voulu lui faire la surprise. Mais ne vous inquiétez pas, je vais débarrasser le plancher dès que j'aurai rechargé mes batteries.

Elle resta silencieuse un long moment, comme si elle ne savait que penser de ses explications.

— Aurez-vous besoin de… Euh… D'aide pour vous habiller ?

Aussitôt, l'image inverse surgit dans son esprit. Paige en train de le déshabiller…

Ressaisis-toi.

— Non, merci. Ça ira.

— Bien, il faut que j'y aille. Je rentre dans une heure. Tout ce que je vous demande, c'est d'être parti avant.

Il la suivit dans le vestibule.

— Fermez en partant, dit-elle en lui désignant la clé posée sur la console. Et laissez la clé sous le paillasson.

Sur ces mots, elle claqua la porte derrière elle.

Il sourit sans raison. Ou plutôt, si. Finis, les « Je vais vous flanquer à la porte » intempestifs, elle mettait désormais les formes pour lui signifier qu'il devait partir. Autrement dit, il bénéficiait d'un petit répit dans cette maison qu'il aimait tant, et, surtout, il allait pouvoir goûter au *silence*. Ce silence qui lui avait tellement manqué depuis sa sortie d'hôpital.

Il le savoura en terminant sa tasse de café. Puis il la rinça à l'évier et passa de pièce en pièce pour inspecter les lieux. Ils n'avaient pas tellement changé depuis son enfance, mais une chose l'inquiétait. À son grand dam, il se rendait compte que le silence lui pesait. Toute la vie semblait s'être retirée de la maison depuis le départ de Paige. Jamais il n'avait éprouvé cette sensation de solitude auparavant. Avec personne. Ce qui signifiait qu'il avait intérêt à déguerpir avant que Paige ne revienne.

Et avant qu'il ne tente un geste irréparable pour vérifier si elle était un produit de son imagination ou une femme de chair et de sang.

3.

Paige mit le cap vers Chez Sid. Le Dr Grognon devait être content d'avoir enfin ce qu'il voulait — le silence et la solitude. En vérité, s'échapper de la maison l'arrangeait elle aussi.

La présence de cet homme la déstabilisait. Il lui donnait à la fois envie de hurler et de soupirer. De soupirer de désir pour lui. La veille au soir, lors de la séance de soins, le contact avec sa peau l'avait mise sens dessus dessous. Puis il s'était montré tellement odieux et méprisant qu'elle avait eu envie de lui jeter quelque chose à la tête.

Être attirée par cet individu signifiait aller au-devant de graves désillusions car elle avait appris, à ses dépens, que les hommes comme lui ne s'intéressaient pas aux femmes comme elle. Pour eux, elle était une gamine qu'ils traitaient comme leur petite sœur.

Désirer quelque chose — ou quelqu'un — lui rappelait un passé dont elle croyait être guérie.

Elle avait eu tout ce qu'une enfant pouvait souhaiter jusqu'à la mort de sa mère. Ce jour-là, elle avait perdu ses deux parents. Sa mère avait succombé à un cancer des ovaires, et son père s'était muré dans le chagrin et le travail, la laissant livrée à elle-même. Et elle n'avait trouvé aucun réconfort auprès de ses frères qui, bien plus grands qu'elle, se comportaient déjà en machos qui auraient préféré mourir plutôt que de parler de leurs sentiments. Comme si pleurer la personne la plus importante de sa vie était indigne d'un homme…

Paige n'avait pas pu tenir la promesse qu'elle avait faite à sa mère de garder la famille unie. Elle avait lamentablement échoué. L'un après l'autre, ses frères avaient quitté le nid. Bryn, l'aîné, était devenu sous-directeur d'une équipe de football de San Diego. Eric avait rejoint les Navy Seals et Quinn l'US Air Force qui l'envoyait désormais au bout du monde pour des missions top secret. Elle avait été la seule à rester auprès de leur père.

Contre toute attente, celui-ci s'était remarié, et Paige avait eu l'impression de perdre sa famille une seconde fois. Puis ses frères avaient définitivement pris leurs distances, et elle s'était sentie de trop dans la maison. Son père ne lui en avait jamais directement fait le reproche, mais elle avait eu l'impression d'être pour lui un rappel constant de souvenirs qu'il souhaitait oublier.

Pourtant, elle était convaincue qu'à aucun moment il n'avait voulu l'exclure de sa nouvelle vie, bien au contraire. Ne sachant comment se comporter avec une adolescente qui pleurait toute la journée, il avait peut-être cru qu'une nouvelle mère et des demi-frères et sœurs l'aideraient à faire son deuil. Hélas, cela n'avait pas été le cas. Pour survivre, elle s'était plongée à corps perdu dans ses études.

En année de licence, le salut était venu sous la forme d'une bourse pour des études de médecine, à rembourser après obtention du diplôme. Elle avait signé pour le cursus au long cours et déménagé en résidence universitaire au plus grand soulagement de son père qui n'avait plus eu à se sentir coupable à chaque fois qu'il la voyait.

Dans l'espoir d'obtenir son approbation, elle avait travaillé d'arrache-pied et brillamment réussi tous ses examens. Hélas, elle avait déchanté. Bien qu'elle fût sortie major de sa promotion, son père n'avait même pas assisté à la cérémonie de remise des diplômes. Au lieu de cela, il lui avait envoyé un cadeau et un mot d'excuse, arguant que sa femme et lui ne pourraient pas être là car ils avaient prévu de passer des vacances à Aruba, une île des Caraïbes.

Aruba, en plus. Un endroit où elle avait toujours rêvé d'aller.

Ses trois frères, au moins, avaient assisté à la cérémonie — tout juste de retour d'une mission, Eric était arrivé en treillis, et Quinn dans son uniforme de l'US Air Force. Fidèles à eux-mêmes, ils l'avaient fait rire avec leurs facéties et elle en avait presque oublié l'absence de leur père.

Faux. Elle avait été anéantie qu'il ne se donne pas la peine d'être à ses côtés en ce jour qui comptait tant pour elle. Mais, pour traumatisante qu'elle avait été, l'absence de son père avait permis à Paige de basculer définitivement dans le monde adulte. Elle avait compris qu'elle était désormais seule et ne devrait plus compter que sur elle-même. Ses frères avaient leurs vies et son père la sienne, dont elle ne faisait plus partie.

À partir de ce jour, elle s'était juré de ne plus s'attacher à personne. Cela faisait trop de mal quand quelqu'un qu'on aimait vous laissait tomber.

Frankie Bryce, élégantissime malgré sa combinaison bleu foncé d'auxiliaire médical, était assise à une table renfoncée dans un box. Quoi qu'elle porte, sa beauté naturelle et son port de tête altier lui donnaient toujours l'air d'une star de cinéma. Ce matin-là, elle arborait en outre une expression lointaine, un peu triste, qui la faisait paraître encore plus inabordable.

Paige prit place face à elle et, pour la dérider, dit la première chose qui lui traversa l'esprit.

— Comment va mademoiselle la fausse rousse ?

Frankie était une authentique rousse, dépourvue toutefois de taches de rousseur. Paige la taquinait souvent à ce sujet.

— Moyen. Et toi ? Tu m'as l'air fraîche comme une

rose pour quelqu'un qui a dû batailler toute la nuit contre un intrus.

— Tu es au courant ?

Une question de pure forme.

— Bien entendu. J'ai commandé un *latte* pour toi, dit Frankie en poussant une tasse vers elle. Hier soir, j'étais de service quand ton appel est arrivé sur la plate-forme. Si je n'avais pas eu une urgence, je t'aurais aidée à enterrer le corps.

Un sourire aux lèvres, Paige leva sa tasse.

— À la meilleure amie qu'on puisse avoir, dit-elle comme pour porter un toast.

Puis elle prit une gorgée du liquide chaud et crémeux et un soupir de plaisir lui échappa.

— En fait, l'intrus n'est pas mort. Comme je n'avais pas envie d'en prendre pour vingt-cinq ans, je l'ai seulement assommé suffisamment fort pour lui coller une commotion cérébrale. Mais occupons-nous d'abord du petit déjeuner, dit-elle comme la serveuse s'approchait. Je meurs de faim.

Une fois leur commande passée, Frankie lui réclama tous les détails, riant en apprenant que Ty l'avait traitée de « folle furieuse » et d' « adolescente ». L'épisode du sparadrap rose sembla également beaucoup l'amuser.

— Les hommes sont des idiots, dit-elle sèchement. Ton Tyler Reese comme les autres. Ne va surtout pas te mettre en tête de le sauver ou Dieu sait quoi…

— L'idée ne m'en effleurerait pas l'esprit.

Pourtant, elle se posait toutes sortes de questions sur ce médecin californien qui avait débarqué en pleine nuit à Port St. John. Elle ne croyait pas une seconde à la version que Ty lui avait donnée. Il voulait faire une surprise à son père… Et quoi encore ?

La serveuse déposa la commande sur la table.

— Toi qui as grandi ici, tu dois le connaître, dit Paige à Frankie en s'efforçant de prendre son ton le plus désinvolte.

— Peut-être que oui, peut-être que non, répondit celle-ci, l'œil pétillant de malice.

Et elle attaqua son omelette.

— Allez, raconte. Avant que le sang ne coule, dit Paige en brandissant son couteau d'un air menaçant.

Frankie éclata de rire.

— Avec ce couteau émoussé, je ne risque pas grand-chose. Mais Ty avait raison, tu es une psychopathe quand tu t'y mets. Si tu n'étais pas ma meilleure amie, je te détesterais.

— Déteste-moi tant que tu veux, mais dis-moi ce que tu sais sur Tyler Reese.

La fourchette suspendue en l'air, Frankie l'observa un instant.

— Alors il t'intéresse vraiment ?

— Mais non. Je veux simplement savoir à qui j'ai offert l'hospitalité cette nuit.

— C'est un peu tard pour te renseigner, non ?

— Frankie, ne me fais pas languir.

— Eh bien, pour commencer, Ty aime les blondes genre Malibu…

Cela, Paige s'en doutait déjà, alors pourquoi fut-elle tellement déçue ? Les apollons comme Tyler Reese semblaient génétiquement conçus pour faire alliance avec de sculpturales beautés blondes — ou rousses comme Frankie —, pas avec des demi-portions comme elle. Ayant vu des années durant défiler les petites amies de ses trois frères — toutes des bimbos blondes aux mensurations de reine de beauté —, elle croyait avoir accepté cet état de fait.

— Dis-moi quelque chose que j'ignore. Les hommes ont un faible pour les blondes, c'est bien connu.

Frankie poussa un soupir.

— Ce sont des imbéciles, tous, sans exception.

Elle avala un morceau d'omelette puis regarda Paige d'un air compatissant.

— Il n'est pas pour toi, ma puce.

Paige en eut l'appétit coupé.

— Pourquoi ? Je suis si moche que cela ?

— Bien sûr que non. Ne va pas à la pêche aux compliments. Je te demande juste de me croire sur parole : ce type n'est pas pour toi.

Paige replia sa serviette. L'idée qu'elle n'était, selon son amie, pas assez bien pour quelqu'un comme Tyler Reese lui faisait mal. Elle avait l'habitude d'être le vilain petit canard, celle qu'on n'invitait jamais aux fêtes car elle n'était pas assez jolie ou populaire. Comme elle aurait aimé, pour une fois, être une bombe, faire se retourner les hommes. Frankie, elle, avait ce pouvoir, avec sa silhouette de top model, son teint de lis et de rose, son opulente chevelure blond vénitien ; sans compter qu'elle était sublime en maillot de bain, contrairement à Paige qui nourrissait de vifs complexes à propos de son corps androgyne.

— Ne me regarde pas comme ça, Paige. Ce que je veux dire, c'est que tu es trop bien pour le fils de Cruella d'Enfer. Je connais Ty. Fut une époque où lui, Nate et Jack étaient inséparables, ils faisaient *tout* ensemble, y compris draguer tout ce qui portait une jupe. Ils s'y sont pris tôt, crois-moi. Déjà au collège, ils volaient des baisers et brisaient les cœurs…

Elle eut un claquement de langue réprobateur.

— Tu n'as pas besoin d'un type comme lui. Si tu lui offrais ton cœur, il le hacherait menu. Suis mon conseil et garde tes distances avec lui.

Le frère de Frankie, Jack, avait été tué en Irak. Paige, qui allait demander des nouvelles de Nate, se ravisa devant l'expression étrange de son amie.

Trois hommes en uniforme des gardes-côtes venaient d'entrer dans le restaurant, et Frankie semblait sous le choc.

— Tu les connais ? demanda Paige.

— Non.

Frankie prit son sac et se précipita hors du box.

— Désolée, Paige. Je viens de me rappeler que j'ai un cours à donner aux nouvelles recrues dans vingt minutes.

— Mais je te croyais en congé jusqu'à la semaine prochaine ?

— J.T. s'est décommandé à la dernière minute, et j'ai proposé de le remplacer. Ne t'inquiète pas, je n'ai pas oublié la randonnée que nous avions prévu de faire. On se retrouve à midi ?

L'un des hommes du trio, le plus grand et le plus beau, regardait de manière appuyée dans leur direction. Sans doute était-il la raison pour laquelle Frankie prenait ses jambes à son cou. Il y avait de toute évidence un passif entre eux.

— Il faut que j'y aille. Un conseil, Paige, tiens-toi à l'écart de ces individus, dit son amie en désignant les nouveaux venus. Ils ne t'apporteraient que des ennuis. Comme tous les hommes, en fait.

Sur ce, Frankie tourna les talons et se dirigea en hâte vers la sortie.

L'air furieux, le garde-côte la regarda s'enfuir. Paige, fascinée par le psychodrame qui se jouait sous ses yeux, n'en perdait pas une miette. Ce type faisait visiblement partie de la race des MDC — un sigle que Frankie et elle avaient inventé, un soir où elles étaient un peu éméchées, pour désigner les mâles dominants caractériels.

Les yeux du garde-côte lançaient des éclairs. C'était un spécimen particulièrement virulent de MDC. Il ne supportait visiblement pas que Frankie lui échappe.

Le regard de Paige croisa celui de l'individu, et elle releva le menton pour le fixer d'un air de défi.

Elle l'avait à l'œil et ne s'en cachait pas.

Après avoir en pleine nuit terrassé un intrus — un autre MDC — avec une simple lampe-torche, elle se sentait tous les courages.

Au bout d'un long moment pendant lequel ils se mesurèrent

par regards interposés, le garde-côte sourit d'un air condescendant comme s'il la trouvait mignonne et amusante.

Frankie avait bien raison de se méfier de cet homme. Et son conseil était d'or. Il valait mieux se tenir à l'écart des hommes.

Surtout des beaux bruns ténébreux mal lunés qui s'introduisaient chez les femmes seules pour leur voler leur cœur.

À la sortie de la douche, Ty essayait de se sécher d'une main quand il entendit frapper à grands coups à la porte de la salle de bains. Bon sang, avec la chance qu'il avait, une de ses admiratrices pots de colle de Los Angeles avait retrouvé sa trace.

Il s'enroula une serviette autour des hanches et ouvrit la porte pour se retrouver face à… une poêle à frire !

Baissant la tête, il l'évita de justesse et s'aperçut que son agresseur n'était autre que Paige Carlyle.

Elle remettait cela !

De sa main valide, il lui immobilisa le poignet et lui retira son arme avant qu'elle la lui lance de nouveau à la figure.

— Mais qu'est-ce qui vous prend, espèce de folle ?

Elle poussa un cri perçant et recula, les yeux écarquillés sous le choc. Le reconnaissait-elle seulement ? Avec son bras dans le plâtre, il était pourtant aisément identifiable.

Avant qu'il n'ait le temps de la rassurer, de lui dire qu'il n'était pas un pervers qui se cachait dans sa salle de bains, il entendit la porte d'entrée s'ouvrir à toute volée. Des pas pesants résonnèrent dans l'escalier.

Un type baraqué apparut sur le palier et s'accroupit en position de combat, prêt à bondir sur l'ennemi.

Soudain, le nouveau venu se redressa, retira ses lunettes de soleil et les accrocha par la branche à l'encolure de son T-shirt.

— Ty ? dit-il, un sourire incrédule aux lèvres. Que fais-tu là ?

— Nate ?

— Quelqu'un pourrait m'expliquer ce qui se passe ? dit Paige d'une voix frôlant l'hystérie. Que faites-vous encore là, vous ? Et lui, qui est-ce ? Un de vos amis militaires qui a, lui aussi, comme par hasard, la fâcheuse habitude d'entrer chez les gens sans y être invité ?

Nathan Oliver et Ty échangèrent un regard amusé. Ty avait vu Nate pour la dernière fois six mois auparavant, juste avant le départ de celui-ci pour l'Afghanistan.

La situation ne manquait pas de piquant, même si Ty n'aimait pas spécialement s'exhiber tout nu, ou presque. Laissant tomber la poêle à frire, il eut tout juste le temps de retenir la maudite serviette qui menaçait de glisser au sol. Il ne manquerait plus que ça ! Il imaginait la scène… La Fée Ninja rappelant Petersen et compagnie pour l'accuser cette fois d'atteinte à la pudeur.

— Ce n'est pas possible, je dois rêver ! s'exclama-t-elle. Je vais me réveiller… Je croyais pourtant avoir été claire, vous deviez partir avant mon retour.

Négligemment appuyé contre le mur, les bras croisés, Nate les observait à tour de rôle.

— J'allais le faire, répondit Ty.

— Tout nu ?

— J'ai tout de même le droit de prendre une douche, non ?

Elle leva les yeux au ciel d'un air consterné.

— Et vous auriez peut-être aussi voulu que je vous aide à vous sécher puisque vous êtes manchot ? demanda-t-elle avec une ironie cinglante.

Provisoirement manchot. Et… Oui, qu'elle lui frictionne le dos ne lui aurait pas déplu.

— Ne vous mettez pas en colère, ma belle. Ty a toujours été très coquet de sa personne, intervint Nate avec un clin d'œil à celui-ci. Je suis Nate Oliver ; vous et moi, on se connaît, on était dans la même classe jadis. La coupe en brosse, ça vous change un homme.

Il se passa la main dans ce qu'il lui restait de cheveux, et reprit.

— Et pour répondre à votre question de tout à l'heure sur les raisons de ma présence ici, eh bien je passais dans la rue, j'ai entendu une femme crier et, comme la porte était ouverte, je suis entré. On m'a toujours appris à me porter au secours des demoiselles en détresse. Alors, il paraît que ce gaillard a fait intrusion chez vous hier soir et que vous l'avez mis K-O ?

Décidément, toute la ville était au courant.

— Il faisait noir, elle m'a eu par surprise, dit Ty en grommelant. Bon, je vais passer des vêtements, si ça ne vous ennuie pas.

— Prends ton temps. On t'attend en bas, on va en profiter pour renouer connaissance, déclara Nate en entraînant Paige vers l'escalier. D'accord, ma belle ?

— D'accord.

Incroyable. Elle suivait Nate sans broncher alors que, lui, Ty, aurait sans doute eu droit à une gifle ou à un coup de lampe-torche ou de poêle à frire pour lui apprendre à être aussi familier !

Il s'habilla en deux temps trois mouvements et redescendit pour trouver Nate, adossé contre le comptoir de la cuisine, en train de siroter une tasse de café face à Paige.

— Alors, mon vieux, pas trop dur de s'habiller avec une seule main ?

— Ça va, n'en rajoute pas.

— Tu as raison. On ne tire pas sur l'ambulance. Tu m'as l'air sacrément amoché.

— Merci, lâcha Ty avec humeur. Je sais de quoi j'ai l'air !

— Paige, il faut que je te fasse un aveu, dit Nate. Je ne passais pas par hasard. La vérité, c'est que je voulais voir la fille qui était capable de terrasser un tel morceau. Surprise, c'était toi ! Tu n'y es pas allée de main morte, dis donc. Tu lui as carrément cassé le bras !

Et il tendit la main pour ébouriffer les cheveux de Paige.

— Vous vous tutoyez ? demanda Ty, incrédule.

— Autrefois, on faisait partie de la même bande. Je te raconterai ça plus tard. Paige ne m'a pas reconnu à cause de la coupe en brosse et du treillis.

— Ty avait déjà le bras dans le plâtre en arrivant ici, répondit Paige. Je n'y suis pour rien.

— La commotion cérébrale, en revanche, c'est elle, indiqua Ty, amer. Elle m'a assommée avec une lampe torche.

— Je la reconnais bien là. Malgré sa petite taille, elle a toujours eu du répondant.

Ty avança vers le percolateur, acculant à dessein Paige contre le plan de travail. Et prit un malin plaisir à l'entendre pousser un soupir exaspéré. Dès que la voie fut libre, elle s'écarta comme s'il avait la peste.

— Ce n'est qu'un stupide MDC. Il ne vaut pas la peine que tu te mettes en colère.

Sans doute se parlait-elle à elle-même.

— Qu'est-ce qu'un MDC ?

Elle sursauta et fronça les sourcils, ce qui plissa la peau lisse et laiteuse de son front. Que n'aurait-il pas donné pour la toucher, la caresser…

Quelle mouche le piquait ? Il n'avait jamais été un tactile, ni un sentimental, alors, pourquoi rêvait-il de la toucher ?

Évitant son regard, elle marmonna de nouveau quelque chose.

— Vous disiez quelque chose, ma belle ?

— Non ! Et le prochain qui m'appelle « ma belle » tâtera de la lampe-torche !

Sur ce, elle sortit d'un pas furieux dans le couloir.

Perplexe, Ty se tourna vers Nate.

— Aurais-tu dit ou fait quelque chose qui l'aurait mise en colère ?

— Moi ? Rien du tout. Je me suis au contraire porté à son secours, comme tout gentleman qui se respecte. Toi par contre, tu lui as flanqué la peur de sa vie tout à l'heure. Pendant quelques instants, je t'ai pris, moi aussi, pour un satyre. Tu admettras que c'est louche, un type vêtu en tout et pour tout d'un plâtre et de sparadrap rose.

— Et d'une serviette.

— D'accord, d'une serviette. Oh ! mais tu t'es parfumé, dis-moi ? lança Nate en reniflant dans sa direction. Une vraie princesse.

S'ils n'avaient pas été amis, Ty lui aurait cassé la figure.

— J'ai utilisé son shampooing, dit-il, les dents serrées.

— Elle a du cran, cette petite, hein ? J'ai bien envie de l'inviter à faire un tour en bateau…

— Je ne te le conseille pas, rétorqua Ty, de plus en plus irrité. Ce n'est pas le genre de fille qui s'allongera pour te remercier de la promenade…

Il employait un langage trivial, mais c'était le seul accessible à des types comme Nate.

— Trouve-toi une fille qui connaît la musique, ajouta-t-il.

— Ah oui ? Et comment sais-tu quel genre de fille elle est puisque tu ne la connais que depuis hier soir ?

— Je le sais, c'est tout. Ce genre de choses se sent.

— Ouais, fit Nate d'un ton dubitatif. Dis plutôt que tu veux la garder pour toi.

— Quoi ? Bien sûr que non ! C'est une folle furieuse qui a voulu me fendre le crâne en deux et qui m'a décoré de rose exprès pour me faire enrager. Crois-moi, cette fille n'est pas un cadeau. Même si elle m'avait plu, je n'aurais pas tenté de rapprochement parce que je suis venu ici dans un seul but : réfléchir au calme à une possible reconversion au cas où je ne pourrais plus opérer, dit-il en soulevant sa main plâtrée. Les aventures, très peu pour moi en ce moment. D'ailleurs, elle n'est pas plus mon genre qu'elle n'est le tien.

— Parle pour toi. Moi, je me laisserais bien tenter. Une

mignonne pleine de punch, ça changerait agréablement du régime habituel.

— Si tu as des envies de suicide, libre à toi.

Un bruit le fit se retourner. Page était debout sur le seuil et les observait, colère et consternation mêlées dans son regard.

— Oh ! vous étiez là, dit Ty, embarrassé. J'étais juste en train d'expliquer à…

Mais elle ne le laissa pas finir sa phrase.

— Je m'en vais. J'espère que votre visite chez votre père se passera bien. Au cas où vous n'auriez pas son adresse, je vous l'ai notée, dit-elle en lui tendant un bout de papier. En partant, n'oubliez pas de fermer à double tour et de glisser la clé sous le paillasson.

À en croire son ton glacial, elle n'avait pas perdu une miette de leur conversation.

— Écoutez, je ne voulais pas vous…

La porte d'entrée claqua. Ty fit la grimace.

— Je crois qu'elle nous a entendus.

— J'en ai bien l'impression, dit Nate en posant une main sur son épaule valide. Moi, en y repensant, je n'ai rien dit de méchant à son sujet ; je l'ai même qualifiée de mignonne et j'ai indiqué qu'un petit tour en bateau en sa compagnie ne me déplairait pas. Toi, par contre, tu es définitivement grillé.

4.

Cette fille n'est pas un cadeau.

Elle n'est pas mon genre.

Cela faisait des jours que Paige tournait et retournait les mots de Tyler Reese dans sa tête, mais ils sonnaient toujours comme autant d'affronts.

Si elle n'était pas son genre, il n'était pas le sien. Elle avait en horreur les machos narquois et arrogants qui se croyaient supérieurs aux autres.

Nate, lui, l'avait qualifiée de « mignonne ». Elle détestait cette étiquette, qu'on lui collait souvent. Mignonne, amusante, disait-on aussi, mais pas assez jolie pour être une petite amie. De toute façon, elle s'en fichait, venant de Nate. C'était Ty qui l'intéressait.

Rectificatif. Qui l'*avait* intéressée.

Elle serait en feu et il lui tendrait le dernier seau d'eau de l'univers qu'elle préférerait brûler plutôt que d'accepter son aide.

À leur retour de la randonnée, quelques heures après la scène dans la cuisine, Frankie et elle avaient trouvé la maison vide. Heureusement.

Seul signe du passage des visiteurs, un mot de remerciement collé sur la porte du réfrigérateur. Signé Nate.

Chère Paige,

Ty est désolé de t'avoir choquée dans sa sortie-de-bain. J'espère que tu surmonteras le traumatisme. Il veut te remercier pour ton hospitalité et pour ne pas l'avoir fait incarcérer comme un vulgaire criminel. Il a un contentieux avec la prison de Port St. John. Moi aussi, j'aimerais te remercier pour lui avoir mis du plomb dans la cervelle. Avec un peu de chance, il aura retenu la leçon.

Nate.

P.S. Je suis toujours partant pour la promenade en bateau. Ton jour et ton heure seront les miens.

Il pouvait toujours attendre qu'elle accepte. De toute façon, il l'avait certainement proposé pour rendre Ty jaloux. Les hommes se comportaient entre eux comme de vrais gamins. Ces deux-là semblaient avoir cinq ans d'âge mental.

Mais un instant… Pour être jaloux, il fallait éprouver quelque chose, du désir, un minimum d'attirance, sans parler d'amour. Nate avait-il des raisons de croire que Ty pouvait être jaloux ?

Depuis une semaine, toutes sortes de questions se bousculaient dans la tête de Paige. Les retrouvailles de Ty et de Henry Chapman s'étaient-elles déroulées sans problème ? Ty était-il déjà reparti en Californie ?

Il y avait autre chose qui la préoccupait, une confidence qu'il avait faite à Nate au sujet d'une éventuelle reconversion professionnelle et qui expliquait son humeur de dogue. Ty était chirurgien. Si sa main droite ne retrouvait pas toute sa mobilité, il ne pourrait plus exercer.

Comment s'était-il cassé le bras et la main ? Elle avait posé la question à Frankie, qui malgré son réseau d'informateurs n'en savait nier.

Il était six heures et demie quand Paige sortit de chez elle. Un vent glacial soufflait, en provenance du détroit. Peut-être aurait-elle dû rentrer prendre une veste ? Mais non. Le trajet jusqu'à l'hôpital durait vingt bonnes minutes dans la Vieille Bertha, le surnom qu'elle avait donné à sa berline à bout de souffle, et elle ne voulait pas être en retard pour le briefing matinal.

Elle donna une tape affectueuse sur le toit de la Vieille Bertha et déverrouilla rapidement la portière pour se mettre à l'abri. Le temps avait été magnifique toute la semaine, mais sur la côte Nord-Ouest, et la péninsule tout particulièrement, il pouvait changer en quelques minutes, surtout quand le vent descendait en droite ligne de l'Alaska.

Déposant son sac sur le siège passager, elle inséra la clé dans le contact. Au lieu du ronronnement du moteur, un sinistre crachotement s'éleva, qui s'éteignit presque aussitôt.

Habituée aux caprices de la vénérable Bertha, elle réessaya. Encore et encore.

— Oh ! non ! dit-elle avec un regard désespéré vers la pendule du tableau de bord. Je t'en supplie, ma Bertha, fais un effort.

Paige fit une ultime tentative. Las, Bertha ne voulait rien savoir.

Rageant et pestant, Paige ressortit pour soulever le capot. Les tentacules glacés du vent se glissèrent dans son cou. Voyons, où se logeait la panne ? Avec un peu de chance, il y aurait un fil débranché quelque part, elle le remettrait en place et, vroum, ce serait reparti.

Aucun fil vagabond. Les cylindres du moteur semblaient la narguer, la mettre au défi de percer leurs mystères.

Un défi qu'elle savait perdu d'avance. Que n'avait-elle pris l'option mécanique au lycée, au lieu d'histoire de l'art. Ce n'était pas ses souvenirs sur Botticelli et les peintres du Quattrocento qui allaient l'aider à faire démarrer Bertha.

— Un problème ?

Sursautant, Paige se redressa et heurta brutalement le capot. Elle vit trente-six chandelles et sentit une main la retenir par la taille pour l'empêcher de tomber.

— Faites un peu attention, bon sang, dit une voix reconnaissable entre mille.

Tyler Reese. Il était revenu. Ou peut-être n'était-il jamais parti. Il leva sa main valide pour lui examiner le crâne, et la chaleur de sa paume produisit en Paige une réaction des plus embarrassantes.

Les mamelons de ses seins se durcirent — remarquez, ça pouvait être le froid —, et ses genoux se mirent à flageoler. Reprenant ses esprits, elle repoussa le large torse qui envahissait son espace vital. Elle était capable de se tâter le crâne toute seule, merci, elle n'avait pas besoin de lui. D'autant que le parfum viril de l'après-rasage de Ty la faisait défaillir au lieu de la ranimer.

Ce qui signifiait qu'il lui faisait toujours autant d'effet qu'une semaine auparavant. Zut.

Reculant pour se mettre hors de sa portée, elle le fusilla du regard.

— À quoi jouez-vous, à me surprendre ainsi par-derrière ? Vous faisiez le guet, tapi devant chez moi ?

Il haussa les sourcils de cet air insupportablement arrogant qui semblait une seconde nature chez lui.

— À ce que je vois, vous n'êtes pas du matin. En réponse à votre question, non, je ne faisais pas le guet. Je vous ai vue soulever le capot de votre véhicule et je me suis dit que vous auriez peut-être besoin d'aide.

Il l'avait vue ? Il passait par hasard à six heures et demie du matin dans sa rue et il l'avait vue ? Cet homme la prenait vraiment pour une imbécile !

— Pour votre gouverne, je *suis* du matin, dit-elle. Et comment savez-vous que je ne m'y connais pas en mécanique ?

Il rit.

— C'est mon petit doigt qui me le dit.

Sans doute était-il persuadé comme tous les machos que les femmes et la mécanique, ça faisait deux. En l'occurrence, il avait raison pour elle, mais jamais elle ne le lui dirait.

— À supposer que je sois nulle en moteurs, je ne vous laisserai pas pour autant bidouiller celui de Bertha. Ne la touche pas qui veut.

— Vous appelez votre voiture Bertha ?

— Et pourquoi pas ?

Sortant son portable de son sac, elle avertit son chef de service de son retard. Quand elle releva la tête, Tyler s'affairait sous le capot en marmonnant quelque chose sur « les imbéciles qui n'entretiennent pas leurs voitures ».

Elle s'exhorta au calme. S'il y avait une chance qu'il puisse réparer Bertha, il fallait le laisser faire. Elle aurait tout le temps de lui dire ses quatre vérités ensuite.

Comme elle le rejoignait sous le capot, elle fut de nouveau assaillie par le parfum envoûtant de l'après-rasage. Il n'aurait pas dû être permis à un homme de sentir aussi bon. Ni d'être aussi beau.

De sa main valide, il tripotait une pièce à gauche de la batterie.

— Écartez-vous, dit-il. Je n'aime pas les gens qui regardent par-dessus mon épaule.

Toujours aussi aimable.

— Gare à vous si vous abîmez le moteur ! répondit-elle sans bouger d'un pouce.

— Je ne vois pas comment je pourrais faire empirer les choses. Ce moteur est encrassé au possible. Quand avez-vous changé le filtre à huile pour la dernière fois ?

Elle haussa les épaules. Elle n'avait pas besoin d'un sermon, simplement qu'il fasse démarrer la Vieille Bertha.

Comme elle ne répondait pas, il se tourna vers elle et son visage fut à quelques centimètres du sien. Leurs regards s'aimantèrent, et elle sentit le sang s'accélérer dans ses veines tandis que ses genoux flanchaient de plus belle.

Une petite voix intérieure lui souffla de s'écarter de ce MDC, le plus sexy auquel elle ait jamais eu affaire. Et donc plus dangereux que tous les autres réunis. Tyler Reese ne lui apporterait que des ennuis.

— Paige.

Plus rauque que jamais, la voix de Ty annonçait des confidences.

Elle aurait dû fuir tant qu'il était encore temps.

— Oui ?

— Je voulais vous présenter des excuses.

— Pourquoi ?

— Pour ce que vous m'avez entendu dire à Nate l'autre jour.

Elle se redressa, en prenant garde cette fois de ne pas s'assommer contre le capot. Il l'imita.

— Je ne le pensais pas, Paige.

— Qu'est-ce que vous ne pensiez pas au juste ? Lorsque vous me décriviez comme une folle furieuse ou quand vous disiez à votre copain que sortir avec moi serait suicidaire ?

Il poussa un soupir et se passa la main dans les cheveux. Prenait-il enfin conscience qu'elle ne lui faciliterait pas la tâche ?

Elle n'avait effectivement aucune intention de le faire.

— Je regrette tout particulièrement ces dernières paroles, c'est vrai.

— Et pour « la folle furieuse » ?

— Je maintiens ma déclaration. Vous m'aviez assommée avec une lampe-torche et vous menaciez de remettre cela avec une poêle à frire, tout de même.

La colère enfla en elle. Jamais deux sans trois. Le cric était dans le coffre. Las, si elle le tuait avec, la Vieille Bertha ne risquait pas de démarrer. Par la force des choses, et pour ne pas aggraver son retard, elle était obligée de remettre ses pulsions meurtrières à plus tard.

Mais rien ne l'empêchait de l'incendier verbalement, de lui dire qu'il était un être arrogant et insupportable dont elle ne voudrait jamais, fût-il le dernier homme sur terre.

Elle s'apprêtait à lui en donner pour son grade quand un pas fit crisser le gravier derrière eux.

— Un problème ?

C'était Harry Andersen, son voisin, qui les observait d'un air mi-amusé mi-intrigué.

Garde-côte à la retraite, Harry passait maintenant ses journées à bichonner son jardin, à veiller sur Paige et à rendre service aux personnes âgées. C'était le monsieur météo du quartier — il prétendait que ses os constituaient un meilleur baromètre que tous les instruments de haute technologie et autres satellites que les gardes-côtes utilisaient désormais.

Depuis qu'elle avait élu domicile à côté de chez lui, Paige avait appris à aimer le vieil homme. Son visage buriné par le soleil et les embruns exprimait bonté et sagesse. Et tristesse, depuis la mort de sa femme l'année précédente.

— Bonjour, monsieur Andersen. Que faites-vous debout de si bon matin ?

— Je me lève toujours aux aurores. Les vieilles habitudes ont la vie dure.

Il s'avança pour jeter un coup d'œil sous le capot.

— Vous savez ce que vous faites, fiston ?

— Oui, dit Ty en grommelant. Mais ce n'est pas facile avec une seule main valide.

Et il montra son bras dans le plâtre.

— Pourquoi vous n'emmèneriez pas cette jeune femme à son travail ? Pendant ce temps-là, je m'occupe de cette vieille demoiselle à quatre roues.

— Non ! protesta Paige.

Pas question de se retrouver bloquée dans une voiture avec M. Jamais content.

— Je vais appeler Frankie, déclara-t-elle. Elle m'emmènera.

— Voilà une excellente idée, monsieur Andersen, répondit Ty comme s'il ne l'avait pas entendue. Je vais chercher mes clés.

Et il remonta la rue… pour entrer dans la maison mitoyenne à la sienne !

Bon sang. Ours mal léché était venu habiter à côté d'elle ! Depuis combien de temps vivait-il là et comment ne s'en était-elle pas rendu compte auparavant ? Et pourquoi ne le lui avait-il pas dit ?

Elle savait pourquoi. Monsieur désirait qu'on le laisse tranquille. D'ailleurs, son père, Henry Chapman, possédait l'immeuble, et la maison mitoyenne était vacante depuis que les précédents locataires l'avaient quittée deux mois plus tôt.

Et puis, Ty ne voulait sûrement pas qu'elle s'imagine qu'il se rapprochait d'elle à dessein.

Qu'il n'ait aucune crainte. Elle ne risquait pas de le soupçonner de telles intentions. Quant à elle, elle était décidée à ce que la proximité reste strictement géographique. Excuses ou pas, Ty était un MDC. Elle avait appris à ses dépens qu'on ne gagnait rien à côtoyer ce genre de type.

— Eh bien dites donc, fit Harry en examinant Bertha. Elle est en piteux état. Le pot d'échappement est percé, le pare-chocs est à deux doigts de se détacher, et je ne vous parle pas du moteur — il a besoin d'un bon décrassage. C'est un miracle qu'elle ne vous ait pas lâchée avant.

Paige prit une profonde inspiration. Du calme. Mieux valait réserver sa colère à celui qui la méritait vraiment.

— Je sais, monsieur Andersen. Mais croyez-vous qu'on puisse la réparer ?

S'il vous plaît, dites oui.

— Je n'en sais rien, mon petit, répondit le vieil homme en se grattant la tête. À vue de nez, il faudrait changer le démarreur et quelques autres pièces aussi.

— Est-ce que… Est-ce que cela coûtera cher ?

Bertha la laissait tomber à un bien mauvais moment. Le mois passé, Paige avait été à deux doigts de terminer dans le rouge. Devrait-elle cesser de manger durant quinze jours ou puiser dans ses maigres économies pour payer les réparations ?

Harry referma le capot et se tourna vers elle.

— Ne vous inquiétez pas, dit-il en lui donnant une petite tape maladroite sur l'épaule. Je connais Gus, à l'atelier du garage. Je négocierai un prix pour vous. Mais ne vous mettez pas en retard, voici justement votre chauffeur.

Ty les rejoignit d'un pas tranquille comme s'ils avaient tout leur temps.

— Inutile de m'emmener, je vais conduire, lança Paige en lui prenant les clés. Vous devriez ménager votre épaule. Et ne vous inquiétez pas pour votre voiture, je la ramènerai ce soir, sans une égratignure.

Elle se rendait compte qu'elle abusait un peu, mais elle préférait passer pour une sans-gêne plutôt que de faire le trajet en sa compagnie.

— Oh ! je ne m'inquiète pas. C'est une voiture de location, expliqua-t-il en désignant le 4x4 garé devant chez lui. S'il y a des dégâts, je déclinerai toute responsabilité et vous paierez la note.

Maudit MDC, se songea-t-elle, de plus en plus agacée en allant chercher son sac.

Lorsqu'elle mit le contact, le 4x4 bondit aussitôt en avant et cala. Ty avait sauté sur le côté comme si elle avait eu l'intention de l'écraser.

— Désolée, dit-elle en baissant la vitre.

Elle redémarra et, cette fois, passa en première sans se ridiculiser davantage.

Le briefing était terminé depuis longtemps quand Paige arriva à l'hôpital. Elle prit sa garde sans essuyer de remontrances de son chef de service, et la journée se déroula tranquillement. Trop tranquillement. Les patients ne se bousculaient pas et, durant les temps morts, elle eut largement le temps de ressasser ses griefs contre Ty. Le fourbe ne l'avait même pas prévenue qu'il avait emménagé à côté de chez elle !

Peut-être était-ce la raison pour laquelle elle s'était sentie à cran ces jours-ci. Son subconscient avait dû détecter les effluves de testostérone qui suintaient par le mur mitoyen.

Un soupir lui échappa, si déchirant qu'une infirmière lui jeta un regard intrigué.

Elle devait se ressaisir.

Elle avait, certes, fantasmé un peu sur Tyler Reese ces derniers temps et fait quelques rêves torrides où il tenait le premier rôle, mais cela ne signifiait rien, rien du tout. La preuve, elle avait fait les mêmes rêves sur le bel acteur brun qui jouait les loups-garous dans une série télé.

Mmm, comme il serait agréable d'être étendue sur le pont d'un yacht, à se faire enduire d'huile solaire par Ty et le loup-garou…

Oh non, son imagination battait encore la campagne. Elle sortit du service d'imagerie médicale en s'éventant énergiquement à l'aide du rapport qu'elle aurait dû être en train de lire.

Et entra aussitôt en collision avec un torse robuste.

Poussant un petit cri de surprise, elle recula en laissant tomber le rapport.

— Oh ! mon Dieu, docteur Chapman, je suis désolée !

Des yeux bleus — du même bleu que ceux qui l'avaient irrésistiblement attirée le matin même — la fixèrent avec bienveillance.

Heureusement, le directeur des personnels médicaux ne pouvait pas lire dans ses pensées.

— Inutile de vous excuser, docteur Carlyle, déclara-t-il en se baissant pour ramasser les documents. Rien de trop grave, j'espère ?

Pendant quelques affreuses secondes, elle crût qu'il faisait allusion à son engouement pour Ty. Mais non, idiote, il lui parlait du rapport !

— C'est un enfant de huit ans qui est tombé d'un trampoline et a atterri sur la tête.

— Y a-t-il fracture cervicale ?

— Non. Mais la radio montre une ombre du côté du lobe temporal. Je vais demander un scanner pour plus de précaution.

— Sage décision. Je suis content d'être *tombé* sur vous, dit-il en riant de sa petite plaisanterie. Il paraît qu'un intrus s'est introduit chez vous la semaine dernière ?

Le sang afflua aux joues de Paige. Que répondre ? Il était impossible que le Dr Chapman ne soit pas au courant de l'identité de l'intrus en question, ni des événements qui s'étaient déroulés ce soir-là. L'un de ses subordonnés avait dû se faire un plaisir de lui relater l'incident par le menu.

— Euh… En effet.

— Quelque chose ne va pas, docteur Carlyle ? Vous ne m'avez pas l'air bien.

— Je… Euh… La journée a été chargée.

Faux. Elle avait été plutôt calme.

Par chance, son bip sonna à cet instant.

— Une urgence, annonça-t-elle avec soulagement en jetant un coup d'œil à l'écran numérique.

— Allez-y. On en parlera une autre fois.

Parler de quoi ? Paige s'interrogeait en regagnant l'aile des urgences. Du fait qu'elle avait causé une commotion cérébrale *et* une luxation de l'épaule à son fils ? Et qu'elle avait appelé la police pour qu'ils l'arrêtent ?

Dès qu'elle franchit les portes coulissantes, son chef de service la harponna.

— Il y a eu un accident près d'Angel Lake. Un bus scolaire, rempli d'écoliers qui revenaient d'une excursion, a quitté la route et basculé dans un ravin. On ne connaît pas encore le nombre de blessés.

Le cœur de Paige se serra.

— Les Médecins Volants sont en route ?

— Non, dit le Dr Wallace. Ils sont sur un accident de montagne — des alpinistes en perdition. C'est vous qui irez à Angel Lake, il leur faut un pédiatre.

Elle hocha la tête.

— J'ai un jeune patient qui est en ce moment même en…

— Je m'en charge, l'interrompit le chef de service en lui prenant le rapport de radiologie des mains. Allez-y. Mlle Bryce vous assistera.

Paige courut vers l'auvent des ambulances et grimpa à l'arrière du véhicule où Frankie se trouvait déjà. L'un des auxiliaires médicaux claqua la porte, et ils démarrèrent sur les chapeaux de roues.

Il arrivait qu'un médecin urgentiste accompagne les ambulanciers sur la scène d'un accident, mais ce n'était pas la procédure habituelle.

Pourvu qu'ils ne trouvent pas de morts dans le ravin.

5.

Des militaires avaient bloqué la route vers Angel Lake et organisé une déviation pour les rares véhicules qui roulaient en ce milieu d'après-midi. Ils déplacèrent la barrière pour laisser passer l'ambulance. Frankie sauta à terre avant même qu'ils ne soient à l'arrêt.

Paige la rejoignit au bord du talus où des rangers étaient en train de discuter de la logistique à mettre en œuvre pour l'opération de sauvetage.

Pressée de parvenir aux enfants prisonniers de l'épave du bus, elle ne remarqua qu'au dernier moment une silhouette aux larges épaules — la seule à ne pas être en uniforme. À la vue du profil de médaille et des cheveux noirs, elle faillit déraper sur le talus.

Que faisait Tyler Reese sur les lieux ?

Sans doute se sentit-il observé car il tourna la tête et braqua son regard azur sur elle. S'il était surpris de la voir, il n'en montra rien. Se détachant du groupe des sauveteurs, il vint vers elle.

Des traces noires de freinage se distinguaient sur la chaussée. À travers le dense feuillage du vallon, on n'apercevait pas l'autocar, mais on entendait les cris des enfants et ceux, plus mesurés, des secouristes qui étaient déjà en bas auprès d'eux.

— Aidez-moi à parvenir à ces enfants, Ty. Ils doivent être blessés, ils ont besoin d'un médecin.

Il l'attrapa par le bras pour l'empêcher de descendre sur le talus.

— Nate est en bas avec des rangers. La plupart des enfants ne souffrent que d'égratignures. Les secouristes qui sont déjà sur place ont la situation sous contrôle. Mais il y a un problème. L'institutrice qui les accompagnait était debout quand le bus est tombé dans le ravin. Elle est maintenant bloquée sous un enchevêtrement de tôle dont il va falloir la désincarcérer.

— Ils ne peuvent rien faire ? demanda-t-elle en désignant les gaillards musclés qui tenaient moult conciliabules au bord de la route. S'ils unissent leurs forces, ils n'auront aucun mal à la dégager de la carcasse.

— Ce n'est pas si simple. Une tige ou une barre de fer provenant des sièges brisés lui transperce le bras. À la seconde où on soulèvera l'obstacle, elle risque une hémorragie massive.

Une extrême prudence s'imposait. Ce qui retenait la blessée prisonnière l'empêchait aussi de se vider de son sang. Il fallait impérativement clamper l'artère avant de soulever la montagne de tôle. Une simple pression sur la blessure, comme c'en était l'usage, ne suffirait pas, ni même un garrot ; la blessée mourrait avant qu'on ait le temps de la charger dans l'ambulance.

— Cela tombe bien que vous soyez chirurgien, n'est-ce pas ? dit Paige.

Une grimace aux lèvres, il montra son bras dans le plâtre.

— Je ne suis pas en état d'opérer qui que ce soit, docteur Carlyle. C'est pourquoi je me réjouis de vous avoir à mes côtés. Les auxiliaires médicaux ne seront pas capables de clamper l'artère, ils risqueraient de la confondre avec la veine médiane ou de mal s'y prendre et de léser d'autres vaisseaux. Seul un médecin peut pratiquer ce geste.

Elle le regarda, affolée.

— Mais je suis pédiatre, pas chirurgienne !

— Vous vous évanouissez à la vue du sang ?

— Ne soyez pas ridicule ! Je travaille aux urgences.

Mon travail consiste à poser des diagnostics, à prodiguer des soins et à assister éventuellement le chirurgien par des conseils, en aucune manière à me substituer à lui. Ne pas opérer est un choix personnel de ma part, pour des raisons qui me regardent.

— Alors vous allez laisser une institutrice mourir devant ses élèves ?

— Bien sûr que non !

Le monstre. Il essayait de la faire culpabiliser. D'un autre côté, il ne pouvait guère opérer d'une seule main.

— D'accord, dit-elle à contrecœur. Je clamperai l'artère, mais j'aurai besoin de votre aide.

Elle le vit pâlir.

— Non.

— Comment cela, non ? Vous voulez que j'opère, mais vous refusez de me guider ?

— C'est non, n'insistez pas. Je vais demander à un auxiliaire médical de vous assister.

Le regard de Ty trahissait une colère mêlée de frustration.

— Mais c'est vous, le chirurgien ! Un auxiliaire médical n'aura pas davantage d'expérience que moi de ce geste très pointu. Sous prétexte que vous en voulez au monde entier, vous ne lèverez pas le petit doigt pour sauver cette femme ? Vous êtes d'un égoïsme monstrueux !

— D'abord, comment savez-vous que j'en veux au monde entier ?

Cela se sentait. Il exhalait la colère par tous les pores de sa peau.

— Je refuse d'opérer sans votre aide, déclara-t-elle en durcissant le ton. Je ne veux pas avoir la mort de cette femme sur la conscience.

— Descendez dans ce ravin, dit-il finalement d'un ton décidé. Et tenez-vous prête à intervenir. Je vais chercher le kit d'urgence et les médicaments dont vous aurez besoin.

Et un jour, docteur Carlyle, il faudra m'expliquer ce qu'un pédiatre fait aux urgences s'il n'opère pas.

Pantelante de soulagement, elle descendit tant bien que mal la pente jusqu'à la plate-forme improvisée où les militaires accueillaient les premiers petits rescapés. De là, elle poursuivit le chemin, accrochée comme un singe au dos d'un homme en treillis qui descendait en rappel. Une soixantaine de mètres plus bas, ils atteignirent l'épave du bus. Les branchages dans lesquels le véhicule était à moitié enfoui avaient dû amortir sa chute. S'il était tombé sur les énormes rochers qui se trouvaient plus loin, le bilan aurait sans aucun doute été beaucoup plus lourd.

Nate Oliver et Frankie s'affairaient auprès des enfants qui attendaient d'être remontés. Ignorant superbement Nate, Frankie était en train de parler aux plus petits qui s'étaient groupés autour d'elle.

— Paige, ma belle ! s'exclama Nate tout en aidant une fillette à enfiler un harnais.

Il tira sur la corde pour signaler aux sauveteurs qu'ils pouvaient remonter l'enfant, et celle-ci fut soulevée dans les airs.

— Content que tu sois là. Sa vie ne tient plus qu'à un fil, ajouta-t-il à voix basse.

Paige savait de qui il parlait. De l'institutrice.

Ils entrèrent dans le bus par une vitre brisée et se dirigèrent vers l'avant.

— Ça se présente mal, prévint-il en désignant la femme dont le haut du corps dépassait d'un amas de tôles enchevêtrées qui avaient autrefois été des sièges. Elle s'appelle Grace Parker. Tu as vu Ty ?

— Il arrive avec le matériel médical.

— Pas possible, fit Nate, incrédule. Il a accepté de descendre ici ?

— C'était ça ou je refusais de l'aider.

— Eh bien, ça promet d'être intéressant.

Terrifiant, plutôt. Mais Paige redressa les épaules et se dirigea vers Grace et un ranger qui, accroupi à ses côtés, lui murmurait des paroles d'encouragement.

Le front de la blessée était couvert de transpiration. Elle serrait les dents pour supporter la douleur.

— Je suis médecin, dit Paige en se rapprochant d'elle au maximum. Je m'appelle Paige.

Le ranger lui céda sa place pour aller prêter main-forte à Nate.

— Je vous connais, murmura Grace. Vous êtes venue à l'école pour la journée de vaccinations.

Paige examina le bras supplicié. La blessée avait déjà perdu beaucoup de sang, sans doute quand les secouristes avaient tenté de la dégager.

En attendant que Ty apporte la trousse de secours, Paige ne pouvait rien faire d'autre que de réconforter la malheureuse. Elle serra sa main libre ; la peau était glaciale. À tout moment, Grace pouvait basculer en état de choc. Il fallait faire vite.

— Je m'en souviens, dit Paige en s'efforçant d'adopter un ton léger. Les filles m'ont assaillie de questions sur comment devenir infirmière ; doctoresse, ça ne les intéressait pas. Quant aux garçons, ils voulaient tous me montrer leurs cicatrices.

— Les petits ne sont pas de tout repos…

Grace agrippa Paige de la main.

— Ils vont bien, n'est-ce pas ? Dites-moi qu'ils sont sains et saufs !

— Ils ne souffrent que d'égratignures, Grace, vous n'avez rien à craindre. C'est pour vous que l'on s'inquiète.

Un cri étouffé, mi-rire mi-sanglot, échappa à l'institutrice.

— Je vais perdre mon bras, n'est-ce pas ?

Une ombre tomba sur elles. Paige n'eut pas besoin de se retourner pour savoir que c'était Ty.

Elle devait se concentrer sur Grace.

— Pourquoi dites-vous cela ?

— Keith, le ranger, m'a dit que me déplacer était trop dangereux…

Les yeux de la blessée s'emplirent de larmes.

— Mais il faut que je vous dise, Paige… Je ne sens plus mon bras. Alors, dites-leur d'enlever cet amas de ferraille qui me recouvre. Dites-leur, je vous en supplie.

— Je ne peux pas, Grace, dit-elle en jetant un regard vers Ty pour quêter son approbation.

Il s'était accroupi à côté d'elles et affichait le même air hermétique et hostile que lors de la nuit où il s'était introduit dans sa maison. À qui en voulait-il ? À la situation ? À Paige pour l'avoir obligé à descendre dans ce ravin ?

Comprenant qu'elle n'obtiendrait aucun soutien de sa part, elle reporta son attention sur Grace.

— Votre bras est transpercé par une tige métallique qui, tant qu'elle reste en place, empêche l'hémorragie.

Ty lui tendit le sac de premier secours.

— Essayez de vous détendre, Grace, dit-il. Surtout, ne bougez pas d'un centimètre. Le Dr Carlyle va vous administrer un sédatif.

— Cela se présente mal, n'est-ce pas ? lui demanda Grace.

Certains patients voulaient qu'on les rassure à tout prix ; d'autres avaient besoin qu'on leur dise la vérité.

— Oui, répondit-il d'une voix étonnamment douce tandis que Paige enfilait des gants en latex. Mais ne nous inquiétez pas. Le Dr Carlyle est un excellent médecin, vous êtes en de bonnes mains.

C'était un savant mélange de vérité et de mensonge. Comment savait-il qu'elle était un excellent médecin ? De plus, elle n'était pas traumatologue, seulement pédiatre aux urgences. Encore heureux qu'il ne le précise pas à Grace.

Confiant, le regard de cette dernière était fixé sur Ty. Elle semblait prête à faire tout ce qu'il dirait, nouvelle preuve de l'ascendant que cet homme exerçait sur les femmes.

Ayant imbibé un morceau de coton hydrophile de lotion antiseptique, Paige frictionna la portion du bras de Grace qui dépassait de la tôle et fit l'injection. À contrecœur, elle devait reconnaître qu'elle aussi obéirait sans doute aveuglément à Ty s'il lui parlait de cette voix douce et suave.

C'était pathétique.

En attendant que le sédatif fasse effet, elle enroula un tensiomètre autour du bras de Grace tandis que Ty commençait l'examen clinique. D'une main. Il avait visiblement du mal.

Avait-elle bien fait de le forcer à l'assister ?

Les traits crispés, il se tourna vers elle.

— Prête ?

— Oui, dit-elle en s'efforçant de réprimer le tremblement de sa voix.

Il fallait prendre exemple sur Grace, qui semblait désormais très calme.

Ty haussa les sourcils d'un air dubitatif, comme s'il savait qu'elle n'en menait pas large.

— Ce n'est pas moi qui vais ligaturer une artère dans des conditions d'asepsie déplorables.

S'il cherchait à lui faire peur, c'était réussi.

— Je vais y arriver, affirma-t-elle en affichant une assurance qu'elle était loin de posséder.

Elle n'avait pas le choix. Ty étant disqualifié pour cause de bras dans le plâtre, elle était la seule capable de s'interposer entre Grace et la mort.

— Bien. Le fragment métallique est fiché dans l'artère brachiale, à hauteur du milieu de l'humérus. Le pouls est faible, donc, pas question d'aggraver l'hypovolémie. Utilisez ceci comme garrot, dit-il en lui tendant un gant en latex. Nouez-le quelques centimètres au-dessus de la blessure. Cela arrêtera le sang suffisamment longtemps pour vous permettre de clamper l'artère.

Paige serra le gant autour du bras.

De sa main valide, Ty aspergea la zone à opérer de Bétadine.

— Il va falloir inciser au niveau de la lésion pour parvenir à l'artère. En utilisant une lame de onze… Non, fit-il comme elle s'emparait d'un instrument ; l'autre, le scalpel à bout triangulaire. Voilà, incisez sur une longueur de huit centimètres *dans le muscle* — il faut à tout prix éviter le confluent veineux.

Paige positionna le scalpel au-dessus du bras. Las, ses doigts tremblaient. Elle essaya de respirer profondément. Voilà pourquoi elle ne pratiquait pas la chirurgie. Voilà pourquoi elle…

La main de Ty se posa sur la sienne.

— Paige, regardez-moi, dit-il, d'un calme olympien. Ne réfléchissez pas. Écoutez ma voix et faites simplement ce que je vous dis. D'accord ?

Ses yeux n'étaient plus hostiles, mais pleins de chaleur et d'encouragement.

— Tout ira bien. Dites-le.

— Tout ira bien, répéta-t-elle docilement.

Sa panique s'évanouit soudain. Il lui demandait de se comporter comme un robot qu'il téléguiderait. Cela lui convenait. Il serait le cerveau, et elle, la main. Surtout, ne pas réfléchir.

— À présent, faites l'incision, pas trop profond, juste assez pour arriver au muscle… Bien. Maintenant, introduisez vos doigts dans le muscle jusqu'à ce que vous sentiez l'artère brachiale. Vous y êtes ? Palpez-la pour vous assurer qu'il ne s'agit pas du nerf radial ni de la veine médiane. Il ne faut surtout pas les sectionner sinon…

— Ce serait la paralysie. Je sais. Ensuite ?

Incroyable. Maintenant qu'elle était dans l'action, elle n'avait plus du tout peur et elle était impatiente de poursuivre.

— Vous avez isolé l'artère ? Repoussez le muscle d'une

main et clampez l'artère de l'autre, dit-il en lui tendant une pince.

À son grand étonnement, elle parvint à la poser du premier coup.

— Peut-on déplacer Gracc, maintenant ? demanda-t-elle en se redressant.

— Oui. Avant, desserrez le garrot et immobilisez le bras.

Elle s'exécuta. Il fit alors signe à Nate et à deux rangers de s'approcher. Après plusieurs tentatives, aidés de Ty qui insista pour leur prêter main-forte malgré son bras dans le plâtre, ils parvinrent à faire basculer l'amas de sièges déchiquetés.

Grace Parker poussa un cri et essaya de se redresser.

— Ne bougez pas, dit Paige. On va vous allonger sur une civière.

— Est-ce que… vous avez dû le couper ?

— Non. Il est toujours là.

Elles parlaient du bras.

— C'est étrange. Pourquoi ai-je si mal alors que je ne sens plus mon bras ?

Prenant une capsule d'analgésique dans la trousse de secours, Paige perça l'opercule, remplit une seringue et fit une injection à Grace.

— Voilà. La douleur devrait s'atténuer dans quelques minutes. Essayez de vous détendre.

Ils n'étaient pas au bout de leurs peines. Sortir le brancard par la vitre brisée du bus ne fut pas une mince affaire, mais ils y parvinrent avec l'aide des pompiers arrivés en renfort. Ceux-ci avaient installé un système de poulie pour évacuer les petits accidentés, et Grace, solidement sanglée à son brancard, fut ainsi remontée sur la route où les ambulanciers la prirent en charge.

— Beau travail, Paige, dit Nate. Tu devrais travailler dans l'armée. Nos hôpitaux de campagne ont besoin de chirurgiens comme toi.

Elle dut se pincer les lèvres pour ne pas répondre qu'elle n'était pas chirurgien et qu'elle ne voulait pas l'être.

Elle jeta un coup d'œil vers Ty qui, très pâle, assistait à la conversation sans rien dire.

— Vous êtes du même avis ? demanda-t-elle.

— Oui. Je n'aurais pas fait mieux moi-même… Aïe !

Il se tint le bras en grimaçant de douleur. Bon sang, cet homme était incorrigible, il s'était encore luxé l'épaule en voulant aider les rangers à soulever l'amas de tôle.

Comme une jolie secouriste s'avançait vers lui en proposant de lui mettre le bras en écharpe, Paige regagna l'ambulance dans laquelle elle était venue avec Frankie.

Tyler Reese et elle avaient fait une bonne équipe, mais c'était terminé. Elle ne tenait pas à le côtoyer plus que nécessaire. De toute façon, elle le reverrait bien assez tôt, puisqu'il était désormais son voisin.

Affalé dans le fauteuil de rotin, une bouteille de bière à la main, Ty leva les pieds pour les appuyer sur la balustrade de la terrasse. Aïe, son épaule lui faisait un mal de chien !

Il aurait dû se préparer pour sortir — son père l'attendait pour dîner —, mais chaque geste lui coûtait.

Portant la bouteille à sa bouche, il admit à contrecœur qu'aider à déplacer ces maudits sièges avait été idiot. Mais Paige s'était brillamment acquittée de sa tâche, et il n'avait pas voulu être en reste.

Elle avait vu juste. Il était en colère contre le monde entier. Parce qu'il n'avait pas pu sauver sa main tout seul et qu'il avait dû faire appel à un collègue. Parce qu'il était obligé de mettre sa carrière entre parenthèses à cause d'un stupide ivrogne qui l'avait fauché sur la chaussée, en plein centre-ville, sans doute parce que Ty avait une tête qui ne lui revenait pas. Et parce que le monde continuait à tourner en dépit de ce qu'il lui était arrivé.

Au moins, il était vivant et capable de mettre un pied devant l'autre. L'autre victime du chauffard n'avait pas eu autant de chance. Ty n'avait pas le droit de s'apitoyer sur son sort.

Paige l'avait impressionné par son courage aujourd'hui. Malgré son aversion pour le bistouri, elle s'était fait violence. Pour le remplacer. Parce qu'il était un lâche.

Ty n'avait pas supporté que Nate la complimente. Et il avait traité par le mépris la suggestion de son ami de se faire examiner l'épaule.

Il n'avait pas besoin qu'on lui dise quoi faire. Jusqu'à ce qu'on lui prouve le contraire, il était encore médecin. Personne ne l'obligerait à faire quoi que ce fût contre son gré, surtout pas une petite doctoresse pugnace aux yeux envoûtants, à la bouche tendre et au cœur encore plus tendre.

Malgré son gabarit de poids plume, elle était coriace, combative, et n'avait pas peur de tenir tête à plus fort qu'elle !

Un léger bruit attira son attention. Perçant les ténèbres, un rai de lumière se dessina sur les lattes de sa terrasse, en provenance de la maison voisine. Sous le porche de celle-ci apparut la femme de ses pensées. Prenant l'allée en bordure des maisons mitoyennes, elle monta les marches du porche où il était assis dans le noir, marmonnant quelque chose à propos de « pousse-au-crime ».

— Vous cherchez quelque chose ? demanda-t-il.

Paige poussa un hurlement et recula.

— Vous m'avez fait la peur de ma vie ! Ça vous amuse de faire sursauter les femmes ?

Sa respiration haletante emplissait le silence, rappelant à Ty certaines activités dont il se passait depuis bien longtemps. Des activités qu'il n'avait absolument pas envie de pratiquer avec Paige, avait-il encore tenté de se convaincre le matin même, sans succès.

Penser sans cesse à elle aurait dû lui faire prendre le premier avion pour la Californie. Mais ce soir il n'avait plus la force de fuir et il resta assis dans le fauteuil.

Elle vint vers lui.

— Que faites-vous, assis dans le froid ?

Saisi d'une pulsion soudaine, il lui prit la main pour l'attirer à lui. Poussant un cri de surprise, elle atterrit sur ses genoux.

— Lâchez-moi !

Il fit alors ce qu'il s'était promis de ne jamais faire. Il se pencha vers elle pour s'emparer de sa bouche avec une brutalité délibérée. Mais ce qu'il avait voulu comme une punition pour tout ce qu'elle lui avait fait subir se transforma en autre chose dès qu'il goûta la douceur de ses lèvres. Il voulait plus, beaucoup plus qu'une simple vengeance.

Pour l'empêcher de s'échapper, il glissa sa main gauche sous sa nuque et l'attrapa par les cheveux. Elle se débattit en laissant échapper un cri étouffé, mais il tint bon et ouvrit la bouche pour avaler son souffle et réduire sa protestation au silence.

Il approfondit le baiser et, miracle, la langue de Paige dansait avec la sienne. Le désir de sentir sa peau nue contre lui devint impérieux. De toute façon, il n'aurait pas pu s'arrêter même s'il l'avait voulu car, basculant soudain une jambe sur le côté, Paige le chevaucha. Le sang rugit dans ses veines, et la réaction de son membre viril ne se fit pas attendre.

Lui empoignant à son tour les cheveux, elle attira Ty à elle comme si elle craignait qu'il ne s'enfuie. Qu'elle se rassure, il n'avait l'intention d'aller nulle part.

De son bras valide, il lui enlaça la taille et la plaqua contre lui pour l'embrasser de plus belle. Sa bouche était chaude et humide. Elle poussait de petits gémissements en lui mordillant la langue.

À bout de souffle, il rompit le baiser et laissa ses lèvres

descendre le long de sa gorge satinée. Elle était la tentation incarnée, si douce, si délicieuse, tellement qu'il se mit à goûter sa peau du bout de la langue.

Elle haletait comme si elle venait de traverser le détroit à la nage. La taille cambrée pour mieux se lover contre lui, elle appuyait la partie la plus intime de son anatomie contre son sexe en érection. Il percevait sa chaleur à travers leurs vêtements.

Ces maudits vêtements les empêchaient de laisser libre cours à leur désir. Il fallait s'en affranchir. Obsédé par cette idée, il glissait la main sous le pull de Paige quand une douleur lui foudroya l'épaule. Il s'immobilisa dans l'espoir qu'elle passe. Pas question de s'arrêter maintenant.

Paige avait dû se rendre compte que quelque chose n'allait pas car elle se redressa.

— Que se passe-t-il ? demanda-t-elle, les yeux flous de désir. C'est ton épaule ?

Au grand dam de Ty, elle quitta ses genoux et il frissonna de ne plus sentir sa chaleur.

— Tu n'es pas allé te la faire examiner à l'hôpital ? Peut-être te l'es-tu démise de nouveau ?

— Mais non. Je me suis juste froissé un muscle.

C'était terminé. Ils ne feraient pas l'amour ce soir.

Palpitant de douleur, à l'épaule et… plus bas, il se leva à son tour.

— Tu m'excuseras, mais il faut que je sorte, dit-il en se dirigeant vers la porte-fenêtre.

— Pour aller à l'hôpital, j'espère ?

En lui, la vieille colère revint au galop.

— Ne sois pas ridicule. Je suis traumatologue. Je sais comment soigner une déchirure musculaire.

— Je croyais qu'il s'agissait d'un simple *froissement*.

— Froissement, déchirure… De toute façon, ce sont mes affaires, pas les tiennes.

— Message reçu cinq sur cinq.

Visiblement vexée, elle dévala les marches du perron. Arrivée en bas, elle se retourna.

— La prochaine fois que je verrai ta porte-fenêtre ouverte en pleine nuit, je ne lèverai pas le petit doigt. Les voleurs pourront tout emporter, et te trucider au passage, je m'en fiche !

Et elle disparut dans l'allée. Quelques secondes plus tard, la lumière du porche voisin s'éteignait.

Enfin, il était seul.

N'était-ce pas ce qu'il voulait ?

Soudain, il n'en fut plus si sûr.

6.

La semaine suivante, Ty invita Paige à dîner pour se faire pardonner son comportement. Frustré, contrarié que la soirée sous le porche ait tourné court, il s'était montré d'une grossièreté insigne en lui disant de se mêler de ses affaires. Pour les relations de bon voisinage, pouvait mieux faire.

Il l'emmena au Surf 'n Turf, le restaurant-grill où il avait dîné en compagnie de son père quelques jours auparavant. Les steaks y étaient fameux, et la terrasse offrait une vue imprenable sur le port.

Il avait pris un mauvais départ avec Paige et était décidé à redorer son blason. Elle lui plaisait, mais n'était pas le genre de femme qu'on pouvait culbuter dans un fauteuil en rotin. Qu'elle ait été à deux doigts de lui céder l'autre soir en disait long sur l'égarement qui les avait saisis tous les deux.

Cela ne se renouvellerait pas. Avec ses antécédents, mieux valait éviter une relation sérieuse avec sa jolie voisine. Il n'avait pas vraiment d'exemple sur la manière correcte de se conduire en couple. Ses parents n'auraient jamais dû se marier, en partie parce que son père était un bourreau de travail qui oubliait qu'il avait une famille, mais aussi et surtout parce que sa mère ne connaissait pas le sens du mot compromis. Elle avait grandi dans une famille riche et tenait pour acquis que Henry Chapman lui assurerait le style de vie auquel elle était habituée. Pour ce faire, il avait dû travailler jour et nuit ; or c'était précisément ce qu'elle lui avait reproché. Elle avait voulu le beurre et l'argent du beurre, le train de vie *et* son mari à la maison pour s'occuper d'elle.

Après le divorce de ses parents, sa mère s'était remariée, plusieurs fois. Ty avait été trimbalé toute son enfance d'une villa luxueuse à l'autre. Les beaux-pères défilaient, certains sympas, d'autres moins. À l'époque il n'avait pas son mot à dire et s'était juré d'avoir plus tard le contrôle de sa vie.

Son accident l'avait ramené en arrière, à l'époque où il subissait les caprices des autres. C'était pourquoi il dînerait avec Paige puis la raccompagnerait à sa porte. Sans plus.

Il garderait ses distances. Pour de bon, cette fois.

Il était à peine 19 heures. Le gros des clients arriverait plus tard, ce qui n'empêchait pas Paige de promener avec intérêt son regard autour d'elle. Elle semblait ne jamais être venue au Surf 'n Turf, ce qui plut à Ty. Au moins, il était en mesure de lui offrir une première expérience de quelque chose.

L'hôtesse de salle les conduisit à une table face à la baie vitrée. Paige s'absorba dans la lecture du menu. Comme le silence s'éternisait, Ty baissa, de sa main valide, le menu plastifié jusqu'à ce qu'il puisse voir les yeux de Paige.

— Parle-moi de toi.

— Que veux-tu savoir ?

— Eh bien, as-tu un père, une mère, des frères et sœurs ?

Elle s'accrocha un moment encore à son menu puis céda, en comprenant sans doute qu'il ne lâcherait pas.

— Tu veux un descriptif de ma famille ? Papa habite avec sa nouvelle femme et sa famille à Tacoma. J'ai trois frères : Bryn dirige une équipe de football à San Diego, Eric fait partie des Navy Seals et Quinn de la US Air Force.

— Et ta mère ? S'est-elle remariée, elle aussi ?

Le visage de Paige se rembrunit.

— Non. Maman est morte quand j'étais adolescente.

— Je suis désolé de t'avoir forcée à en parler. Cela t'attriste encore, de toute évidence.

— Le plus triste, c'est que papa s'est remarié moins de deux ans après son décès. Alors que je n'avais rien demandé, je me suis retrouvée avec une nouvelle famille. Il n'a même pas attendu deux ans… Enfin, parlons d'autre chose. Jc suis sûre que tu n'as pas envie d'entendre les détails fastidieux de mon enfance malheureuse.

Si. Mais ça aurait été remuer le couteau dans la plaie que de les lui réclamer.

— Et toi ? demanda-t-elle.

— Quoi, moi ?

Elle le regardait de ses grands yeux qui se teintaient d'ambre sous l'éclairage tamisé. Fasciné par son regard de fée, il sentit sa résolution faiblir.

— Ça fait encore mal ?

De quoi parlait-elle ? De son enfance ?

Les cils de Paige dessinaient des ombres sur ses joues… on aurait dit de la dentelle.

— Quoi donc ?

— Ton épaule.

Le charme fut rompu. Ty haussa ostensiblement son épaule malade. On ne l'y reprendrait plus, à se conduire en adolescent amoureux.

— Comme tu le vois, ça va.

Cela commençait mal. Il avait tout sauf le contrôle, ce soir. Il avait intérêt à se ressaisir, ou Paige le ferait bientôt rouler sur le dos, comme un chiot quémandant caresses et friandises.

Tyler Reese, chirurgien traumatologue, ne s'abaissait pas à quémander, surtout auprès des femmes.

Il devait reprendre la main.

— Si tu m'expliquais pourquoi tu ne veux pas opérer aux urgences ? C'est la première fois que je vois un urgentiste spécialiste en pédiatrie se cantonner à un rôle de consultant.

Le regard bleu ambré s'assombrit. De toute évidence, la question ne lui plaisait pas.

— Cela me convient. Je ne pénalise en rien le service puisqu'il y a d'autres pédiatres détachés au bloc.

— Mais pourquoi ce refus d'opérer ?

Avant qu'elle puisse répondre, la serveuse arriva pour prendre leur commande.

Ils optèrent pour des entrecôtes, accompagnées de frites. Toute mince que Paige fût, elle ne faisait pas de régime, ce dont il se félicita. Il détestait les créatures qui s'affamaient en ne grignotant que deux feuilles de salade accompagnées d'une vinaigrette *light*. Quand la serveuse revint quelques instants plus tard avec leurs plats, le visage de Paige s'illumina. Elle attaqua son repas comme si elle n'avait pas mangé depuis trois jours.

Après quelques bouchées, sentant sans doute qu'il l'observait, elle arrêta sa fourchette à mi-chemin de sa bouche.

— Quoi ? dit-elle avec l'air d'une gamine prise la main dans le sac de bonbons. J'ai faim, moi ! La journée a été si chargée aux urgences que je n'ai pas eu le temps de déjeuner.

Elle lui tendait incidemment la perche pour remettre le sujet sur le tapis.

— Les urgences sont d'ordinaire l'endroit où les jeunes pédiatres font leurs armes, dit-il. C'est étrange qu'une spécialiste confirmée comme toi ait choisi d'y travailler à plein temps.

— Toi, quand tu as une idée dans la tête, tu ne l'as pas ailleurs ! Tu veux savoir pourquoi j'ai choisi les urgences ? Pour l'argent, dit-elle en rougissant un peu.

— L'argent ? demanda-t-il, étonné.

Elle ne lui semblait pas du genre âpre au gain. Mais il n'était pas très bon juge en matière de femmes, d'autant que certaines cachaient bien leur jeu.

— Les salaires ne doivent pas être très élevés dans ce petit hôpital. En ville, tu gagnerais nettement plus.

— Je n'ai pas le choix…

Elle s'interrompit, comme si elle hésitait à en dire plus.

— J'avais une bourse…

— Ah. J'ai compris. Tu es obligée d'aller là où on t'envoie.

— Oui. Remarque, il y a pire qu'ici…

Elle se tourna vers le port, la jetée, et Ty n'eut pas besoin de suivre son regard pour savoir ce qu'elle voyait. Une petite ville pittoresque nichée entre le détroit de Juan de Fuca et le parc national de la péninsule Olympique.

— Une camarade qui a fait ses études avec moi a été envoyée dans un trou perdu du Wyoming, rempli de montagnards taiseux qui grognent, crachent et se grattent, y compris dans la salle de consultation. À côté, Port St. John est le paradis.

Soudain, elle repoussa son assiette et tira celle de Ty à elle. Avant qu'il ne comprenne ce qu'elle faisait, elle se mit à découper sa viande en petits morceaux. La délicate attention le toucha. C'était bien d'elle, à la fois brutale et généreuse…

— J'ai encore une année à tirer aux urgences de Port St. John. Ensuite, je serai libre d'aller voir ailleurs.

— Si tu veux, je peux parler à mon père pour qu'il écourte ta peine…

— Non, dit-elle d'un ton catégorique. Un contrat est un contrat. Et puis, j'ai pris mes marques, ici.

Une réponse différente l'aurait étonné. En plus d'être coriace, courageuse, et à l'occasion, généreuse, elle était farouchement indépendante.

— Je n'en doute pas, mais il n'y a pas de honte à accepter de l'aide de temps en temps.

— Cela dépend.

— De quoi ?

— De ce qu'exige en retour celui qui veut m'aider.

Il fut choqué par ce qu'elle insinuait.

— Tu crois que mon père profiterait…

— Bien sûr que non, dit-elle aussitôt en repoussant le steak prédécoupé vers lui.

— Alors, c'est moi que tu soupçonnes de vouloir profiter de la situation ?

— Non. Tu as beaucoup de défauts, mais tu ne me sembles pas de ce genre-là.

— Alors, que voulais-tu dire ?

— Rien. C'était une remarque d'ordre général.

Et elle se remit à manger son entrecôte avec appétit.

Ne sachant plus que croire, il piqua un morceau de steak sur sa fourchette. Cette femme avait vraiment le chic pour souffler le chaud et le froid. À moins qu'elle n'ait connu des individus qui, en échange d'un petit service, lui aient demandé des faveurs sexuelles. Seigneur. Mais quel genre d'hommes avait-elle donc fréquenté ?

— Ce que je veux dire, dit-elle finalement, c'est que les gens rendent rarement service pour nos beaux yeux. Ils attendent quelque chose en retour. De toute façon, les hommes ne me…

Les joues en feu, elle piqua le nez dans son assiette et laissa la phrase en suspens.

Il commençait à en avoir assez, de toutes ces phrases inachevées qui semaient le doute dans son esprit.

— Ne t'interromps pas juste quand la conversation devient intéressante. Les hommes ne te font pas quoi ?

La jolie bouche de Paige se pinça.

— Les hommes ne me considèrent pas comme une femme avec qui ils pourraient flirter, dit-elle d'un air chagrin. Ils me traitent comme la rigolote de service ou la bonne copine. Voilà, tu es content ?

Il n'avait jamais rien entendu d'aussi ridicule.

— Je ne sais quels hommes tu as fréquentés, mais

soit c'étaient de sacrés imbéciles, soit ils n'étaient pas constitués normalement.

À la sortie du restaurant, Paige se sentait de meilleure humeur. Sans doute l'excellent vin qu'ils avaient bu y était-il pour quelque chose. Et le compliment de Ty lui avait mis du baume au cœur. À mots couverts, il lui avait signifié qu'il la trouvait désirable. Lui, l'homme le plus renversant qu'elle ait jamais rencontré.

Elle le suivit en direction du 4x4. Pour la première fois depuis des mois, elle se sentait détendue.

Tellement détendue qu'elle s'endormit durant le trajet. Quand Ty la secoua doucement pour la réveiller, elle sursauta et ouvrit les yeux. Puis s'écarta vivement en constatant qu'elle avait la tête posée sur son épaule.

Ils étaient garés devant la maison.

— Reste, dit-il d'une voix douce en l'attirant contre lui.

Incapable de résister, elle cala sa joue contre le solide torse en poussant un soupir de plaisir. La dernière fois qu'elle avait laissé quelqu'un la tenir dans ses bras remontait à très, très longtemps.

C'était agréable. Et excitant.

— Tu t'endors de nouveau ? demanda-t-il.

Les meilleures choses avaient une fin.

Elle mit pied à terre, remonta l'allée en cherchant ses clés dans son sac. Ty la rejoignit sous le porche et, lui prenant d'autorité la clé des mains, ouvrit la porte. Puis il se retourna vers elle, souriant.

Qu'attendait-il ? Un baiser ? Elle n'était pas contre… Pour l'encourager, elle leva la main pour souligner du doigt le contour de ses lèvres sculptées.

— Tu sais que tu as une jolie bouche ?

— Les hommes n'ont pas de *jolies* bouches. Je te défends d'utiliser cet adjectif en parlant de moi.

— J'utiliserai l'adjectif qui me plaît, docteur Macho.

— Que ce soit clair, il n'y a rien de *joli* en moi. Toi, par contre, tu es jolie de partout, surtout là, dit-il, le regard fixé sur sa bouche.

Il l'embrassa enfin, trop chastement au goût de Paige. Quand allait-il donc passer à la vitesse supérieure ?

— Tu me rends fou, Paige…

Soudain, il l'entraîna dans le vestibule et la plaqua contre le mur. Relevant sa robe, il glissa sa cuisse entre ses jambes. Là, il allait trop vite, mais elle n'allait pas s'en plaindre.

D'un coup de coude, il referma la porte et appuya sa cuisse musclée contre son entrejambe. Et elle se sentit défaillir de plaisir. Ses jambes chancelaient. Sans la cuisse de Ty pour la retenir, elle serait tombée.

Il glissa la main dans son dos, moula ses fesses.

— Tu sens bon, dit-il contre sa gorge… Les fruits… Ou les marshmallows.

— Les cerises, murmura-t-elle, le souffle court.

Peut-être. Elle n'était plus sûre du parfum de son gel douche.

Les doigts de Ty se glissèrent sous son panty, et elle sentit la délicieuse palpitation du désir s'accélérer entre ses jambes. Ses dernières velléités de résistance s'évanouirent, et elle s'abandonna aux sensations qui déferlaient en elle.

Éperdue, elle promena les mains sur le corps de Ty, défit sa chemise qu'elle fit glisser le long de ses bras. Il y avait tant à toucher. Son torse, son ventre, ses abdominaux d'acier… et ce membre si long et dur. Gagnant en audace, elle glissa la main sous la ceinture de son jean pour le caresser.

Il reprit sa bouche pour la dévorer.

— Paige, si tu ne veux pas aller jusqu'au bout, dis-le maintenant.

— Non, je n'ai pas l'intention d'arrêter. Et j'espère que toi non plus. Sinon…

— Sinon, quoi ?

— Je te ferais très mal.

— Ce ne serait pas la première fois. Et si nous poursuivions notre corps-à-corps dans un endroit plus confortable ?

Approuvant la suggestion, elle lui prit la main et le guida vers sa chambre.

7.

Paige se gara sur le parking de l'hôpital un peu après 6 heures. Sa garde ne démarrait qu'à 7, mais, après la nuit mémorable qu'elle avait passée en compagnie de Ty, elle débordait d'énergie et était impatiente de commencer la journée.

Quand elle s'était réveillée, lovée au côté de cet homme endormi, sublime dans sa splendeur virile et sa nudité, elle avait failli céder à la tentation de rester bien au chaud contre lui.

La douche lui avait éclairci les idées et avait chassé les phéromones et autres indices de déchaînements hormonaux qui avaient neutralisé ses neurones la veille au soir.

Ty n'avait été qu'une aventure d'une nuit. Il valait mieux s'en aller avant qu'il se réveille, afin d'éviter l'embarras des lendemains de fête. Une fête sensuelle, un feu d'artifice de sensations.

C'était terminé. Avec un peu de chance, cette nuit où elle avait été comblée de plaisirs la guérirait de l'obsession qu'elle nourrissait jusque-là au sujet de son beau voisin. Maintenant qu'elle avait fait l'amour avec lui, elle pouvait passer à autre chose.

De toute façon, elle n'avait pas le choix. Ty ne s'attacherait pas à une femme comme elle. Réclamer davantage aurait été stupide.

Incarnation du mâle triomphant, Ty était l'un de ces hommes que toutes les femmes auraient dû avoir au moins une fois dans leur lit. À l'âge avancé de trente ans, Paige avait eu ce privilège.

La sagesse lui dictait de s'en contenter.

— Efface ce sourire idiot que tu as sur le visage, dit-elle à son reflet dans le rétroviseur. Et tous les souvenirs de ces dernières huit heures, tant que tu y es.

Affichant son air le plus sérieux, elle sortit de voiture et étira ses membres un peu courbaturés par les glorieuses acrobaties de la nuit. C'était qu'ils avaient fait des…

Non. Défense d'y penser.

Son estomac lui rappelait qu'elle était partie sans prendre de petit déjeuner. Au lieu de se diriger vers l'aile des urgences, elle entra dans le bâtiment principal et prit le couloir de la cafétéria.

Il était encore très tôt, presque toutes les tables étaient vides.

Paige prit un café et deux pâtisseries danoises. Par souci de diététique, elle était en train d'ajouter une pomme sur son plateau quand son portable bourdonna.

C'était un message de « Méga-enquiquineuse ».

Retourne-toi.

Paige obéit. Frankie était assise à une table du fond, les pieds cavalièrement posés sur la chaise d'en face. Son plateau en main, Paige mit le cap vers elle.

— Comment s'est passé ton rendez-vous d'hier soir ? demanda Frankie. Celui dont j'ai appris l'existence par une serveuse du Surf 'n Turf parce que ma meilleure amie n'avait pas pris la peine de m'en parler.

Zut. Tout se savait dans cette ville.

— Ce n'était pas vraiment un rendez-vous. Mon frigo était vide et mon voisin n'avait pas envie de dîner seul, dit-elle en improvisant à la volée. Nous nous sommes rendu mutuellement service.

— Et tu crois que je vais avaler ça ? C'était comment ?

Inutile de mentir plus longtemps.

— Bien.

— Très bien, même, à en juger par l'expression de ton visage. Tu as l'air comblé de la femme qui sort du lit de Brad Pitt. Ou de Ryan Gosling, si tu préfères.

Les yeux de Frankie pétillaient de malice.

— Raconte. Je veux des détails.

— Et quoi encore ? Je ne te dirai rien.

— Comme tu voudras. En tout cas, je suis contente que tu te sois enfin autorisé un petit écart. Et avec Ty Reese, s'il vous plaît !

— Ça va, inutile de le crier sur les toits !

— Il n'y a personne pour nous entendre. J'espère que tu sais ce que tu fais, Paige. Ty est…

— Je sais ; il n'est pas pour moi.

Son appétit venait de s'envoler.

Frankie avait raison de la mettre en garde. Paige jouait à la femme libérée, satisfaite d'avoir eu son heure de gloire avec Ty, mais la vérité était nettement moins avouable. Elle avait Ty dans la peau, et passer à autre chose serait beaucoup moins facile qu'elle ne le prétendait.

Elle avait cru pouvoir se contenter d'une nuit sans lendemain, mais elle n'était pas programmée pour ce genre de plaisirs éphémères, sans doute à cause de son enfance. Il lui fallait du stable, du permanent. Tout le contraire de ce que Ty avait à lui proposer.

— Il s'en ira et…

— … Me brisera le cœur, je sais.

Frankie hocha la tête. Dans son regard, l'exaspération le disputait à la compassion.

— Je ne veux pas que tu souffres, Paige.

— Ne t'inquiète pas pour moi. Je sais ce que je fais.

Faux. Elle n'en avait aucune idée, et c'était la faute de Ty qui l'avait envoûtée avec ses yeux bleu clair, sa voix rauque et sexy, et ce corps de rêve…

Ce qu'elle craignait était arrivé. Pour son malheur, elle était tombée amoureuse de Tyler Reese.

Ty se réveilla en entendant cogner à la porte. Qui était-ce ? Puis il se souvint qu'il était chez Paige et tendit d'instinct la main à côté de lui. La place était vide. L'oiseau s'était envolé. Et un idiot était en train de défoncer la porte.

Enroulant une serviette de bain autour de ses hanches, il descendit au rez-de-chaussée et ouvrit la porte à toute volée, prêt à dire ses quatre vérités à l'importun.

Surprise, c'était Nate. Baissant ses lunettes noires, celui-ci observa sa tenue en haussant les sourcils d'un air amusé.

— Qu'est-ce que tu veux ? demanda Ty sans s'embarrasser de politesses.

Il était de mauvaise humeur, à cause de l'absence de Paige. D'habitude, c'était lui qui quittait ses partenaires à l'aube, pas l'inverse.

— Bonjour à toi aussi, charmant jeune homme. J'ai apporté des bagels, dit Nate en lui montrant le sac de papier brun qu'il tenait à la main.

— Que fais-tu ici ?

— Je suis ici pour te sauver du méchant Navy Seal qui cherchait sa sœur tout à l'heure. Il était sur le perron, prêt à utiliser sur toi ses techniques meurtrières cautionnées par le gouvernement.

— Quel Navy Seal ?

— Je te l'ai dit, il cherchait sa sœur, le Dr Paige Carlyle. Imagine un peu le tableau si tu avais répondu à la porte, vêtu de ton pagne en serviette-éponge…

En effet. La situation aurait été des plus embarrassantes.

— Tu devrais te voir ! dit Nate en riant. On dirait que tu as envie de tuer quelqu'un.

— Oui, toi ! Mais tu ne vaux pas la peine que je fasse vingt ans de prison.

— Détends-toi. Je l'ai envoyé à l'hôpital en lui disant que sa sœur s'y trouvait. Sinon, il t'aurait haché menu.

Ty aurait voulu répondre qu'il était assez grand pour se défendre tout seul, sauf que ce n'était pas vrai. Face à un Navy Seal, il n'aurait pas fait le poids avec son épaule en kit.

— Ça ne me dit toujours pas ce que tu fais ici. Je te croyais de garde.

— J'ai échangé avec un collègue qui voulait se la couler douce demain. Si tu veux, on peut aller faire du bateau. J'ai d'abord frappé chez toi et appelé sur ton portable. Comme tu ne répondais pas, je me suis dit que tu étais peut-être ici… Je n'y croyais qu'à moitié parce que la dernière fois que tu m'as parlé de Paige, c'était en des termes pas très flatteurs — tu la traitais de « folle furieuse » si ma mémoire est bonne.

Haussant les épaules, Ty regarda le ciel. Bleu sans un nuage. La température, par contre, était glaciale. Il était bien placé pour la sentir, avec son « pagne ».

— Il ne fait pas un peu froid pour faire du bateau ?

— Froid ? C'est bien des Californiens, de ne pas supporter une petite brise vivifiante.

Exaspéré, Ty le tira par le bras dans le vestibule.

— Rentre avant que les voisins n'appellent la police.

— Pour attentat à la pudeur. Après ta violation de domicile de l'autre jour, tu serais bon pour une comparution immédiate. Que fais-tu ici ? Et ne me dis pas que ta douche est en panne et que tu es venu utiliser celle de ta voisine !

Nate remarqua les vêtements éparpillés au sol.

— Hum. Inutile de m'expliquer. J'ai compris.

Ty, les dents serrées, ramassa sa chemise et l'enfila.

— Si j'avais su que tu filais le parfait amour avec Paige, je t'aurais présenté à son frère, dit Nate, l'œil pétillant de malice. Cela t'aurait permis de connaître la famille.

— Je ne file pas le parfait amour avec Paige !

— D'accord, d'accord. Si tu veux défendre l'honneur de ta belle, je comprends.

— Je ne… Oh ! et puis, va au diable !

— Si Paige ne représente rien pour toi, ça ne te dérangera pas que je l'invite à sortir un soir. Il paraît qu'on ne s'ennuie pas un seul instant en sa compagnie.

Ty le fusilla du regard.

— Je te le défends, tu entends ?

Son ami sourit d'une oreille à l'autre.

— C'est bien ce que je pensais. Tu as le béguin pour elle. Et attention, je n'ai pas dit que c'était une fille facile. Aucun des gars qui sont sortis avec elle n'a jamais vu la couleur de ses sous-vêtements. Ce qui n'est pas ton cas, je suppose…

Ty serra les dents. Surtout, ne pas céder à la provocation.

— Bon, on les mange, ces bagels ? dit Nate devant son silence. Mais chez toi. Il ne faudrait pas que le frère revienne et nous trouve en train de prendre le petit déjeuner chez sa frangine. J'ai beau savoir me défendre, je ne ferais pas le poids face à un Navy Seal. C'est Terminator, ces types-là.

Quelques minutes plus tard, attablé chez Ty devant un café, Nate revint à la charge.

— Si Paige n'est pas ta petite amie, qu'est-ce qu'elle représente pour toi ?

Ty sirota son café en faisant semblant de ne pas avoir entendu la question. Il aurait été bien en peine d'y répondre. Sous ses dehors de dure à cuire, Paige avait un cœur tendre, elle était attachante…

Mais elle n'était pas sa petite amie. Elle avait été très claire sur ce point en s'esquivant avant qu'il se réveille, comme pour lui signifier : « On s'est bien amusés. Merci et au revoir. »

La sagesse aurait voulu qu'il en reste là. Mais une seule nuit avec Paige ne lui suffisait pas, il lui fallait davantage.

Cette femme était un mystère. Il voulait le percer avant de repartir en Californie.

Le lundi suivant, à la fin de sa journée de travail, Paige sortit sur le parking de l'hôpital sous une pluie diluvienne. La péninsule Olympique essuyait une tempête depuis quelques jours ; des vagues hautes de trois mètres s'écrasaient sur la digue, et les bateaux de pêche étaient obligés de rester au port.

En quelques secondes, elle fut trempée jusqu'aux os. Pataugeant dans l'eau, elle se baissa pour ramasser ses clés qui avaient glissé de ses doigts glacés. Elle ouvrit tant bien que mal la portière et se glissa derrière le volant. Prendre le volant de Bertha était-il bien prudent par ce temps ?

Comme promis, Harry, son voisin, lui avait obtenu une remise sur le prix de la réparation, mais le garagiste avait prévenu Paige qu'il ne fallait pas espérer de miracles. Sans révision complète du moteur, Bertha risquait de retomber en panne, « surtout par temps humide », avait-il ajouté.

Il lui avait présenté un devis pour la révision complète : il fallait compter dans les huit cents dollars plus le prix des pièces à changer, plus celui de la main-d'œuvre, sans oublier les taxes…

Ses finances ne lui permettaient pas la révision complète, ni même une demi-révision, à supposer que cela existe. Et elle s'était donc résignée à trembler à chaque fois qu'il y aurait trois gouttes de pluie, a fortiori une tempête comme ce soir.

Croisant les doigts, elle glissa la clé dans le contact. Miracle. Bertha ronronna du premier coup. Bonne vieille Bertha, elle en avait encore sous le capot, n'en déplaise au garagiste.

— Le sort en est jeté, ma vieille. On rentre à la maison.

Il pleuvait si fort que certaines rues s'étaient transformées en rivières. Paige prit les grandes artères en roulant au pas, ses doigts se crispaient sur le volant chaque fois que les roues de Bertha dérapaient sur la chaussée.

L'*aquaplanage* était aussi dangereux que le verglas.

Las, maintenant qu'elle était partie, il ne lui restait plus qu'à continuer.

Elle était à mi-chemin quand la pluie se transforma en grêle et bombarda le toit de Bertha de ses petits missiles. Le pare-brise devint opaque — les poussifs essuie-glaces ne servaient à rien — et la rue, une patinoire.

Enfin, elle arriva chez elle, en un seul morceau mais très éprouvée. Les jambes tremblantes, elle remonta l'allée plongée dans le noir — les réverbères étaient éteints, sans doute à cause d'une panne de courant. En cherchant ses clés dans son sac, elle ne put s'empêcher de jeter un coup d'œil à la maison mitoyenne.

Elle n'avait pas revu Ty depuis « La Nuit », comme elle l'appelait. Il lui faudrait au moins dix ans pour oublier la manière honteuse dont elle s'était jetée à son cou, elle n'était pas pressée de le croiser sur le pas de la porte.

En parlant de porte… Celle de Ty était grand ouverte. Avait-il oublié de la fermer en partant ? Y avait-il eu effraction ?

Elle s'approcha à pas hésitants pour jeter un coup d'œil dans le vestibule, s'attendant à tout moment à voir quelqu'un surgir des ténèbres. Ne voyant personne, elle s'aventura à l'intérieur.

Dans le noir, elle ne distingua d'abord que la forme des meubles. Puis ses yeux s'accoutumèrent à l'obscurité. Tout semblait en ordre.

— Ty ?

Du bas de l'escalier, elle l'appela de nouveau. Aucune réponse.

Peut-être était-il sorti vérifier la boîte à fusibles.

Les souvenirs des films d'horreur qu'elle avait vus avec Frankie lui revinrent à l'esprit. Ne voulant pas finir comme les bimbos inconscientes qui périssaient sous la hache du tueur ou à coups de tronçonneuse, elle fit demi-tour et vit alors son pire cauchemar se matérialiser sous la forme d'une silhouette noire géante qui se découpait dans l'encadrement de la porte. Un éclair déchira le ciel à cet instant, illuminant la scène d'une lumière livide.

Paige ouvrit la bouche sans qu'aucun cri n'en sorte. La peur la tétanisait.

— Paige ? dit alors une voix familière.

Ty.

Son soulagement fut tel qu'elle sentit ses jambes se dérober sous elle. Telle une poupée de chiffon, elle s'affaissa au sol.

Ty s'accroupit à son côté.

— Que se passe-t-il, Paige ? dit-il en écartant les mèches mouillées de son front. Réponds-moi, bon sang !

— Ça va, parvint-elle à murmurer. Tu… Tu m'as fait la peur de ma vie.

— Décidément, ça devient une habitude.

Elle qui voulait être à son avantage pour le revoir, c'était réussi. Elle devait avoir l'air d'un rat noyé et terrifié. Cette pensée lui arracha un rire nerveux.

Comme elle continuait à rire, il lui prit le menton pour la dévisager. Elle se remit alors à trembler, mais pas de peur. Le souvenir de…

Non. Défense d'y penser.

Repoussant sa main, elle se releva.

— J'ai… J'ai vu ta porte ouverte et j'ai pensé… Peu importe.

Ce qu'elle avait pensé était ridicule. La faute à la tempête et aux souvenirs des films *gore*. Claquant des dents, elle se dirigea vers la porte.

— Hé, attends.

— Puisque tu vas bien, je… Je n'ai rien à faire ici.

Il fallait qu'elle s'éloigne au plus vite des ondes de chaleur qui se dégageaient du corps délectable de Ty, corps dont elle rêvait toutes les nuits depuis « La Nuit ».

— Ne sois pas ridicule, dit-il en l'attrapant par le bras pour la faire se retourner.

Contrairement à elle, il ne semblait nullement embarrassé. Sans doute avait-il l'habitude de faire face à ses conquêtes d'une nuit.

— Il n'y a pas d'électricité. Peut-être un fusible a-t-il sauté, mais je n'y vois rien dans le noir.

Il disparut et revint une minute plus tard avec deux serviettes de bain. Il lui en tendit une et commença à s'essuyer les cheveux avec l'autre.

— Cette fichue tempête ne faiblit pas, depuis des jours qu'elle dure.

Paige enfouit son visage dans le moelleux tissu-éponge.

— J'écoutais la radio dans la voiture. Ils disaient que la tempête était due à la collision entre un front chaud venu de Californie et l'air polaire qui descend en droite ligne de l'Alaska.

L'air glacial s'engouffrait dans le vestibule et envoyait la grêle sous l'auvent du porche. Grâce à quelques lumières qui brillaient sur le port — la marina disposait de groupes électrogènes —, Paige pouvait distinguer les maisons voisines. Celle de Harry était plongée dans le noir.

— Ce n'est pas un problème de fusible. La panne de courant est sans doute générale. Je m'inquiète pour Harry…

Sans pouvoir se l'expliquer, elle avait un mauvais pressentiment.

— Je vais aller voir chez lui, proposa Ty.

— Je suis assez grande pour y aller seule, merci.

Lui jetant la serviette au visage, elle dévala les marches du porche et prit l'allée longeant les maisons. Sans doute se faisait-elle encore un film. Harry devait être tranquillement assis devant sa cheminée, un verre de whisky à la main, à attendre que les éléments se calment et que la lumière revienne.

Le bras en visière devant les yeux pour se protéger de la grêle qui lui fouettait le visage, elle monta les marches du perron et frappa à la porte de son voisin. Pas de réponse.

Peut-être n'entendait-il pas à cause du vent ? Elle frappa plus fort, puis se mit à tambouriner contre le battant de chêne. Rien.

Ty, qui l'avait rejointe avec une lampe-torche, essaya la poignée pendant que Paige regardait à travers l'imposte en verre opaque jouxtant la porte dans l'espoir d'apercevoir un mouvement.

— Peut-être s'est-il endormi, dit Ty.

— Avec le raffut que fait la tempête ? Cela m'étonnerait.

L'angoisse montait en elle. Elle ne connaissait son vieux voisin que depuis huit mois, mais elle l'aimait beaucoup et le considérait un peu comme son grand-père. S'il lui était arrivé malheur, elle ne le supporterait pas.

Tremblant, et pas seulement à cause du froid, Paige contourna la maison et monta le petit escalier en bois menant à la véranda couverte. Son pied glissa sur les marches couvertes de grêlons, et elle faillit emboutir tête la première le panneau vitré.

Elle posa la main sur la poignée de la porte coulissante et eut la bonne surprise de constater que celle-ci n'était pas verrouillée. Un peu hésitante, elle entra dans la véranda.

Qu'allait-elle découvrir ?

— Harry ? Monsieur Andersen ? C'est Paige.

Et d'adresser une prière silencieuse au ciel.

Seigneur, faites que Harry aille bien. Faites qu'il soit endormi dans son fauteuil et qu'il se réveille en sursaut en entendant ma voix.

Hélas, ce qu'elle trouva lui serra le cœur.

Allongé sur le ventre, Harry gisait sur le carrelage de la cuisine.

8.

— Harry ! cria Paige en se précipitant vers lui. Harry, vous m'entendez ?

Ty les rejoignit.

— Ne le touche pas jusqu'à ce qu'on sache de quoi il retourne. Je vais appeler une ambulance et déverrouiller la porte d'entrée.

Paige posa un doigt tremblant sur la carotide de Harry. À son grand soulagement, elle sentit un pouls. Un pouls chaotique et filant.

— Il est vivant ! cria-t-elle en direction de Ty dans le vestibule. J'ai un pouls, mais il fibrille, avec des épisodes de tachycardie supra-ventriculaire…

Une expression sombre sur le visage, Ty réapparut sur le seuil de la cuisine.

— Dans combien de temps l'ambulance sera-t-elle là ? lui demanda-t-elle.

— On va devoir se débrouiller seuls pour le moment. Il y a eu un carambolage sur l'autoroute, tous les véhicules de secours sont mobilisés pour répartir les blessés dans les hôpitaux de la région. Le régulateur dit qu'il nous envoie une voiture dès que possible.

— Je vais retourner Harry sur le dos pour commencer le massage cardiaque externe.

À la lueur de la lampe-torche, le visage de son vieil ami, d'habitude brun et buriné, avait pris une couleur de cendre. Elle lui souleva une paupière pour vérifier la réaction de la pupille. Elle était normale. On pouvait déjà éliminer l'accident vasculaire cérébral.

Les mains de Paige tremblaient. Elle n'avait jamais eu à pratiquer de gestes de réanimation sur quelqu'un qu'elle connaissait et aimait.

Plaçant les talons de ses paumes sur la poitrine de Harry, elle entrelaça les doigts et appuya de toutes ses forces sur la partie inférieure du sternum.

— Je vais chercher ma trousse médicale, dit Ty.

Il disparut avant qu'elle n'ait eu le temps de lui demander la sienne par la même occasion.

Après trente compressions thoraciques, elle alterna avec le bouche-à-bouche. Sa plus grande inquiétude était qu'un caillot de sang ne se forme dans le cœur de son vieil ami et qu'il meure avant d'arriver aux urgences.

Ty revint et posa le kit de réanimation à côté d'elle.

— Trouve une veine. Il faut le réhydrater de toute urgence, dit-il en sortant une poche de liquide de Ringer. J'ai vu qu'il y avait une boîte de médicaments contre la diarrhée sur le buffet — Harry a dû attraper le virus qui traînait en ville et essayé de se soigner lui-même.

Cela ressemblait bien à Harry, de ne pas consulter le médecin. Paige s'en voulut de pas avoir fait davantage attention à lui ces derniers temps. Occupée à éviter Ty, elle avait fui sa maison, partant aux aurores pour ne revenir que le soir, et elle avait délaissé son vieil ami. À sa grande honte, elle se rendit compte qu'elle ne lui avait pas rendu visite une seule fois la semaine précédente.

Résultat, il était maintenant victime d'une déshydratation sévère dont il risquait de mourir.

Afin de trouver plus facilement une veine, elle noua un garrot autour du bras du vieillard. Dès que la veine apparut, elle y inséra l'aiguille de la perfusion. Puis elle lia la canule à la poche de liquide physiologique que Ty avait accroché au dos d'une chaise.

Depuis combien de temps Harry était-il inconscient ? Et quand l'ambulance allait-elle arriver ?

Injecter également du glucose dans la perf aurait été une bonne idée. Il devait bien y avoir du sucre quelque part dans les placards. Il suffirait de le diluer dans de l'eau.

— Tu veux bien prendre le relais pour les compressions ? demanda-t-elle à Ty. Je vais essayer de trouver du sucre pour l'ajouter à la perf.

Elle vit le visage de Ty se rembrunir.

— Comment veux-tu que je fasse un massage cardiaque ? Tu sais bien que je suis bon à rien pour le moment ! répliqua-t-il d'une voix excédée en lui montrant son bras dans le plâtre. Et je risque de l'être définitivement si je ne retrouve pas l'usage de ma main.

Il se trompait. Même s'il devait renoncer à opérer, il pourrait toujours exercer en tant que traumatologue consultant et transmettre sa précieuse expérience aux médecins débutants.

— Tu es plus qu'un simple chirurgien, Ty, dit-elle en reprenant les compressions. Tu trouveras une autre manière de te rendre utile…

Visiblement furieux, il lui tourna le dos pour ouvrir un placard.

D'accord. Le sujet était tabou.

Le plus terrible, c'était qu'elle en avait mal pour lui comme s'il était son fiancé ou son petit ami. Comment pouvait-elle être aussi stupide ?

Le visage fermé, il lui tendit une tasse remplie d'une eau blanchâtre.

— J'y ai écrasé quelques morceaux de sucre.

Elle ajouta le liquide au compte-gouttes dont elle accéléra le débit puis elle reprit le massage cardiaque. Seul le hurlement du vent rompait le silence de mort qui régnait dans la pièce. La tension était palpable.

— Cela doit t'arranger, que je sois inopérationnel, n'est-ce pas ? lança-t-il enfin d'une voix aigrie.

— Pourquoi dis-tu cela ?

— Parce que tu es le genre de femme qui ne veut rien devoir aux autres.

Si elle était devenue ce genre de femme, c'était parce qu'elle n'avait pu compter que sur elle-même depuis l'âge de quinze ans.

Elle était sur le point de le dire à Ty quand la sirène de l'ambulance leur parvint. Quelques secondes plus tard, Frankie et son coéquipier Dale Franklin firent irruption dans la pièce avec une civière.

S'efforçant de chasser l'accusation de Ty de son esprit, Paige leur résuma la situation.

Frankie prit les constantes du patient en ignorant ouvertement Ty qui, les bras croisés, l'observait d'un air vengeur.

Parce qu'il n'était pas en mesure d'exercer son métier, il en voulait au monde entier, et Paige ne pouvait, hélas, rien faire pour lui.

Quand elle voulut aider Frankie et Dale à charger Harry sur la civière, Ty la retint par le bras et l'attira contre son torse.

— Laisse-les faire leur travail, lui murmura-t-il à l'oreille.

Elle se tourna vers lui pour protester et découvrit une douceur inattendue dans son regard, presque de la tendresse. Malgré les griefs qu'elle nourrissait contre lui, elle se sentit fléchir.

La chaleur du corps de Ty s'insinuait en elle. Comment faisait-il pour dégager une telle chaleur alors qu'il était aussi trempé qu'elle ?

Au prix d'un effort considérable, elle s'écarta.

— C'est *mon* travail aussi. J'espère que Harry se remettra.

— Ce sera grâce à toi.

— Pourvu qu'on ne soit pas arrivés trop tard.

Dale et Frankie disparurent dans le couloir avec la civière. Paige se crispa. Était-ce la dernière fois que son vieil ami franchissait le seuil de sa maison ?

Très émue, Paige porta la main à sa bouche pour empêcher ses lèvres de trembler.

— Tu as fait tout ce que tu pouvais pour lui, dit Ty en la retenant comme elle s'apprêtait à le suivre. Maintenant, tu ferais mieux d'aller chez toi te changer si tu ne veux pas attraper une pneumonie. Ensuite, si tu veux, je t'emmènerai à l'hôpital.

Elle secoua la tête.

— Non. Je vais les accompagner dans l'ambulance. De toute façon, je ne te laisserai pas m'y conduire, je sais combien tu as peur de remettre les pieds dans un hôpital.

Et elle s'empressa de rejoindre Frankie et Dale.

Enfin seul, Ty poussa un juron.

— Pour qui se prend-elle, avec sa psychanalyse de comptoir ? Je n'ai pas peur, dit-il en martelant les syllabes.

Un silence moqueur lui répondit.

S'il avait peur de quelque chose, ce n'était pas d'aller à l'hôpital. C'était de Paige.

Elle l'effrayait avec ses grands yeux qui semblaient lire en lui. Et ce sourire toujours au beau fixe… Ce n'était pas possible, de sourire autant et d'être sincère.

Pourtant ce sourire lui manquait terriblement depuis une semaine.

À la fois farouchement indépendante, vulnérable et fragile, cette femme était une véritable énigme. Au lieu de s'accrocher à lui comme la plupart de ses petites amies, elle avait pris les devants pour lui signifier que leur nuit n'aurait pas de lendemain. Se retrouver seul au réveil dans le lit de sa conquête avait été une première.

Cela aurait dû l'arranger puisqu'il ne voulait pas s'attacher. Alors, pourquoi, ces derniers jours, n'avait-il cessé de penser à Paige ?

Il était venu à Port St. John pour être seul. Ce n'était pas un crime. Chacun avait besoin, à un moment ou un autre de sa vie, de tranquillité pour faire le point, sans qu'on le traite de lâche.

Paige aurait voulu qu'il se conduise comme si tout allait bien. Mais *rien* n'allait bien. L'avenir était terriblement incertain. Allait-il pouvoir réutiliser sa main droite et reprendre son travail de chirurgien ? Sans parler des sentiments croissants que lui inspirait sa jolie voisine. C'était la première fois qu'il éprouvait un attachement aussi fort envers une femme. Il se repassait sans cesse dans sa tête le film de leur nuit et rêvait de renouveler l'expérience.

Se maudissant pour sa faiblesse, il remballa le kit de réa. Paige n'était qu'une femme, pas une magicienne qui lui avait jeté un sort. Il y avait sûrement une solution pour ne plus penser à elle.

Pour l'heure, il allait bien tranquillement rentrer chez lui, prendre une longue douche chaude et essayer de ne plus penser à Miss-qui-se-mêle-de-ce-qui-ne-la-regarde-pas. Sans assurance d'y parvenir.

Après avoir verrouillé la porte coulissante de la véranda, il se chercha le trousseau de clés de Harry. Ce dernier allait sûrement être hospitalisé plusieurs jours.

Il voulut appeler son père, qui était le médecin traitant du vieil homme, pour lui demander de prendre Harry en charge à son arrivée. Las, impossible de remettre la main sur son portable. Paige l'aurait-elle empoché par inadvertance en le prenant pour le sien ?

Il ferma la porte d'entrée à clé et reprit l'allée pour regagner sa maison. Rectificatif. Ce n'était pas *sa* maison, mais une baraque glaciale battue par les vents où il ne comptait pas s'éterniser. Plus vite il retournerait au soleil de Malibu, mieux ce serait.

La première chose qu'il ferait là-bas serait de se prélasser sur sa plage préférée en compagnie d'une ravissante femme en bikini qui ne lui demanderait rien de plus qu'un bon moment en sa compagnie.

Enfin, il pourrait reprendre le cours de sa vie sans plus se torturer l'esprit avec des questions existentielles.

Dès l'entrée dans le vestibule, il trébucha sur un objet mou. Poussant un juron, il le ramassa. C'était le sac de Paige. À la lueur de la lampe-torche, il vit que la moitié de son contenu était éparpillée au sol.

Cette femme avait besoin de quelqu'un pour veiller sur elle. C'était un désastre ambulant. Lui, il déclinait cette responsabilité. Pas question de s'attacher à une femme qui avait poussé des cris d'extase dans ses bras durant toute une nuit puis qui l'évitait depuis une semaine comme s'il avait eu la peste.

Secouant la tête d'exaspération, il fourra les objets dans la besace — un portable, des clés, un carnet, un porte-monnaie, un bâton de rouge à lèvres, une trousse de maquillage.

Zut. Il allait falloir qu'il la revoie pour lui restituer tout cela. Et lui demander en retour son portable. Pour le départ pour Malibu, ce n'était pas pour tout de suite, du moins pas jusqu'à ce que Paige soit de retour de l'hôpital. Il n'allait tout de même pas laisser le sac avec les clés sur le perron voisin au risque que quelqu'un le vole ou qu'il soit entraîné par les eaux montantes.

Il attendrait que Paige rentre, lui rendrait son bien, récupérerait son téléphone, puis il garderait ses distances.

Un instant. Comment allait-elle rentrer de l'hôpital puisqu'elle était partie dans l'ambulance ?

Un soupir lui échappa. Encore une fois, il allait devoir jouer les chauffeurs. Ce serait la dernière fois, se promit-il.

Roulant à une allure d'escargot dans les rues inondées, Ty parvint sain et sauf à l'hôpital. À son entrée dans le hall des urgences où régnait l'effervescence des soirs de crise, il se sentit oppressé et dut combattre son envie de faire demi-tour. En d'autres circonstances, il aurait pu prêter main-forte aux médecins. Las, dans l'état où il était il ne servait à rien.

Se faisant violence, il traversa la salle d'attente et se mit en quête de Paige. Il repéra sa menue silhouette. Dos à lui, le cheveu toujours trempé, elle était en train de lire un dossier. Soudain, elle se retourna et poussa un petit cri en l'apercevant.

— Ty ? Que fais-tu là ?

Ses traits étaient tirés par la fatigue et le stress.

— Je suis venu te chercher. Comment va Harry ?

Elle le fixa sans répondre puis ses yeux s'emplirent de larmes. Oh non.

L'étau se resserra d'un cran autour de son torse. Mais c'était lui, l'homme. Il se devait de la soutenir.

Il l'attira à lui et fut aussitôt frappé par sa fragilité extrême. Voir ce petit bout de femme coriace pleurer à chaudes larmes le bouleversait.

— Je suis désolé, Paige... Tellement désolé. Harry représentait beaucoup pour toi, n'est-ce pas ?

Les grands yeux mouillés de Paige se firent plus grands encore sous l'effet de l'étonnement.

— Il n'est pas mort. Il va s'en sortir ; enfin, je crois.

— Ah, je préfère ça !

Pourquoi pleurait-elle, alors ? Peut-être parce que ses nerfs craquaient.

— Le Dr Chapman, ton père, lui a fait passer une batterie de tests. Les résultats sont encourageants. Puisque je suis ici, j'en ai profité pour donner un coup de main aux collègues, poursuivit-elle en prenant le dossier qu'une infirmière lui tendait. Comme tu le vois, nous sommes débordés.

— Je croyais que ta garde était terminée...

Mais Paige ne l'écoutait plus et s'éloignait déjà pour

prendre en charge une mère et son enfant qui semblaient légèrement blessés.

— Tyler, dit Henry Chapman en venant vers lui. Content de voir que tu n'as pas eu d'accident. Et l'épaule ?

— Ça va.

Il se retint de lever les yeux au ciel. Comme il en avait marre que tout le monde lui demande des nouvelles de son bras ou de son épaule !

— Comment va Harry ? Quand nous l'avons trouvé, il était complètement déshydraté. Je ne sais pas combien de temps il est resté inconscient.

— C'est un dur. Il s'en remettra, assura Henry. Il m'a expliqué qu'il avait soigné sa gastro à coups d'antidiurétiques, une erreur qui aurait pu lui être fatale. Une chance que tu l'aies trouvé à temps.

— C'est grâce à Paige.

— Paige, notre pédiatre ? fit Henry en riant.

Il se tourna vers Paige qui était en train de sermonner vertement un brancardier — une véritable armoire à glace — qui avait sans doute mal fait son travail. Ty ne put retenir un sourire.

— Quel feu follet, cette petite doctoresse ! dit son père. Nous avons une chance incroyable de l'avoir. Les enfants l'adorent.

— Pourquoi ne l'affectes-tu pas en pédiatrie ? Sa place n'est pas aux urgences.

En plus de faire partie du conseil d'administration, son illustre père occupait également la fonction de coordinateur des personnels médicaux.

Henry secoua la tête d'un air chagrin.

— Nos finances ne nous permettent pas d'avoir un vrai service de pédiatrie, avec, à sa tête, un spécialiste compétent. J'adresse à Paige tous nos patients de moins de douze ans, et elle fait des merveilles avec les moyens du bord. Mais il y a peut-être de l'espoir — ma demande pour une aile de pédiatrie et la création d'un poste de chef de service est en train d'être examinée par le conseil d'administration. Il suffirait que je puisse rallier une majorité à ma cause, et le projet serait adopté. Je proposerai bien entendu le poste de chef de service à Paige, mais je ne suis pas sûr qu'elle l'accepte. Une fois qu'elle aura fini de rembourser ses dettes envers l'État, elle ira sans doute exercer en ville où elle sera mille fois mieux payée qu'ici. Je ne désespère pas de la faire changer d'avis, mais d'ici là…

Il promena son regard à la ronde.

— Il faut que j'y aille. Tu viens manger à la maison dimanche ?

— Rhonda ne verra pas d'inconvénient à ma présence ? demanda Ty, ce dont il fut le premier surpris.

Il avait rencontré la nouvelle épouse de Henry, une professeure de biologie à la retraite, mais il préférait d'ordinaire éviter les repas en famille. Au fond de lui sommeillait toujours l'ado qui voulait punir son père de n'avoir pas été assez présent pour lui.

Aujourd'hui, à trente-cinq ans, il était trop vieux pour continuer à nourrir de la rancune contre son père.

— Bien sûr que non, dit Henry, une pointe de réprobation dans la voix. C'est ta maison à toi aussi. Écoute, il faut vraiment que je te laisse.

Il s'éloigna de quelques pas puis se retourna.

— Viens donc avec la terrible Paige, la femme qui t'a fichu une raclée, dit-il en riant. Tu as besoin de mettre un peu de piment dans ta vie, et quelque chose me dit qu'avec elle tu ne t'ennuieras pas. Toutes les femmes ne sont pas comme ta mère, tu sais. Paige est le médecin le plus généreux avec lequel j'aie jamais travaillé. Sous ses allures un peu braques, cette gamine a un cœur gros comme ça.

Un soupir échappa à Ty. Son père essayait de le caser.

— Ce n'est pas une gamine, papa, mais un médecin spécialiste.

— Et une pointure dans son domaine. Mais regarde-la, Ty. Cette femme est un vrai rayon de soleil.

En effet. Même avec ses cheveux et sa robe trempés, elle éclairait les lieux par son énergie, son enthousiasme et sa personnalité si particulière.

Henry s'en alla, et Ty resta à observer Paige jusqu'à ce qu'elle disparaisse dans une salle de soins.

Si son enfance lui avait appris quelque chose, c'était qu'il ne fallait rien laisser au hasard. Il aimait établir un plan d'action avant d'entreprendre quoi que ce fût et il détestait les grains de sable qui enrayaient la machine.

Un grain de sable comme Paige Carlyle qui l'obligeait à éprouver des sentiments qu'il avait du mal à contrôler.

Il était venu à Port St. John pour réfléchir à son avenir, au lieu de quoi il avait passé son temps à soupirer après ce feu follet qui ne l'avait même pas remarqué. Soupirer, se languir, cela ne lui ressemblait guère. D'ordinaire, il se contentait de brèves aventures qu'il oubliait presque aussitôt qu'elles étaient terminées. Paige n'entrait pas dans le moule de ses conquêtes habituelles ; elle le faisait s'interroger, le plongeait dans un abîme de frustrations.

Il aimait l'ordre. Une notion aux antipodes de Paige Carlyle.

Quand une infirmière passa à côté de lui en lui décochant un regard intrigué, il se rendit compte qu'il était au beau milieu du couloir, en train de froncer les sourcils comme un fou furieux.

Quelle erreur d'être venu ici ! Il ne lui restait plus qu'à s'en aller.

Sur le point de monter dans sa voiture, il se rendit compte qu'il avait oublié de récupérer son portable. Et, sur le siège arrière, il y avait encore le sac de Paige avec ses clés et tous ses effets.

À contrecœur, il rebroussa chemin et s'approcha du poste infirmier avec l'intention de leur laisser le sac.

Tout, plutôt que de risquer un autre face-à-face avec Paige.

L'infirmière en faction avait une mine épuisée. S'accoudant au guichet, il lui offrit son sourire le plus charmeur.

— Pourriez-vous me rendre un service ?

Elle écarquilla les yeux.

— Bien sûr. Que puis-je faire pour vous ?

— Deux choses, mademoiselle… Tucker, dit-il, coup d'œil à l'appui vers son badge.

— Nancy, fit-elle, rougissante, en battant des cils. Avec un sourire comme ça, vous pouvez me demander tout ce que vous voulez !

Assise devant un ordinateur, une infirmière plus âgée poussa un grognement indigné.

— Dis donc, Nance, je me demande ce que ton mari dirait s'il t'entendait.

— Ne fais pas le rabat-joie, Shaz. On a bien le droit de flirter un peu, riposta-t-elle avec un clin d'œil à l'adresse de Ty. Alors, que puis-je pour vous, beau brun ?

— Pourriez-vous donner ceci à Paige Carlyle ? dit-il en produisant le sac.

— D'accord. Et la seconde chose ?

— Eh bien, j'aimerais que vous lui trouviez une blouse sèche. Oh ! et autre chose. Quand elle aura terminé, pourriez-vous la retenir, le temps de m'appeler pour que je vienne la chercher ?

Nancy et Shaz échangèrent un regard soupçonneux. Peut-être le prenaient-elles pour un détraqué qui poursuivait Paige de ses assiduités. Sortant son portefeuille, il leur montra une pièce d'identité.

— Henry Chapman répondra de moi.

— Si le Dr Chapman se porte garant de vous, c'est différent, affirma Nancy. Laissez-moi votre numéro, que je puisse vous appeler.

Ty le griffonna sur un bout de papier avant de se rappeler que son portable était avec Paige.

— Non, attendez, appelez-moi plutôt sur le mobile du

Dr Carlyle, déclara-t-il en repêchant celui-ci du sac pour le fourrer dans sa poche. Vous avez son numéro, n'est-ce pas ?

— Bien sûr, dit l'infirmière qui semblait en perdre son latin.

Après l'avoir remerciée, Ty s'en alla, ignorant la petite voix qui lui soufflait qu'il venait de se mettre dans une belle galère. Il lui aurait suffi de laisser le sac, Paige aurait bien trouvé quelqu'un pour la ramener.

Quel besoin avait-il de vouloir à tout prix jouer les taxis pour elle ?

Il n'avait pas de réponse à cette question. Tout ce qu'il savait, c'était qu'il avait perdu le contrôle de sa vie et de ses émotions depuis qu'il connaissait cette exaspérante et adorable jeune femme.

9.

Quand Ty se gara devant la maison, il était 22 heures passées. Paige avait prétendu ne pas avoir faim, mais il avait insisté pour qu'ils s'arrêtent dans un fast-food sur le chemin du retour.

Du bout des lèvres, elle avait grignoté une salade en le regardant avaler deux hamburgers d'affilée.

— Tu n'avais pas besoin de m'attendre, répéta-t-elle pour la énième fois. D'autant plus que les hôpitaux te font peur.

Le regard ombrageux, Ty se tourna vers elle.

— Les hôpitaux ne me font pas peur. Et je ne t'ai pas attendue. Nancy m'a appelé pour m'avertir que tu avais terminé, et je suis revenu te chercher. Entre voisins, on peut bien se rendre de petits services, non ?

Il sortit de la voiture et claqua la portière. Sa mauvaise humeur exaspérait Paige, mais elle se retint de lui adresser des reproches. Après tout, il avait tout de même pris la peine de la ramener à bon port. Elle ramassa son sac et mit à son tour pied à terre.

Le courant était rétabli. Les réverbères éclairaient le spectacle de désolation qu'offrait la rue après le déluge. Les eaux s'étaient retirées, laissant des branchages et des détritus partout.

Ils montèrent l'allée en silence.

— Tu veux que je te dise ce qui me fait vraiment peur ? lança-t-il soudain en se tournant vers elle.

La moitié du visage de Ty était plongée dans l'obscurité. L'autre, tout en creux et en angles, lui coupa le souffle.

Personne n'avait le droit d'être aussi beau. Ni de sentir aussi bon après une journée et une partie de la nuit aussi agitées. Elle, elle sentait probablement le désinfectant et autres odeurs peu ragoûtantes des urgences. L'hôpital lui collait encore à la peau.

— Quoi donc ? demanda-t-elle.

— Toi, dit-il.

Était-ce une plaisanterie ? Mais non, il n'avait pas l'air moqueur.

— Dans ce cas, il vaudrait peut-être mieux que je te laisse.

Elle adoptait un ton désinvolte pour ne pas lui montrer à quel point ses mots la blessaient. Elle lui faisait peur. Sans doute la considérait-il comme un danger public, une folle furieuse qu'il était imprudent de fréquenter.

— Tu ne veux pas savoir pourquoi j'ai peur de toi ? Parce que tu as mis ma vie sens dessus dessous, Paige. Parce que tu m'obliges à ressentir des choses dont je n'ai pas l'habitude. Depuis que je te connais, je ne suis plus sûr de rien. Tu as ébranlé toutes mes certitudes.

Il fit un pas vers elle, et elle recula instinctivement.

Elle devait se ressaisir.

Quand un prédateur vous menaçait, il fallait soutenir son regard. Ce qu'elle fit.

Il vint si près qu'elle sentit sa chaleur.

— Tu sais ce que je veux en cet instant ? murmura-t-il à son oreille.

Soudain terrifiée, pas de lui mais du désir insensé qu'il éveillait en elle, elle secoua la tête. Quand il était aussi près d'elle, elle oubliait toutes ses résolutions.

— Toi, dit-il.

Tremblante, elle leva la main pour le repousser, mais ses doigts, mus par une volonté propre, agrippèrent son sweat-shirt.

— Ty…

Le désir impérieux de sentir ses lèvres sur les siennes se disputait en elle à celui de se protéger. Elle savait que, s'il l'embrassait, cela ne s'arrêterait pas là. Et elle ne pourrait plus faire comme s'il s'agissait d'une simple passade. Il lui faudrait s'avouer à elle-même qu'elle éprouvait des sentiments à l'égard de Ty. Et continuer à tout faire pour les lui cacher.

En rester là aurait été plus simple. Sauf que son corps n'était pas d'accord.

Le sang battait à ses oreilles. L'appel de ses sens était en train de l'emporter sur la voix de la raison. Elle avait besoin de Ty, de ses baisers, de ses caresses. S'il ne l'embrassait pas, là, tout de suite, elle avait l'impression qu'elle en mourrait.

— Ty, dit-elle à nouveau.

Sa voix sonna comme une supplique à ses propres oreilles.

— Je croyais que tu ne voulais plus…

— Si, je te veux, l'interrompit-il. Je rêve de te faire de nouveau l'amour, je ne pense qu'à ça… Une fois que ce sera fait, j'espère être délivré de mon obsession.

— Je suis une obsession pour toi ?

— Parfaitement. Et la seule solution pour te sortir de ma tête est de coucher avec toi. Avec un peu de chance, cela me guérira pour de bon.

En somme, il la considérait comme une maladie. Ce n'était guère flatteur pour elle, mais elle ne se vexa pas. Après tout, n'avait-elle pas souhaité la même chose, se le sortir de la tête ?

Tout ce qu'elle voulait pour l'heure, c'était qu'il l'embrasse. Et plus.

Avec un gémissement impatient, elle se cambra contre lui pour lui signifier son désir. Et sentit son érection contre ses hanches.

— Paige, tu me tues, fit-il contre sa bouche.

— Rentrons, dit-elle en lui prenant la main pour l'entraîner dans l'allée.

— Chez toi ou chez moi ?

— Peu importe. Pourvu qu'il y ait un lit.

Ils allèrent chez lui.

Ty se réveilla avant l'aube et resta à contempler Paige qui dormait, dos à lui, le visage à moitié caché par le rideau soyeux de ses cheveux de jais.

Les souvenirs de leur nuit torride lui revinrent à l'esprit. Ils avaient fait l'amour plusieurs fois, parfaitement à l'unisson.

D'un doigt, il écarta les mèches qui tombaient sur la joue de Paige. Elle poussa un soupir, et il l'attira à lui en s'émerveillant une fois encore de la manière dont son corps s'imbriquait au sien, un peu comme s'il avait été modelé pour lui seul.

Elle se lova contre son torse, et il passa une jambe au-dessus des siennes — une position qui empêcherait Paige de se glisser hors du lit pour s'échapper.

Essaie un peu de filer à l'anglaise cette fois.

— Ty ? murmura-t-elle d'une voix somnolente.

— Oui, dit-il en appuyant ses lèvres sur sa nuque. Je suis là. Tu t'attendais à trouver quelqu'un d'autre ?

Elle bâilla et s'étira en se cambrant contre lui.

— Je ne sais pas… Peut-être Danny ou… Euh, Nate.

Il fit mine de la mordre à l'épaule, et elle poussa un petit cri.

Rire au lit avec une femme constituait une première pour lui. Depuis qu'il connaissait Paige, il avait accumulé les premières en tout genre.

Quand elle lui demanda s'il voulait qu'elle parte, il dit non et resserra son bras autour de sa taille.

Qu'était-il en train de faire ? Jamais il n'avait retenu une femme en souhaitant qu'elle lui donne plus que ce qu'elle était prête à lui donner. Ça aussi, c'était une première, et une démarche qu'il regretterait certainement.

Il n'était pas doué pour les relations sentimentales. Et puis, sa vie était en Californie, et il n'avait jamais, *jamais*, envisagé de faire une place dans cette vie de célibataire pour une femme.

Le désastre du mariage de ses parents ne l'incitait guère à s'essayer à la vie de couple.

Henry et Renée s'étaient rencontrés lorsqu'ils étaient tous deux étudiants à Stanford, s'étaient mariés et étaient venus vivre à Port St. John. Très vite, Henry avait rêvé de construire le plus grand hôpital de la péninsule Olympique, un hôpital qui aurait accueilli non seulement les habitants de Port St. John, mais également des patients venus des quatre coins de l'État et des côtes longeant le détroit de Juan de Fuca.

Quelques années plus tard, Renée, qui n'aimait pas le climat de la côte Nord-Ouest et qui n'avait jamais partagé les rêves de son mari, avait fait ses valises pour retourner en Californie. Elle avait emporté avec elle Tyler, alors âgé de deux ans. Ensuite, il n'avait vu son père que très rarement jusqu'à l'âge de huit ans où il avait enfin passé ses premières vacances à Port St. John. Les retrouvailles avec Henry avaient été guindées — ils ne se connaissaient pas.

Un jour, il avait demandé à son père pourquoi il ne s'était pas battu pour obtenir sa garde ou exigé au moins que Ty conserve son nom, et Henry avait répondu qu'un enfant avait avant tout besoin de sa mère.

Soit. Mais Ty avait également eu besoin de son père, besoin de s'affranchir de l'atmosphère étouffante qui régnait dans la maison de sa mère et des espérances démesurées que celle-ci plaçait en lui. De son fils, elle avait exigé la perfection et, quand il l'avait déçue, elle l'avait pratiquement rayé de sa vie.

Renée avait été une épouse égoïste qui ignorait tout de

l'art du compromis, et une mère rigide et autoritaire qui avait enlevé Ty à Henry, pas tant parce qu'elle aimait son fils que pour ne pas laisser le dernier mot à son mari.

Pas étonnant que Ty préfère rester célibataire. Son enfance avait été un champ de mines, et il avait appris à enfouir ses émotions en lui jusqu'à… Paige.

Elle l'avait aidé à les extérioriser. Ce qui ne signifiait pas pour autant qu'il voulait lui faire une place dans sa vie. Elle l'aidait simplement à traverser une période difficile en le distrayant.

Comme il lui apportait également quelque chose dont elle avait besoin, ils étaient tous deux gagnants. C'était du moins ce qu'il voulait croire.

Un mouvement le tira de sa réflexion. Paige se glissait hors du lit.

— Où vas-tu ?

— J'ai besoin de… d'utiliser la salle de bains.

Il s'adossa à la tête de lit et la regarda enfiler un de ses T-shirts. Quel dommage de couvrir ce joli petit corps…

— Tu veux filer, c'est ça ?

— Non ! protesta-t-elle. Qu'est-ce qui te fait dire cela ?

Peut-être la manière dont elle évitait son regard. Tirant sur le T-shirt, elle s'éloigna comme si elle craignait qu'il ne saute sur elle.

— Pourquoi sembles-tu si embarrassée, tout d'un coup ?

Une main calée derrière la nuque, il la regardait détaler comme un lapin. C'était peut-être cruel de sa part, mais il commençait à s'amuser.

Elle se retourna.

— Écoute, Ty, je ne suis pas douée pour… pour ce genre de choses.

— Quel genre de choses ?

— Tout ça, dit-elle avec un geste englobant la chambre, les draps froissés. Cette conversation. Tout ce qui suit…

— … Une nuit de sexe torride, termina-t-il pour elle.

Les joues de Paige s'enflammèrent. Prenant pitié d'elle, il se leva et tendit la main vers son jean. Comme il l'enfilait, il entendit le verrou tourner dans la salle de bains.

Ainsi, il avait défense de la rejoindre sous la douche.

Tant pis. Il y aurait d'autres occasions. Finalement, il n'était pas si pressé de se guérir de Paige Carlyle, et la Californie attendrait bien une semaine.

Paige et Frankie passèrent leur journée de repos ensemble et firent une excursion le long de la côte à bord de la Vieille Bertha. À midi, elles déjeunèrent à Battle Bay puis firent un tour dans les boutiques d'objets artisanaux où Paige acheta des cadeaux — une sculpture très réaliste d'un garde-côte pour Harry et un aigle en bronze au regard féroce pour Ty. Elle avait hâte de voir sa réaction.

Elles se taquinèrent mutuellement tout le chemin du retour, comme à leur habitude.

— Depuis que tu sors avec Ty, tu ne quittes pas ce sourire béat, lui dit Frankie. Tu pourrais au moins cacher un peu ton bonheur, par solidarité avec les copines qui n'ont pas ta chance.

— Ty et moi, ce n'est pas sérieux. On passe un peu de temps ensemble, voilà tout.

Et beaucoup de temps ensemble au lit.

— Tant mieux que tu le prennes ainsi puisqu'il s'en va dans une semaine.

— Quoi ?

Frankie lui jeta un regard navré.

— Tu l'ignorais ? Désolée, ma vieille.

S'efforçant de se ressaisir, Paige haussa les épaules de son air le plus désinvolte.

— Inutile d'être désolée. Je savais qu'il partirait, et ça ne me pose aucun problème. Ce n'est pas comme si nous formions un couple, comme s'il m'avait fait des promesses…

À son grand dam, sa voix s'effilochait lamentablement.

— Ne te fatigue pas pour moi, dit Frankie. Tu es amoureuse.

Ce n'était pas une question.

— Moi ? Non !

Bertha fit une embardée et faillit emboutir une voiture venant en face. Après être revenue derrière la ligne blanche, Paige regarda Frankie comme si celle-ci avait proféré une horreur.

En un sens, c'était le cas.

— Je ne suis pas amoureuse de Ty. Ce serait ridicule, et très très stupide de ma part.

— Je t'accorde que ce serait stupide. Mais avoue tout de même que tu aurais aimé qu'il reste plus longtemps, quelques semaines de plus…

— La question ne se pose pas. Il part. Cela me permettra au moins de rattraper mon sommeil en retard.

La plaisanterie tomba à plat. Son amie n'eut même pas la politesse de rire un peu.

Paige avait mal au cœur, aux sens propre *et* figuré. Elle sentait la nausée monter. Sans doute était-ce le crabe de midi qui ne passait pas. Si ça n'était pas le crabe… Non, elle préférait ne pas y penser.

— Tu auras tout le temps de dormir quand il… Hé, mais qu'est-ce qu'il fait, celui-là ? Attention !

L'avertissement vint trop tard pour que Paige ait le temps de tourner le volant. Le métal se plia, le pare-brise explosa, et la dernière chose que Paige entendit fut le cri de Frankie.

10.

Ty entra en courant dans le hall des urgences et se précipita vers la zone de soins. L'infirmière assise à la réception leva la tête en le voyant passer.

— Monsieur ! dit-elle en contournant le comptoir et en l'attrapant par la manche. Vous ne pouvez pas entrer là. C'est réservé au personnel.

— Je suis médecin. Je cherche Paige Carlyle. Où se trouve-t-elle ?

La femme en bleu fronça les sourcils.

— Je crois que c'est le Dr Michaels qui s'est occupé d'elle, mais je ne sais pas où…

— Ça ne fait rien. Je vais la trouver.

Dégageant son bras, il franchit les portes coulissantes menant au bloc de réa et aux salles de déchoquage.

Un chaos indescriptible régnait dans le couloir. Infirmières, brancardiers et auxiliaires médicaux s'y bousculaient. Le chef de service, un certain Dr Wallace, semblait furieux contre son personnel.

— Je vous préviens que si vous ne la retrouvez pas, vous pouvez aller pointer au chômage ! hurlait-il.

De qui parlait-il ? Une infirmière jouait-elle les tire-au-flanc ?

Peu importait, c'était le cadet de ses soucis.

C'était la première fois qu'il entrait dans l'antre d'un service d'urgences depuis son accident, mais la peur qui lui nouait le ventre n'avait rien à voir avec son angoisse de l'avenir ni ses incertitudes professionnelles.

Il ne pensait qu'à une seule chose, l'appel qu'il avait reçu de Nate un quart d'heure auparavant, alors qu'il jouait aux échecs avec Harry sur la terrasse de ce dernier. Assis au soleil, il avait passé un bon moment à écouter le vieil homme raconter les souvenirs de ses exploits de garde-côte. Il avait ri de bon cœur à ses anecdotes tout en observant les pions et en cherchant un moyen de faire mat. Tout était calme et tranquille. L'instant d'après, son monde s'était écroulé.

— Il y a eu un accident, avait annoncé Nate au téléphone. Paige était au volant…

Sans attendre le reste, Ty avait dévalé les marches du porche et foncé vers sa voiture. Le trajet vers l'hôpital avait été le quart d'heure le plus long de sa vie. L'attente du diagnostic après ses blessures au bras, et les heures qu'il avait autrefois passées en prison en attendant que sa mère arrive n'étaient rien en comparaison.

À présent, les pires scénarios lui passaient par la tête avec, dans le premier rôle, Paige, allongée dans un lit, blessée, en sang, le corps désarticulé, peut-être même… Non, il se refusait à y penser.

Il attrapa par le bras la première personne qui passa à sa portée. En l'occurrence, il s'agissait de… Comment s'appelait-elle déjà ? Il jeta un coup d'œil à son badge.

— Nancy, savez-vous où…

— Je n'ai pas le temps de vous parler, beau brun. On a égaré… quelque chose.

Ty ne prit pas la peine de lui demander ce qu'ils avaient égaré.

Où était Paige ?

Après avoir passé la tête dans toutes les salles de soins, il la trouva dans la dernière.

Contrairement à ce qu'il craignait, elle n'était pas allongée dans un lit ni branchée à une perfusion, mais debout sur ses deux jambes et en apparence indemne, en train de réconforter une femme d'une cinquantaine d'années qui était couchée dans le lit.

— Je suis désolée, disait cette dernière en sanglotant. J'ai pris le virage trop vite et quand j'ai appuyé sur les freins je me suis rendu compte qu'ils ne répondaient pas, disait-elle en s'essuyant les yeux. C'était affreux ! J'ai tourné le volant pour vous éviter, mais trop tard.

Figé sur le seuil, Ty détailla Paige de la tête aux pieds. Il n'osa pas croire qu'elle était saine et sauve. Son cœur cognait à en défoncer son torse.

La vue de Paige avait produit une déflagration dans sa tête, et il lui fallut quelques instants pour recouvrer ses esprits, et sa voix.

— Que fais-tu ici ? demanda-t-il, furieux.

Paige sursauta et jeta un regard étonné par-dessus son épaule. Elle avait un hématome sur la joue, ce qui ne fit que décupler sa colère.

S'approchant d'elle, il la prit par le bras pour l'obliger à se retourner. Elle grimaça de douleur. Outre l'hématome, son front saignait et son œil était gonflé. Elle n'avait visiblement reçu aucun soin. Du sang continuait à couler de son front sur son T-shirt.

L'émotion lui noua la gorge, l'empêchant de lui dire ce qu'il ressentait. Il se contenta de la serrer contre lui. Son soulagement qu'elle soit vivante était tel que ses genoux en tremblaient.

Elle gémit, sans doute parce qu'il la serrait trop fort, et il la relâcha aussitôt.

— Je t'ai fait mal, excuse-moi. Pourquoi ne t'es-tu pas fait soigner au lieu de t'occuper de quelqu'un d'autre ?

— Une patiente a disparu, expliqua-t-elle. Tout le monde est à sa recherche. Le Dr Michaels m'a examinée et il a estimé que mes blessures étaient sans gravité. Je ne constitue pas une priorité.

— Pour moi, si !

Il lui reprit le bras dans l'intention de l'entraîner vers un box de soins.

Avant de sortir de la salle, il se tourna vers la femme en pleurs.

— Vous allez pouvoir rester seule, madame ?

— Euh… Oui, bien sûr. Mon fils est en chemin. Votre femme a eu la gentillesse de me tenir compagnie en attendant qu'on m'emmène en radiologie pour un scanner. Allez-y ; si j'ai besoin de quelque chose, j'appellerai une infirmière.

— Ty…, dit Paige.

Il la fit taire en la foudroyant du regard noir qu'il réservait naguère aux infirmières de bloc qui tardaient à déposer l'instrument voulu dans sa paume.

— Alors, vous voudrez bien nous excuser, dit-il à la dame. Je vais m'occuper de *ma femme*.

Emmenant d'autorité Paige dans la salle voisine, il la fit asseoir sur le lit.

— Ty, je vais bien, je t'assure. Ce n'était pas la peine de venir.

— Je suis venu parce que je croyais, sans doute à tort, que tu aurais besoin de moi…

Il se gardait de lui dire qu'il avait été fou d'inquiétude à la pensée qu'elle ait pu être gravement blessée. Le monde s'était arrêté de tourner jusqu'à ce qu'il la voie, vivante, au chevet de cette patiente. Mais il n'était pas question de s'en ouvrir à Paige.

Un amant de passage n'était pas censé s'inquiéter autant pour sa partenaire. Sinon, cela aurait signifié… Il ferait son introspection plus tard.

De plus en plus furieux, il claqua placards et tiroirs pour rassembler lotion antiseptique, coton hydrophile et sparadrap. Quand il se retourna, les yeux de Paige étaient fixés sur lui, réprobateurs.

« Si c'était pour m'infliger ta mauvaise humeur, semblaient-ils lui dire, tu aurais mieux fait de rester chez toi. »

Les dents serrées, il commença à nettoyer la blessure au front. Heureusement, elle était superficielle et ne nécessiterait pas de points de suture.

— Que s'est-il passé ? demanda-t-il quand il se fut calmé suffisamment pour parler sans aboyer.

— Mme Eberhart dit que ses freins ont lâché.

— Je l'ai entendue. Et toi, quelle est ta version ?

— Je la crois. Pourquoi aurait-elle foncé sur nous à la sortie du virage ? Elle avait visiblement perdu le contrôle de son véhicule. Aïe, tu me fais mal ! Frankie aurait très bien pu me…

— Tais-toi ! dit-il en saisissant l'ophtalmoscope. Tu dois avoir un sacré mal de tête, je suppose ?

— À ton avis ? rétorqua-t-elle avec humeur. Donne-moi une aspirine, qu'on en finisse. Il faut que je retourne aider mes collègues.

Comme elle esquissait un geste pour descendre de la table de soins, il la retint par le poignet et la vit aussitôt pâlir et se mordre la lèvre.

— Qu'y a-t-il ?

Alors il remarqua les ecchymoses autour de son poignet.

— Bon sang, pourquoi ne m'as-tu rien dit ?

— Ce n'est qu'un bleu, Ty.

— Que me caches-tu encore ?

Un soupir aux lèvres, elle souleva son T-shirt et Ty retint son souffle. Une ligne violacée parcourait la poitrine et l'abdomen de Paige, là où la ceinture de sécurité avait mordu dans sa chair.

— Allonge-toi, s'il te plaît. Rassure-toi, ce sera un examen purement professionnel, fit-il comme elle semblait hésiter.

Elle obéit. De sa main valide, il palpa ses côtes tout en gardant le regard fixé sur son visage, à la recherche de signes de douleur qu'elle aurait bien du mal à cacher.

Dieu merci, elle ne souffrait d'aucune fracture, et le stéthoscope ne révéla pas non plus de traumatisme pulmonaire.

— Je vais poser un pansement sur ton poignet.

— Avec une main ?

— Ne t'inquiète pas pour ma main, elle va mieux que la tienne.

Il lui appliqua une pommade antalgique sur le poignet, autour duquel il enroula une bande de gaze. Malgré ses protestations, elle l'aida en la tenant en place pendant qu'il posait le sparadrap.

— Voilà.

Puis il se pencha vers elle pour effleurer ses lèvres d'un baiser. À son grand soulagement, elle ne s'écarta pas et entrouvrit même la bouche comme pour l'encourager à poursuivre.

À cet instant, la porte s'ouvrit à toute volée.

— Paige, on a un… Oh ! je suis désolée ! s'exclama l'infirmière.

Le repoussant, Paige descendit du lit de soins.

— Qu'y a-t-il, Beth ?

— Un nourrisson en détresse respiratoire. Je suis désolée de te mettre à contribution après ce que tu as subi, mais tous les autres médecins sont pris et je ne sais pas à qui m'adresser.

— Cela ne fait rien, Beth. Allons-y.

Saisissant au vol un stéthoscope et une blouse, Paige sortit dans le couloir, sur les talons de Beth.

Ty la suivit.

— Ne me dis pas que tu vas soigner un bébé alors que tu souffres peut-être d'une commotion cérébrale !

— J'ai la tête dure, je m'en remettrai. Merci pour tout, Ty.

Et elle disparut avec Beth dans un box de soins.

Consterné, il secoua la tête et se dirigea vers la salle d'attente avec une impression de déjà-vu.

11.

Ty rongea son frein en salle d'attente puis décida d'aller s'asseoir devant la salle de soins où officiait Paige. Au bout d'une heure, elle en sortit et s'arrêta net.

— Je te croyais parti.

— Je t'attendais. Je te ramènerai quand tu auras fini.

Il fallait qu'il lui parle. Il ne lui avait pas encore dit qu'il partait la semaine suivante.

— Je risque d'en avoir pour un certain temps, rentre donc chez toi. Je prendrai un taxi.

— Je ne bouge pas d'ici, déclara-t-il, têtu.

Elle poussa un soupir.

— Puisque tu insistes pour rester, autant que tu serves à quelque chose. Enfile une blouse et suis-moi.

Deux minutes plus tard, stéthoscope au cou, Ty se penchait sur la poitrine de Joshua, un bébé âgé de trois mois.

Les parents, anxieux, se tenaient à l'écart, au fond de la salle.

— Il y a un ralentissement du cœur, et j'entends des craquements étouffés qui signalent la présence de fluide dans la cavité, indiqua Ty. Je pense qu'il s'agit d'une tamponnade provoquée par une péricardite.

— Cela confirme mon diagnostic, dit Paige. On va conduire Joshua au bloc pour l'opérer. Le Dr Grant, ma collègue spécialisée en cardiologie pédiatrique, va s'en charger.

Paige se dirigea vers les parents pour leur expliquer la

situation, et Ty sortit reprendre son poste sur la banquette du couloir.

Quelques minutes plus tard, elle le rejoignit. Allaient-ils pouvoir enfin partir ?

— On s'en va ? demanda-t-il en se levant.

— Non, j'ai encore un patient à voir.

— Tu es épuisée, tu n'es plus en état de soigner quiconque.

— Il a raison, Paige, intervint un homme en blouse blanche en venant vers eux.

Ty reconnut le chef de service, l'irascible Dr Wallace.

— Je ne veux plus vous revoir avant lundi, dit ce dernier à Paige. Rentrez chez vous.

— Mais…

— Regardez-vous, vous tenez à peine sur vos jambes. Laissez votre mari vous ramener à la maison. C'est un ordre.

Fort de ce soutien inespéré, Ty prit le bras de Paige pour l'entraîner vers la sortie.

Durant le trajet de retour, Paige garda le silence. Pourquoi tout le monde pensait-il que Ty était son mari ?

Son mari… Quelle bonne blague ! songea-t-elle, amère. Si Frankie ne lui avait appris qu'il allait partir une semaine plus tard, elle n'en aurait rien su. Quand comptait-il le lui annoncer ? Le matin de son départ, après une dernière nuit de galipettes en sa compagnie ?

Il gara le 4x4 devant la maison, et elle accepta son aide pour sortir de la voiture. Mais, quand elle vit qu'il l'entraînait vers sa porte à lui, elle secoua la tête. Ce soir, elle voulait dormir dans *son* lit, entourée de *ses* affaires ; de toute façon, il fallait qu'elle s'habitue à être de nouveau seule.

Sans discuter, Ty bifurqua vers sa maison, ouvrit la porte et alluma. Cela faisait des jours qu'elle n'y passait qu'en coup de vent avant d'aller le retrouver ; l'endroit paraissait vide.

Aussi vide que le sera ton cœur après le départ de Ty, lui souffla une petite voix.

Elle y penserait plus tard. Pour l'heure, elle voulait seulement dormir. Jusqu'à ce que sa vie reprenne son cours normal. L'idéal aurait été de se réveiller et de se rendre compte que ces deux derniers mois n'avaient été qu'un rêve. Un rêve agréable.

D'un pas las, elle grimpa les marches pour gagner l'étage. Quand elle vit que Ty la suivait, elle se retourna pour le fixer tristement. Elle n'avait même plus l'énergie de lui faire une scène.

— Tu ne veux pas que je passe la nuit avec toi ? demanda-t-il.

Elle ne put s'empêcher d'admirer son beau visage. Tout à l'heure, dans la salle de soins, il l'avait embrassée comme si elle lui était précieuse, comme s'il tenait vraiment à elle. Mais ce n'était qu'un mensonge.

— À quoi bon puisque tu vas partir dans une semaine ?

— Justement, je voulais t'en parler, Paige.

Comme par hasard, maintenant qu'il la savait au courant…

Trop fatiguée pour discuter, elle entra dans la salle de bains, vaguement consciente que Ty se dirigeait vers la chambre. Elle tourna le robinet de la douche.

Ses muscles lui faisaient tellement mal qu'elle dut s'asseoir sur le rebord de la baignoire pour se déchausser. Elle venait, à grand-peine, de retirer une basket quand deux mains viriles surgirent dans son champ de vision.

Ty lui ôta la seconde basket puis entreprit de la déshabiller. Telle une poupée de chiffon, molle, inanimée, elle se laissa faire. Quand elle fut nue, il se dévêtit à son tour puis l'attira sous la douche.

Dès les premières secondes, elle comprit qu'il n'avait pas d'intentions coquines.

Il versa du gel douche sur l'éponge qu'il passa sur son

corps avec des gestes d'une douceur extrême, en évitant ses zones endolories. Puis il lui rinça soigneusement la peau et l'enveloppa dans une serviette-éponge.

Elle eut soudain la sensation d'être légère comme une plume, de flotter, ce qui était le cas puisqu'il la portait jusqu'au lit. L'édredon avait déjà été rabattu. Elle glissa sous les draps, ferma les yeux et sombra dans un lourd sommeil.

Elle fit un rêve inquiétant — debout sur les rochers bordant la côte, elle regardait une silhouette s'éloigner dans la brume en criant « Reviens ! Reviens ! »

Sans doute cria-t-elle tout haut car elle sentit des mains la saisir.

Torse nu, le cheveu noir en bataille, Ty apparut au-dessus d'elle, énorme et menaçant.

— Hé, ça va ?

Sa voix, par contre, était emplie de sollicitude, presque tendre.

— Oui, j'ai fait un cauchemar.

Elle voulut se retourner, mais son corps protesta.

— Tu veux m'en parler ?

— Surtout pas.

Pas besoin d'être grand clerc pour comprendre la signification de son rêve.

— Euh… Tu as des nouvelles de Joshua ? demanda-t-elle.

— Oui. L'opération s'est bien passée. Il ne conservera aucunes séquelles. Prends ça.

Ouvrant la main, il lui tendit deux comprimés qu'il l'obligea à avaler avec un verre d'eau.

On aurait dit qu'une dizaine de tambours se déchaînaient sous son crâne. Elle se laissa retomber contre son oreiller et referma les yeux. Le sommeil était en train de l'emporter quand elle sursauta soudain.

— Ty ?

— Je suis là.

— Plus pour longtemps…

— Je serai toujours là pour toi. On va en parler, ma chérie. Plus tard, quand tu te sentiras mieux.

Rêvait-elle déjà ou vcnait-il de l'appeler « ma chérie » ?

— Toi et moi, on sait…, murmura-t-elle.

— On sait quoi, mon amour ?

De mieux en mieux. Mon amour ! Il n'y avait pas de doute, elle rêvait. Il faudrait qu'elle pense à lui demander le nom de ces médicaments.

Quand Paige se réveilla de nouveau, il faisait grand soleil. La place à côté d'elle dans le lit était vide.

Elle alla sonner à la maison mitoyenne. Personne.

Ty avait promis qu'il serait là pour elle, mais il avait menti. Comme sa mère, quinze ans auparavant, quand elle avait promis à une adolescente effrayée qu'elle ne la quitterait jamais.

12.

Ty regarda les pelouses d'où ne dépassait pas un brin d'herbe. Il était chez sa mère. Il avala une gorgée de chablis et grimaça. Que n'aurait-il donné pour une bière ou un verre de whisky… Tous ces vins chics et raffinés ne lui plaisaient guère, malgré les efforts que Renée avait déployés autrefois pour le transformer en homme civilisé.

Dieu savait comment, elle avait su qu'il était de retour à Los Angeles ; et elle l'avait convié — ou plutôt convoqué — à dîner. À son arrivée dans la luxueuse villa, Ty avait découvert que la fille de connaissances à elle — richissimes, bien évidemment — faisait également partie de la fête. À l'image du chablis, la jeune héritière était parfaite, belle, sophistiquée, et complètement insipide si Ty la comparait à la femme qui occupait ses pensées depuis des jours.

La seule bonne surprise, c'était Paul Richmond, le nouveau compagnon de sa mère. Contrairement aux maris précédents, il ne possédait ni le vernis ni l'arrogance des gens de la haute société ; et Ty l'avait trouvé d'emblée sympathique. En d'autres circonstances, ils auraient pu devenir amis, mais pas ce soir. Cette invitation s'apparentait à un traquenard.

Depuis son retour à L.A., il avait multiplié les rendez-vous d'affaires pour s'empêcher de penser à Paige. Or, même face à ses interlocuteurs, il n'avait fait que cela.

Quitter Paige avait été la plus grosse erreur de sa vie.

Lorsqu'il lui avait promis d'être toujours là pour elle, il était sincère, il pensait ce qu'il disait. Puis il l'avait regardée dormir. Et le doute s'était insinué en lui. Avait-il le droit de s'imposer dans la vie de Paige alors qu'il ne savait pas de quoi le lendemain serait fait, alors que sa carrière de chirurgien était peut-être terminée ? Avait-il le droit de lui infliger sa déception, son amertume, sa rancœur ?

La réponse était non. Elle méritait mieux que lui.

Il avait donc décidé de retourner dans le seul endroit où il avait encore un peu de contrôle sur sa vie. La Californie.

En fuyant, il sauvait Paige et il se sauvait lui-même, avait-il voulu se convaincre.

Une belle erreur. Jamais il ne s'était senti aussi vide et esseulé.

L'avant-veille, il était allé voir l'orthopédiste spécialiste de la main qui l'avait opéré. Après le retrait du plâtre et une radio de contrôle, Peter Dawson lui avait annoncé que les os s'étaient fort bien ressoudés et qu'il retrouverait une mobilité quasi complète de la main.

Ty avait accueilli la nouvelle avec satisfaction, sans plus. Ses pensées étaient tout entières tournées vers Paige, vers son père, vers Nate, tous ces gens qu'il avait laissés en plan.

Paige s'était-elle remise de son accident ? Avait-elle repris le travail ? À quoi occupait-elle ses jours de repos ? Et avec qui ?

Plus d'une fois, il avait pris son téléphone pour lui parler, mais il n'avait pu aller jusqu'au bout. En la quittant, il s'était ôté le droit de l'appeler.

Il s'était enfui dans la nuit comme un voleur en la laissant dolente et brisée.

Pour avoir tout de même de ses nouvelles, il avait appelé Frankie qui lui avait dit qu'il était un beau salaud, que Paige avait tourné la page et qu'elle sortait avec quelqu'un d'autre. Avant qu'il puisse en savoir plus, elle avait raccroché puis refusé par la suite de prendre ses appels.

Il récoltait ce qu'il avait semé.

— Qu'en penses-tu, Ty ?

La voix de sa mère le ramena au présent.

Soudain, il lui fut impossible de rester plus longtemps dans cette villa. Il étouffait. Comme dans cette ville où la circulation infernale et la pollution rendaient l'air irrespirable.

Il n'était plus un gamin dépendant de sa mère, obligé de se plier à sa volonté. Désormais, il était libre de choisir son destin, son avenir. Lequel se trouvait à Port St. John, au côté de Paige. Et de Henry, Nate, et même de Frankie.

Comme il esquissait un geste pour se lever de table, sa mère l'arrêta.

— Tyler, il serait temps que tu retournes exercer à St. Augustine, dit-elle de sa voix autoritaire. J'ai entendu dire que tu leur manquais terriblement depuis que tu avais choisi de t'exiler dans ce trou perdu.

— Je n'y retournerai pas, maman…

Fière de son ascension professionnelle éclair, une ascension dont elle s'attribuait le mérite, Renée aimait s'en vanter auprès de ses amis. Désormais, elle ne pourrait plus le faire.

— D'ailleurs, Port St. John n'est pas un trou perdu.

— Tu ne retourneras pas à St. Augustine ? Qu'entends-tu par là ?

— Que je leur ai donné ma démission.

En réalité, il ne l'avait pas encore fait, mais la lettre partirait à la première heure le lendemain.

Il allait rentrer à Port St. John. Là où étaient ses racines.

Renée avait pâli.

— Mais Seigneur Dieu, pourquoi ? C'est stupide de quitter cet hôpital où tu étais promis aux plus hautes fonctions. Je reconnais bien là ton impulsivité d'adolescent qui ne voit qu'à court terme. Je t'en croyais guéri. Cela ne m'étonnerait pas que ce soit cet homme qui t'ait monté contre moi…

— Maman…

— Tu le regretteras. Je sais, de source sûre, que ta main est guérie et que tu es parfaitement capable de tenir de nouveau un bistouri.

— Sauf que je ne le souhaite peut-être pas, maman.

— Ne sois pas ridicule. Tu es fait pour être chirurgien. Et le directeur de St. Augustine sera très content de te reprendre — j'en toucherai un mot au Dr Hudson.

— Ne t'en mêle pas, maman. De toute façon, j'ai déjà mis ma maison de Santa Monica en vente.

Avec un petit cri indigné, Renée mit la main sur son cœur comme s'il l'avait poignardée.

— Tu as l'intention de t'installer à Port St. John ? Je n'ai jamais rien entendu d'aussi ridicule ! Tu vas sacrifier une position enviable acquise au prix d'années de travail, et tout ça pour quoi ? Un minable port de pêche et son hôpital de seconde zone ?

— Oui, dit-il, très calme. Pour ta gouverne, Port St. John s'est beaucoup développé ces vingt dernières années, c'est devenu une station balnéaire à la mode. Et *cet homme*, comme tu l'appelles, est mon père.

Il se leva pour se diriger vers la porte.

— Tu regretteras ta décision, Tyler.

— Non, maman, dit-il par-dessus son épaule. Tout ce que je regrette, c'est de ne pas l'avoir prise plus tôt.

D'un pas déterminé, il traversa le hall dallé de marbre et remonta dans sa rutilante voiture de sport. Il rentrait à la maison pour retrouver son père, Nate, et, avec un peu de chance, Paige.

À condition qu'elle veuille encore de lui.

Il l'aimait. C'était à présent une évidence. Depuis leur rencontre choc, elle s'était insinuée dans son cœur avec ses sourires, ses coups d'éclat et même ses colères. Paige était une femme qui faisait face à l'adversité au lieu de fuir ou de se cacher la tête dans le sable. Elle était franche, courageuse, loyale, avec, en plus, ce petit grain de folie qui la rendait si attachante. Il ne concevait pas l'avenir sans elle.

À lui de trouver les mots pour la persuader de passer le restant de ses jours à ses côtés.

Émergeant des limbes du sommeil, Paige entendit de la musique et se surprit à sourire avant de se rappeler qu'elle n'avait aucune raison de sourire à la vie. Pour la première fois depuis que Ty n'était plus là pour réchauffer son lit, elle était parvenue à s'endormir sans trop de mal. Et voilà qu'elle se réveillait en pleine nuit.

Peut-être devrait-elle adopter un chien, un gros chien à poil long qui l'accompagnerait en promenade sur la plage et qui se blottirait contre elle lors des soirées pluvieuses. Un bon gros toutou qui lui ferait la fête à chaque fois qu'elle rentrerait du travail et qui ne s'éclipserait pas en plein milieu de la nuit, bref, qui ne risquerait pas de lui briser le cœur.

C'était une idée à creuser. Un chien résoudrait son…

Mais d'où venait cette musique ? Elle semblait tout près. En tendant l'oreille, elle prit conscience qu'il s'y mêlait des bruits, comme des craquements de parquet. Seigneur, quelqu'un était en bas, dans sa salle de séjour !

Bon sang, ce n'était pas possible. Contrairement à l'adage, la foudre pouvait frapper deux fois au même endroit.

Elle saisit la lampe-torche posée sur la table de chevet. Cette fois, elle ne ferait pas de quartier. Pas question de laisser de nouveau un beau MDC la déposséder de son discernement et la mener par le bout du nez.

Resserrant sa poigne sur la lampe-torche, elle sortit pieds nus sur le palier. Elle mettrait l'intrus K-O et, cette fois, elle n'appellerait pas la police puisque Frankie avait promis de l'aider à enterrer le corps.

Au pied du cèdre au fond du jardin, ce serait parfait.

À mi-chemin dans l'escalier, elle se figea. Une odeur de vanille lui chatouillait les narines. En se penchant par-dessus la rampe, elle vit une douce lumière trembloter au rez-de-chaussée en provenance de la salle de séjour. Des bougies. Quelqu'un avait allumé des bougies parfumées et mis de la musique !

Un cambrioleur mélomane qui aimait travailler dans une ambiance zen ?

Qui qu'il soit, il allait regretter d'avoir choisi cette maison. En digne sœur d'un Navy Seal et d'un Top Gun, elle allait lui régler son compte.

Une silhouette géante surgit du salon. Sans hésiter, elle fit un moulinet avec son arme, qui atteignit le crâne de l'individu.

— Paige, c'est moi, Ty ! crut-elle entendre.

Sans doute ses oreilles lui jouaient-elles des tours. Ty était parti en l'abandonnant sur son lit de douleur alors qu'elle avait le plus besoin de lui.

L'adrénaline déferla en elle. Se rappelant les leçons de judo de ses frères, elle fit un croc-en-jambe au cambrioleur encore sonné en lui envoyant de toutes ses forces son poing dans l'estomac.

L'homme tituba avant de s'écrouler au sol dans un bruit qui fit trembler les murs.

Elle se pencha sur lui, prête à le frapper de nouveau, et l'entendit rire. Un rire qui lui était familier…

— Ty ?

Comme il riait de plus en plus fort, elle actionna l'interrupteur. Et découvrit Ty allongé par terre, vêtu en tout et pour tout d'un vieux jean usé. Encore plus beau que dans ses souvenirs.

Il fallut quelques secondes à son cerveau pour enregistrer ce que ses yeux voyaient. Et la colère flamba en elle. Se rapprochant, elle ramassa la lampe-torche qui avait roulé au sol.

— Cesse de rire comme un dératé ou je t'assomme pour de bon, dit-elle en le menaçant de son arme.

Il rit de plus belle. Excédée par son hilarité, elle fit mine de vouloir le frapper.

Vive comme l'éclair, la main de Ty jaillit et lui attrapa la cheville. Avant qu'elle ne puisse comprendre ce qu'il lui arrivait, elle perdit l'équilibre et atterrit sur lui. Ses côtes endolories protestèrent, mais elle n'avait pas lâché sa lampe-torche. Hélas, elle n'eut pas l'occasion d'en faire usage. D'un coup de reins, il se redressa, et ce fut elle qui se retrouva sous lui.

Elle ouvrit la bouche pour lui reprocher de molester une faible femme, mais il se pencha vers elle pour étouffer sa protestation sous un baiser.

Sous le choc, et un peu excitée aussi, il fallait bien l'avouer, elle essaya de le repousser. Las, elle n'était pas de taille à lutter contre cette force de la nature. Lui attrapant les mains, il les immobilisa au sol tout en poursuivant son tendre assaut sur sa bouche.

Ses sens, les traîtres, se déchaînaient. Zut. Pour l'homicide en état de légitime défense, ce serait pour une autre fois.

Pour assouvir tout de même un peu sa vengeance, elle lui mordit la lèvre.

— Aïe ! cria-t-il en s'écartant. Pourquoi me mords-tu ?

Il s'en sortait à bon compte.

L'une des cuisses de Ty se glissa entre les siennes. Pas de doute. Il était aussi excité qu'elle. Mais qu'est-ce qu'il croyait ? Qu'il suffisait de la clouer au sol et de l'embrasser pour qu'elle lui pardonne ?

Parvenant à dégager une main, elle le frappa de toutes ses forces en plein plexus solaire, une fois, puis deux, avant qu'il la neutralise de nouveau.

La douleur transperça son poignet blessé et lui amena des larmes aux yeux.

— Qu'est-ce qui te prend, Paige ? Tu as le diable dans la peau ?

— Non, c'est toi que j'ai dans la peau !

Elle étouffa un sanglot et le fusilla d'un regard accusateur. Poussée par la colère, elle se débattit pour se dégager, mais le monstre lui immobilisait les jambes.

— Tu es parti ! Tu m'avais promis que tu serais toujours là pour moi et tu es parti !

Les larmes l'aveuglèrent. Elle les chassa du revers de la main. Pas question de lui faire le plaisir de pleurer pour lui. D'ailleurs, elle ne pleurait pas pour lui. Elle pleurait parce qu'elle avait mal au poignet, au bras, à l'abdomen… et surtout au cœur.

— Tu as filé sans même me dire au revoir. Comme si j'étais… une fille que tu avais ramenée pour la nuit. Comment as-tu pu me faire cela ?

Il ouvrit de grands yeux comme s'il ne s'attendait pas à cette accusation. Profitant de l'effet de surprise, elle le repoussa et rampa pour se réfugier contre le mur, relevant les genoux contre sa poitrine en guise de bouclier.

Elle ne voulait plus jamais être vulnérable, se mettre en position de souffrir. Elle savait que Ty partirait un jour ou l'autre, mais son départ l'avait anéantie, tout autant que celui de sa mère. Elle aussi lui avait promis qu'elle ne la laisserait jamais, mais la mort en avait décidé autrement.

— Hé, dit-il d'une voix très douce en venant s'asseoir à côté d'elle. Amis, d'accord ?

Non, elle n'était pas son amie ! Elle l'aimait, et il l'avait trahie !

L'odeur de son après-rasage l'enveloppa. Elle la respira malgré elle et s'en sentit toute chavirée.

— Je suis désolé.

Désemparé, il se passa la main dans les cheveux.

— Pourquoi es-tu désolé ? Pour avoir failli me donner une crise cardiaque pour la seconde fois ?

Une ombre de sourire flotta sur les lèvres de Ty.

— Non. Pour être parti comme je l'ai fait. Je me suis conduit comme un imbécile.

Au moins, il était lucide. Mais il faudrait plus qu'un « Désolé » pour qu'elle lui pardonne.

— Va-t'en, dit-elle en le poussant de l'épaule sans le regarder. Je n'en ai plus rien à faire de toi.

— C'est pour ça que tu as voulu me fendre le crâne avec ton arme de prédilection ! Jamais je n'oublierai la manière dont tu as surgi de l'obscurité telle une guerrière ninja, prête à me terrasser.

— Et je *t'ai* terrassé, lui rappela-t-elle, pas peu fière d'elle. David contre Goliath, et c'est David qui a gagné.

— C'est vrai. Tu m'as mis K-O.

Il le disait d'une manière étrange, comme s'il venait de prendre conscience de quelque chose, et elle tourna la tête vers lui. Il était en train de la dévisager comme s'il la découvrait pour la première fois.

Perplexe, elle fronça les sourcils.

— Qu'y a-t-il ?

— Tu m'as mis K-O…

— Tu l'as déjà dit.

— Je sais.

Il leva la main pour lui caresser la joue d'un geste très tendre, et Paige sentit une armée de papillons voleter dans son ventre.

— Ce que je veux dire, c'est que tu m'as *vraiment* mis K-O, répéta-t-il.

Seigneur, avait-elle cogné trop fort et souffrait-il d'une commotion cérébrale ?

— Ty… ?

Soudain, il éclata de rire et, l'instant d'après, elle se retrouva plaquée au sol, Ty sur elle. Glissant ses doigts dans ses cheveux, il l'obligea à rester immobile.

— Tu es une femme formidable.

Et il s'empara de sa bouche et approfondit le baiser jusqu'à ce qu'ils soient tous deux à bout de souffle. Il ne semblait pas seulement excité, mais bouleversé.

Elle l'était aussi.

— J'ai hâte de raconter cela à nos enfants, déclara-t-il.
Et il l'embrassa passionnément.

Ce ne fut que quelques heures plus tard, au lit, que Paige, comblée, lui rappela son étrange remarque.

— Que voulais-tu dire en parlant de nos enfants ?

— Comment cela ? fit-il en lui caressant le bas du dos.

— Tout à l'heure, juste avant de passer à la vitesse supérieure, tu as dit que tu avais hâte d'en parler à nos enfants…

Encore tremblante de leurs ébats, elle se souleva non sans peine sur le coude pour le regarder.

— Il va falloir que tu t'expliques, conclut-elle d'une voix qu'elle voulait ferme. Et tout de suite.

Il ouvrit de grands yeux innocents.

— Tu ne veux pas m'épouser ?

Elle le regarda, stupéfaite. Elle tendit la main vers son T-shirt USMC qu'elle portait pour dormir, mais, plus rapide, Ty le saisit et le mit hors de sa portée.

— Réponds-moi, dit-il.

— Eh bien, je ne sais pas… Tu ne m'as pas encore fait ta demande.

Un long soupir échappa à Ty.

— Je suis sans travail. Sans domicile fixe.

Elle sentait son cœur cogner à coups redoublés contre lui.

— Pour le domicile, ça peut s'arranger, murmura-t-elle. Tu viendras vivre chez moi. C'est aussi un peu chez toi puisque c'est la maison de ton père.

Pendant un long moment, il la fixa en silence.

— Sais-tu que tu es formidable ? lâcha-t-il enfin. Non seulement tu m'as mis K-O, mais tu m'as volé mon cœur.

— Qu'essaies-tu de me dire, Ty ?

— J'essaie de te dire que je suis amoureux de toi, Paige. Je t'aime tellement que je suis prêt à te supplier pour que tu acceptes de devenir ma femme.

— Toi ? lanaça-t-elle, incrédule. Tu m'aimes ?

— Eh oui, dit-il en l'embrassant sur le bout du nez. Ma giga-méga-enquiquineuse dont je ne peux plus me passer !

— Mais… Et ton travail en Californie ?

— J'ai donné ma démission. Ma vie est désormais auprès de toi.

— Je… Je ne sais pas quoi dire…

Riant, il la prit dans ses bras.

— La seule fois où tu restes sans voix, c'est quand je te dis que je t'aime. Est-ce si difficile à croire ?

— Pas tant que ça, admit-elle en se déridant enfin. Je suis formidable, soit, mais je ne suis pas de tout repos. Tu es sûr de vouloir d'un feu follet comme moi pour épouse ?

— Je ne voudrais personne d'autre. C'est toi que j'aime, telle que tu es, insupportable, amusante, adorable, excessive. Ne change surtout pas. Mais tu n'as pas encore répondu à ma question.

— Quelle question ?

Il s'écarta pour plonger ses yeux dans les siens.

— M'aimes-tu et acceptes-tu de m'épouser ?

— Ça fait *deux* questions.

— Et… ?

— Oui aux deux, sans hésitation ! Et, pour les enfants, on pourrait peut-être se mettre au travail tout de suite ?

Et elle l'attira à elle en lui offrant ses lèvres.

Retrouvez prochainement, dans votre collection

BLANCHE

L'enfant d'une infirmière, de Tina Beckett - N°1676

SÉRIE : INFIRMIERS DE CALIFORNIE - 1/2

Pour fêter son diplôme d'infirmière, la très sage Serena s'offre un voyage au Mexique, d'où elle est originaire – et une nuit époustouflante dans les bras d'un inconnu. Quelle n'est pas sa surprise de revoir son amant à San Diego, dès son premier jour à l'hôpital ! Le Dr Tobias Renfro, tout aussi choqué de ces retrouvailles, lui assure que leurs relations resteront professionnelles, avant que Serena lui révèle qu'elle attend leur enfant…

L'héritier du Paz Memorial, de Scarlet Wilson

SÉRIE : INFIRMIERS DE CALIFORNIE - 2/2

Avery a beau appartenir à la famille la plus fortunée de San Diego, il a travaillé dur pour devenir infirmier. Pas question pour lui de révéler à ses collègues du Paz Memorial qu'il est l'héritier de l'hôpital ! Mais sa rencontre avec le Dr Robyn Callaghan fait vaciller ses résolutions. Alors qu'il s'attache à elle, il peine à lui cacher la vérité de ses origines. Hélas, comment réagira la jeune femme issue d'un milieu modeste quand elle découvrira qu'il fait partie des privilégiés qu'elle déteste ?

Leur si belle famille, de Caroline Anderson - N°1677

Urgentiste et maman de deux enfants, Emily vit à cent à l'heure, sans romance à l'horizon. Jusqu'au jour où un nouveau traumatologue débarque à l'hôpital de Yoxburgh Park. Loin d'être un inconnu pour elle, Oliver Cavendish était il y a vingt ans son meilleur ami, son amant, l'homme auquel elle se croyait destinée. Devenu parent lui aussi, Oliver est plus attirant que jamais et Emily se prend à rêver de former, avec lui et leurs enfants, une famille…

Le vétérinaire de Spring River, de Juliette Hyland

Sage a un objectif : convaincre le vétérinaire remplaçant de s'installer à Spring River pour de bon. Sans cela, le cabinet fermera, elle perdra son travail et, pire encore, les animaux de la région seront privés de soins. Mais, lorsqu'elle rencontre le nouveau médecin, sa belle assurance s'envole : Holt Cove n'est autre que son amour de jeunesse, l'homme qui lui a brisé le cœur. Pourquoi, alors qu'une brillante carrière s'offre à lui, est-il de retour ?

Leur mission : sauver des vies.
Leur destin : trouver l'amour.

BLANCHE

L'espoir de Willow, de Sue MacKay - N°1678

Depuis l'accident qui lui a coûté une jambe, Willow garde son cœur à l'abri de la souffrance et des hommes pour se concentrer sur son métier d'assistante vétérinaire. Jusqu'à son arrivée à la clinique Ville et Campagne, sur la Gold Coast australienne. En effet, le Dr Carter Adams, son nouveau patron, la fait soudain se sentir non pas différente mais *spéciale*. Désirée. Au point que Willow, tentée de lui faire confiance, accepte de prendre avec lui le risque d'aimer…

Un pédiatre au grand cœur, d'Annie Claydon

Dès son premier jour au London and Surrey Hospital, où elle a été embauchée comme musicothérapeute, Rebekah tombe sous le charme du Dr John Thornton, chef du service de pédiatrie. Entre eux, l'entente est immédiate, le désir troublant. Et pourtant Rebekah garde ses distances avec son confrère. Car elle ne le sait que trop bien : il pourrait lui briser le cœur, si elle se laissait séduire…

Le plus séduisant des médecins, de Louisa George - N°1679

Le but de Daniella ? Regagner la confiance de son père. Maintenant qu'il l'a embauchée comme kinésithérapeute dans l'équipe de rugby qu'il dirige, elle compte lui prouver qu'elle est une excellente praticienne. Sauf que lorsqu'elle fait la connaissance de Zac Price, le médecin de l'équipe, elle se sent troublée : il est si brillant et séduisant… Comment va-t-elle réussir à rester professionnelle si Zac la fascine à ce point ?

Une passion orageuse, de Charlotte Hawkes

Pourquoi le colonel Fitzwilliam est-il si cruel envers elle ? se demande Gabriella. Depuis que le destin les a réunis en Afghanistan le temps d'une mission médicale, Fitz n'est plus le même. L'amant attentionné qu'elle a connu se montre désormais terriblement agressif. Pis, il l'accuse de l'avoir suivi jusqu'ici pour lui passer la corde au cou ! Bouleversée, Gabriella s'efforce d'ignorer les élans de son cœur pour cet homme inaccessible…

HARLEQUIN

Leur mission : sauver des vies.
Leur destin : trouver l'amour.

HARLEQUIN
www.harlequin.fr

BLANCHE

Réunis par leur fille, de Jennifer Taylor - N°1680

Callum est de retour à Beesdale… Lorsque Beatrix voit débarquer son ex-mari dans le petit village où ils ont été si heureux autrefois, son sang ne fait qu'un tour. Comment Callum ose-t-il lui faire face, après l'avoir abandonnée un an plus tôt, pour partir en mission humanitaire à l'autre bout du monde ? La croit-il capable de lui pardonner sa désertion, alors que jamais il ne lui a donné signe de vie ? Pas même lorsqu'elle lui a annoncé qu'elle attendait une petite fille…

Son droit au bonheur, de Janice Lynn

« Mon premier choix serait d'être votre amant, mais je me contenterai de votre amitié. » Ce soir, Stone Parker – son nouveau collègue au Memphis Memorial Hospital – a le mérite d'être franc. Si franc que Carly, troublée, regrette d'avoir accepté son invitation à dîner. Car, à moins de s'enfuir, comment résister au charme de cette soirée parfaite ? Il le faudra pourtant, car Carly n'a pas de place pour un homme dans sa vie…

HARLEQUIN

Leur mission : sauver des vies.
Leur destin : trouver l'amour.

HARLEQUIN
www.harlequin.fr